MISS M. E. BRADDON

LE CAPITAINE

DU VAUTOUR

TRADUIT DE L'ANGLAIS

PAR

CHARLES BERNARD DEROSNE

AVEC L'AUTORISATION DE L'AUTEUR

PARIS

LIBRAIRIE L. HACHETTE ET Cie

—

1863

LE CAPITAINE

DU VAUTOUR

ROMANS DE MISS M. E. BRADDON

TRADUITS PAR M. CHARLES BERNARD DEROSNE

ET EN VENTE CHEZ LES MÊMES ÉDITEURS

(à 3 francs le volume)

AURORA FLOYD. 2 volumes.

LE SECRET DE LADY AUDLEY. 2 volumes.

LA TRACE DU SERPENT. 2 volumes

LADY LISLE. 1 volume.

L'INTENDANT RALPH. 1 volume.

Sous presse :

LE TRIOMPHE D'ELEANOR. 2 volumes.

LE TESTAMENT DE JOHN MARCHMONT. 2 volumes.

MISS M. E. BRADDON

LE CAPITAINE

DU VAUTOUR

TRADUIT DE L'ANGLAIS

PAR

CHARLES BERNARD DEROSNE

AVEC L'AUTORISATION DE L'AUTEUR

PARIS

LIBRAIRIE DE L. HACHETTE ET Cie

BOULEVARD SAINT-GERMAIN, Nº 77

1863

LE CAPITAINE

DU VAUTOUR.

CHAPITRE I.

LE CHEMIN DE MARLEY.

« Est-ce que personne n'est arrivé par la diligence ce soir? demanda le forgeron de Compton-
des-Bruyères au lourd et épais propriétaire de
l'*Ours noir*, la première et la plus grande hôtellerie
du pays.

— Personne, excepté le capitaine Duke.

— Comment!... le capitaine est donc allé à
Londres?...

— Il y est resté trois semaines et plus, répliqua
l'aubergiste, qui paraissait être d'une nature maussade et peu disposée à la conversation.

— Ah! hum!... dit le forgeron; trois semaines
et plus à Londres; trois semaines et plus à jouer,
à se quereller, à perdre son temps, à danser aux

1

bals de Chelsea, et à donner des soupers à Covent-Garden ; trois semaines à dépenser l'argent du roi ; trois semaines....

— A aller au diable !... trois semaines à aller au diable !... dit une voix derrière lui ; pourquoi ne le dites-vous pas en bon anglais, John Homerton, pendant que vous y êtes ?

— Bon Dieu ! mais n'est-ce pas M. Darrell Markham que voici ?

— Lui-même et nul autre, reprit celui qui venait de parler ; — c'était un homme élancé et grand, qui portait une redingote longue, de grandes bottes, et dont les yeux étaient couverts par un chapeau à trois cornes ; — mais n'en dites rien, Homerton, personne ici ne sait que je suis à Compton, et comme je n'y suis venu que pour affaires, mon séjour sera de très-courte durée. Il faut que je reparte dans deux heures. Mais que disiez-vous donc du capitaine George Duke, du vaisseau de Sa Majesté le *Vautour* ?

— Je disais, mistress Darrell, que si j'avais une femme aussi jolie que master Duke, et si je ne pouvais rester près d'elle que deux mois de l'année, je ne passerais pas la moitié de mon congé à Londres. Je crois, Darrell Markham, qu'avec sa beauté, votre cousine aurait pu faire un meilleur mariage que celui qu'elle a fait.

— Je le crois aussi, John Homerton. »

Pendant ce court dialogue ils étaient restés tous trois debout à la porte de l'auberge. Le forgeron tenait la bride de son vigoureux petit cheval blanc,

âgé au moins d'un quart de siècle, prêt à le monter
pour retourner à sa forge, située à l'extrémité de
la ville, qui s'étendait au loin; il avait été retenu
plus longtemps qu'il n'avait eu l'intention de rester, mais il n'avait pu résister aux charmes de la
conversation de l'aubergiste. Darrell Markham s'é-
loigna des deux hommes, et, se promenant sur la
grande route poudreuse, il regarda un petit chemin
étroit et sinueux qui traversait les bruyères sombres et stériles qu'on voyait à une distance de plusieurs milles. L'*Ours noir* se trouvait à l'entrée de
la ville, sur le bord même de cette campagne froide
et aride.

« Il fera très-sombre cette nuit, dit Markham, et
je n'aurai pas à faire une promenade très-agréable
pour aller à Marley.

— Vous ne comptez certainement pas y aller ce
soir, monsieur? dit l'aubergiste.

— Il faut que j'y aille ce soir, Samuel Pecker.
Qu'il fasse beau ou qu'il fasse mauvais, il faut que
ce soir je couche à Marley.

— Vous êtes bien courageux, monsieur Darrell,
dit le forgeron du ton de la plus grande admiration.

— Il n'y a pas autant de courage que vous le pensez
à faire une promenade solitaire dans les bruyères
de Compton. J'ai une paire de pistolets qui ne ra-
tent jamais; mon cheval est robuste, et ses jambes
sont solides. J'ai une bourse bien garnie, et, qui
mieux est, je sais la garder; j'ai déjà dans ma vie
rencontré un voleur de grande route, et je lui ai

fait voir son maître; mais ce qu'il y a de certain, brave John, c'est qu'il faut que j'y aille ce soir.

— Faut-il vraiment que vous arriviez à Marley ce soir, monsieur Markham ?

— Il faut, monsieur Pecker, que je couche cette nuit au *Lion d'or*, dans le village de Marley, reprit le jeune homme.

— Monsieur l'hôtelier, indiquez-moi, je vous prie, le chemin qu'il faut prendre pour aller à Marley, » dit un étranger.

Les trois interlocuteurs levèrent les yeux et virent un homme à cheval qui, à son tour, les regarda en face; il était arrivé si doucement jusqu'à la porte de l'auberge qu'on n'avait même pas entendu le bruit des sabots du cheval. Pas un des trois hommes ne pouvait deviner s'il y avait longtemps que le cheval était là, ni quand le cavalier s'était arrêté, ni d'où il venait ; mais il était là, car on le voyait à la faible lueur d'un crépuscule d'automne qui tombait sur son visage, on le voyait grâce aux derniers rayons d'un soleil rougeâtre qui brillaient sur sa chevelure brune.

Éclairé ainsi par le soleil couchant, cet homme était très-beau. Il avait les traits réguliers, parfaitement dessinés, les joues d'un rouge pâle un peu bronzées par le soleil étranger, les yeux bruns avec des sourcils noirs et bien tracés, des cheveux châtain clair bouclés que la brise d'octobre faisait voltiger sur son front proéminent. Le cavalier était de taille moyenne, vigoureux et bien proportionné ; c'était enfin le type accompli de la mâle beauté anglaise. Le cheval, comme son maître, avait une grande et large poitrine et les membres robustes.

« Je désire savoir quel est le chemin le plus court pour aller à Marley, » dit-il pour la deuxième fois, car il y avait quelque chose de si brusque dans la manière dont il leur était apparu, qu'aucun des assistants ne lui avait répondu.

L'aubergiste, M. Samuel Pecker, fut le premier à se remettre de sa surprise.

« Capitaine, prenez le chemin sinueux qui traverse la bruyère là-bas, et il vous conduira droit comme une flèche, » lui répondit-il honnêtement, quoique de cette manière paradoxale.

Le cavalier inclina la tête.

« Merci et bonsoir, » dit-il en s'éloignant au petit galop par l'étroit chemin des bruyères, qui ne valait guère moins que la grande route.

« Capitaine !... qui est-ce donc? demanda Darrell Markham aussitôt que l'étranger fut parti.

— C'est le mari de votre cousine, monsieur; le capitaine George Duke.

— C'est George Duke?... Mais il vous a parlé comme un étranger.

— C'est sa manière d'agir, monsieur, dit l'aubergiste; voilà ce qu'il y a de pire avec le capitaine : un jour il vous dit : « Mon bon ami, que je suis content de vous voir! que voulez-vous boire avec « moi? » Un autre jour, c'est : « Tenez-vous sur la « réserve. » On ne sait jamais comment le prendre; mais, malgré tout, c'est un brave homme que le capitaine.

— Il est très-beau garçon, dit Darrell Markham. Je ne m'étonne plus que Millicent Markham s'en soit éprise.

— Il y a des gens qui disent que miss Millicent en aimait un autre avant même d'avoir vu le capitaine, dit l'aubergiste d'une façon insinuante.

— Ces gens-là devraient trouver quelque chose de mieux à faire que de bavarder sur les affaires de cœur d'une jeune femme, reprit Markham gravement. Mais, je vous le répète, Samuel Pecker, si je ne pars pas tout de suite, je n'arriverai pas à Marley ce soir : il va faire nuit dans une heure. Donnez ordre qu'on m'amène *Balmerino*.

— Vous êtes réellement forcé de vous en aller ce soir, monsieur Markham ?...

— Encore une fois, Samuel, il le faut. Voyons, dites au garçon d'écurie d'amener mon cheval; sans cela la nuit me surprendrait avant que je fusse à mi-chemin.

— Bonsoir, alors, monsieur, dit le forgeron; j'aurais bien voulu que vous restassiez à Compton; on y est triste, maintenant que le vieux squire est mort, que le jeune squire se ruine à Londres, et que vous êtes toujours absent. Compton n'est plus ce qu'il était quand vous étiez petit garçon, monsieur Darrell, et que votre oncle passait les fêtes de Noël au manoir; c'était le bon temps.... mais à présent....

— Parbleu! il faut bien que nous vieillissions tous, John Homerton, dit Darrell en réprimant un soupir.

— Mais il est dur de soupirer et de parler de

vieillir à vingt-huit ans, monsieur, dit le forgeron.
Bonsoir, master Darrell, et…. pardonnez la liberté
que je prends en vous disant : « Que Dieu vous
garde ! »

Et il monta sur son vieux cheval blanc et se dirigea vers les lumières brillantes de la grande rue.

Au moment où le forgeron venait de partir, on
entendit dans l'intérieur de l'auberge la voix d'une
femme qui s'écriait :

« Où est-il?… où est mon cher et imprudent
enfant?… il ne partira pas ce soir…. je ne veux pas
qu'on lui coupe la gorge, moi…. je ne veux pas non
plus qu'on lui brûle la cervelle sur la grande route
du roi. »

En disant ces mots, une grosse femme d'une cin-
quantaine d'années sortit de l'auberge, et elle jeta
ses bras très-rouges et très-gras, ornés de mitaines
noires, autour du cou de Darrell Markham.

« Vous ne partirez pas ce soir, master Darrell,
n'est-ce pas? Tout à l'heure j'entendais Pecker qui
vous demandait de rester, mais, avec ces manières
maussades, demander n'est pas toujours demander,
dit dédaigneusement l'importante mistress Pecker.
Ah! je perds souvent patience avec lui…. Comme il
est probable, avec cela, que vous resteriez ici, si on
ne vous offrait qu'un ou deux canards à moitié
morts! »

Cette observation un peu obscure était dirigée
d'une façon moqueuse contre Samuel Pecker, dont
la nature endormie attirait sur lui le dédain de sa
magnifique et énergique moitié.

Quant au propriétaire de l'*Ours noir*, il n'est que temps de dire qu'il n'existait pas. Il y avait des garçons, des servantes et des valets d'écurie à l'*Ours noir*, mais il n'y avait point de propriétaire. Il était tellement éclipsé par la splendeur de sa grosse et souveraine épouse, qu'il eût beaucoup mieux valu qu'il n'existât pas du tout, car il était toujours de trop. Quand il donnait un ordre, on considérait toujours cet ordre comme l'ordre d'un insensé et comme impossible à exécuter; et si, par quelque malheureux hasard, un des domestiques, peu accoutumé aux habitudes de la maison, tâchait de remplir cet ordre, cela causait, pendant toute la journée, un terrible désordre dans le ménage de l'*Ours noir*. S'il recevait un voyageur, il lui donnait une idée si triste de la vie en général, et surtout de celle que l'on menait à Compton, que neuf voyageurs sur dix s'en allaient découragés aussitôt qu'on avait donné à leurs chevaux une botte de foin accompagnée d'un peu d'eau de la grande cuve qui était sous le chêne devant la porte. Il n'y eut jamais autant de brigands sur aucun chemin que sur celui dont il parlait; on n'entendait jamais raconter de tempêtes aussi terribles que lorsqu'il causait du temps; quand il abordait un sujet politique, jamais on n'avait songé à des calamités semblables à celles qui, à l'entendre, tomberaient indéfiniment sur la vieille Angleterre; lorsqu'il discutait à propos d'agriculture, les plus mauvaises récoltes devaient ruiner le pays. Quelques personnes disaient qu'il était triste naturellement, et que lorsqu'il souriait il en souffrait. D'autres, au contraire, déclaraient qu'avant son mariage il était plus gai, que le poids de son bonheur était trop grand pour lui, et qu'il succombait sous la félicité d'être uni à une aussi splendide créature que mistress Samuel Pecker, et que sa bonne fortune si inattendue avait détruit sa santé et troublé son esprit. N'importe, tel qu'il était, il était tout mélancolique et tout à fait impuissant à lutter contre sa belle mais gigantesque épouse Sarah Pecker. Un étranger, voyant pour la première fois la félicité conjugale qui régnait dans l'intérieur de l'*Ours noir*, aurait pensé que M. Samuel Pecker y était un intrus, un propriétaire nominal, ou, comme on pourrait dire, un hôtelier-consort qui régnait seulement sous les ordres de sa femme, le souverain véritable du moment. Mais il n'en était pas ainsi : l'auguste famille des Pecker avait régné de temps immémorial à l'*Ours noir*. Feu Samuel Pecker, le père du Samuel époux de Sarah, était un gros et robuste gaillard de six pieds au moins ; il ressemblait aussi peu à son doux et faible fils qu'il est possible à deux Anglais de ne pas se ressembler. Samuel avait hérité de son père de toute la propriété ; la maison, les hangars, les jardins, les basses-cours, les écuries, les vacheries, les étables à cochons, tout enfin ce qui était connu sous la dénomination de l'*Ours noir*. Mais Samuel n'avait pas longtemps joui de son pouvoir. Six mois après être monté sur le trône, ou plutôt six mois après s'être installé dans le grand fauteuil de cuir du comptoir de l'*Ours noir*, il épousa Sarah, la femme de charge du squire Ringwood Markham, du manoir, et la veuve d'un matelot nommé Thomas Masterton.

Voilà pourquoi en ce moment Sarah Pecker tenait embrassé le cou de Darrell Markham dans ses deux gros bras marqués de taches de rousseur. Elle avait connu Darrell dès son enfance; elle ne croyait pas que, parmi tous les hommes du monde qui fréquentaient le Ranelagh et les cafés, ni parmi ceux qui sont dans l'armée, dans la marine, dans Leicester, dans Kensington, au club de White, chez Bellamy, au Mail, dans Change Alley, à Bath, à Tunbridge-Wells, ou enfin dans n'importe quel endroit civilisé ou à la mode d'Angleterre, on pût trouver un cavalier aussi beau, aussi distingué, aussi intelligent, aussi élégant, aussi courageux, aussi généreux, aussi charmant, aussi noble de sentiments et de probité que Darrell Markham.

« Vous ne partirez pas ce soir, master Darrell, lui dit-elle; vous ne voudriez pas que l'on dît que vous êtes sorti de l'*Ours noir* pour être assassiné dans les landes de Compton. Dans ce moment même Jenny est occupée à vous faire rôtir un chapon, et je vous donnerai une bouteille de vin de votre pauvre oncle, que Pecker a acheté à la vente du manoir.

— C'est inutile, mistress Pecker; je vous dis qu'il m'est impossible de rester. Je sais que Jenny sait très-bien faire rôtir un chapon, et je sais que vos hôtes sont toujours très-bien traités; rien ne me serait plus agréable que de rester ici, mais je ne le puis vraiment pas. Il faut que je prenne la diligence qui part de Marley demain, à cinq heures du matin, pour York. Je n'aurais pas dû m'arrêter du tout à Compton, mais je n'ai pu résister à la tentation de vous donner une poignée de main, mistress Sarah, en souvenir du bon vieux temps qui n'est plus, et aussi pour vous demander des nouvelles de Nat Holloway le meunier, et de Lucas Jordan le médecin, et de Selgood le notaire, et de quelques autres de mes anciens camarades.... et.... et....

— Et de mistress Millicent?... n'est-ce pas, master Darrell?... car, quoique Londres soit une belle et grande ville, et qu'il y ait tout plein de jolies femmes qui se promènent sur le Mail toutes voiles dehors avec tous leurs paniers et tous leurs falbalas à la française.... vous n'avez pas oublié miss Millicent, n'est-ce pas, Darrell Markham? »

Elle l'avait allaité et soigné quand il était un tout petit enfant, et elle l'appelait quelquefois Darrell Markham tout court.

« Vous avez tort, master Darrell, vous avez tort. L'année passée, il y a eu un joli mariage à l'église de Compton; tout était magnifique et superbe; ah! que la fiancée était belle! Mais il y avait quelque chose qui clochait, et ce quelque chose-là, c'était le fiancé.

— Si vous ne voulez pas que la nuit me surprenne, ni que quelque vaillant chevalier me brûle la cervelle sur le chemin de Compton, il faut me laisser partir tout de suite, mistress Pecker. Mistress Pecker!... Oh! le bon vieux temps que celui où je vous appelais mistress Sally Masterton, quand j'étais dans la chambre de la gouvernante du Manoir! »

En disant ces mots, il s'éloigna d'elle en soupirant, et il commença à siffloter un vieil air anglais bien doux et bien plaintif, et, se tenant debout sur la porte, il regarda la vaste étendue des bruyères.

Le garçon d'écurie amena le cheval devant la porte de l'auberge : un vigoureux alezan, haut de seize paumes. Il avait l'air fier, et n'avait qu'une seule tache blanche sur lui, une raie longue et mince sur un des côtés de la tête.

Le jeune homme entoura de son bras le cou du cheval, le caressa, et, tirant sa tête vers lui, il le regarda comme il aurait regardé un ami en la fidélité duquel il eût eu toute confiance, chose assez rare dans ce bas monde.

« Mon brave *Balmerino*, mon bon *Balmerino*, dit-il, ce soir nous ferons ensemble vingt-quatre milles à travers un rude pays. Tu m'aideras à remplir une mission dont le résultat sera peut-être détestable, et tu m'éloigneras de bien des souvenirs amers et de bien des tristes pensées; tu feras tout cela, *Balmerino*, tu feras tout cela, n'est-ce pas, mon vieux cheval? »

Le cheval frottait sa tête contre l'épaule du jeune homme et faisait entendre un léger hennissement.

« Bonne bête! cela veut dire oui, dit Markham en s'élançant en selle. Bonsoir, mes vieux amis! adieu, vieille maison! Comme M. Garrick dit dans une pièce de M. Shakespeare: « Richard est encore lui-même!... Adieu! »

Il fit signe de la main, et s'en alla lentement dans la direction du sentier des bruyères, destiné aux cavaliers; mais avant qu'il eût traversé la route, Samuel Pecker, ordinairement si flegmatique, se leva subitement devant lui et l'arrêta; il avait le visage pâle et défait.

Darrell tira si brusquement sur la bride de *Balmerino* qu'il le jeta sur ses hanches, ou sans cela l'aubergiste de l'*Ours noir* aurait été inévitablement écrasé.

« Monsieur Darrell Markham, dit le maussade aubergiste lentement, n'allez pas ce soir à Marley.... n'y allez pas.... Ne me demandez pas pourquoi, monsieur, ne me demandez pas pourquoi, car je ne saurais vous le dire, mais n'y allez pas! J'ai eu une de ces choses.... Je ne sais pas comment cela s'appelle.... J'ai eu un de ces sentiments qui vous frappent aussi distinctement que pourraient le faire des paroles : n'y allez pas!... n'y allez pas!

— Quoi?... un pressentiment.... est-ce cela, Pecker?...

— C'est, je crois, monsieur, le mot du dictionnaire pour cela. N'y allez pas!...

— Il le faut, Samuel Pecker, il faut que j'y aille! Si, en allant à Marley, je cours à ma mort, que la volonté de Dieu soit faite, j'y vais! »

Il agita la bride sur le cou de son cheval, et l'animal partit avec une telle rapidité que, lorsque Samuel Pecker se trouva assez remis pour regarder, tout ce qu'il pouvait voir encore de Darrell Markham était un nuage de poussière blanche qui se précipitait, poussé par le vent d'automne, vers les bruyères, qui devenaient à chaque instant de plus en plus sombres.

Mistress Pecker se tenait debout sous le porche couvert de chaume de l'*Ours noir*, et elle regardait le cavalier qui s'éloignait.

« Pauvre master Darrell!... brave, généreux, noble master Darrell!... Pour l'amour que je porte à miss Millicent, j'aurais désiré que le capitaine George Duke lui ressemblât un peu.

— Mais si par hasard le capitaine ne le désire pas du tout?... Comment faire, mistress Pecker? »

La personne qui venait de répondre au monologue de mistress Pecker était un homme de taille moyenne, vêtu comme un officier de la marine royale; il s'était approché de la porte de l'hôtellerie aussi doucement que l'avait fait le cavalier étranger une demi-heure auparavant.

Pour la première fois, l'imprudente Sarah Pecker trembla devant un homme; aussi cette grosse femme balbutia-t-elle en disant :

« Je vous demande bien pardon, capitaine Duke, je ne faisais que penser!...

— Vous pensiez seulement à haute voix, mistress Pecker. Ainsi, vous aimeriez à voir George Duke, capitaine du vaisseau de Sa Majesté *le Vautour*, aussi négligent, aussi paresseux, aussi inutile, aussi propre à rien que Darrell Markham?

— Je vais vous dire ce que c'est, capitaine. Vous êtes le mari de mistress Millicent, et si.... si vous étiez un Dieu et qu'elle vous aimât, je ne pourrais rien dire contre vous par amour pour cette chère demoiselle. Mais ne parlez pas mal de master Darrell Markham, car c'est une chose que Sarah Pecker ne permettra pas, tant qu'elle aura une langue dans la bouche et des ongles au bout des doigts. »

Le capitaine rit d'un rire sonore et prolongé, un rire dans lequel il y avait une musique mélodieuse qui lui était particulière, un rire qui n'avait pas son pareil, tant il était harmonieux. Il y avait des gens dans la ville de Compton-des-Bruyères, dans le port de Marley, et à bord de la frégate de Sa Majesté le Vautour, qui prétendaient que parfois dans ce rire il y avait quelque chose de très-cruel et qui n'était pas agréable à entendre. Mais a-t-on jamais vu un homme dans une situation élevée échapper à la calomnie ? Et pourquoi, s'il vous plaît, le capitaine Duke aurait-il été une exception à cette règle générale ?

« Je vous pardonne, mistress Pecker, dit-il, je vous pardonne. Je puis fort bien souffrir qu'on dise du bien de Darrell Markham. Pauvre diable, je le plains bien ! »

Après cette observation si amicale, le capitaine du Vautour marcha à grands pas devant le seuil de l'auberge, où il rencontra M. Samuel Pecker qui, après l'avis solennel qu'il venait de donner à Darrell Markham, était rentré à l'hôtellerie par une porte de derrière qui ouvrait près des écuries.

Si le capitaine Duke, de la marine de Sa Majesté, eût été un revenant, son apparition n'aurait pas plus étonné le doux Samuel Pecker ; il recula, et, avec

ses petits yeux bleus tout grands ouverts, il le regarda fixement.

« Vous n'y êtes donc pas allé, capitaine ?

— Comment, je n'y suis pas allé?... Allé où donc?

— Vous n'êtes donc pas allé à Marley ?

— Pas allé à Marley ? non ! Qui vous a dit que
j'avais l'intention d'y aller? »

Le peu d'énergie qui restait au cœur de M. Samuel Pecker, après son étonnement, s'évanouit tout
à coup quand il entendit la voix énergique du capitaine, et il murmura doucement :

« Qui me l'a dit?... Oh ! personne... excepté....
excepté vous ! »

Le capitaine sourit de nouveau de son étrange
sourire.

« Je vous ai dit cela, moi?... je vous ai dit cela,
Samuel Pecker?... Quand?

— Il y a une demi-heure.... quand vous m'avez
demandé quel chemin il fallait prendre.

— Quand je vous ai demandé quel chemin il fallait prendre pour aller à Marley?... Mais je connais
ce chemin-là aussi bien que le gaillard d'arrière du
Vautour.

— Cela m'a étonné aussi, capitaine, de vous voir
arrêter votre cheval à cette porte et de vous entendre
me demander quel chemin il fallait prendre.... Oui,
je dois vous dire que j'ai trouvé cela assez bizarre...

— Moi!... j'ai arrêté mon cheval?... Quand?...

— Il y a une demi-heure.

— Samuel Pecker, je n'ai pas mis le pied à l'é-
trier de tout aujourd'hui. Je n'aime jamais trop ces

animaux-là, et surtout ce soir que je suis fatigué
de mon voyage de Londres ici ; j'arrive à l'instant
du salon de ma femme, où j'ai pris une tasse de thé et
où je me suis fort ennuyé à écouter son bavardage.

— Et pourtant le curé Bendham dit qu'il n'y a
pas de revenants !

— Samuel Pecker, vous êtes ivre-mort.

— Je n'ai pas bu un verre de bière aujourd'hui,
capitaine. Demandez à Sarah.

—Non, il n'a rien bu, capitaine, répondit mistress
Pecker à cette question. Je fais bien attention à ce
qu'il ne boive pas trop.

— Eh bien, alors, mistress Sally, qu'est-ce qu'il
a donc, ce diable de fou ! demanda le capitaine en
colère.

— Que Dieu ait pitié de vous ! Moi, je ne sais pas,
répliqua mistress Pecker dédaigneusement. Il a la
tête aussi pleine de folies que la plus vieille femme
de tout le Cumberland. Il voit toujours des revenants, des spectres, des linceuls, et toutes espèces
d'horreurs, reprit l'hôtesse d'un air méprisant :
c'est ce qui dérange son esprit pour les affaires, et
le rend incapable de régler ses livres de comptes.
Je perds patience avec lui. »

Mistress Pecker aimait beaucoup à dire qu'elle
perdait toute patience avec son mari ; et comme ses
actions confirmaient ordinairement cette assertion,
on la croyait très-volontiers sur parole.

« Oh ! n'importe ! cela ne me regarde pas, dit
l'aubergiste avec douceur ; il y avait trois hommes
qui l'ont vu, voilà tout !

— Trois hommes qui ont vu qui? demanda le capitaine.

— Nous étions trois qui l'avons vu.... Nous avons vu.... »

Ici l'aubergiste fit semblant d'avaler quelque chose avec avidité : c'était peut-être le fantôme de quelque chose qui le suffoquait, et il tâchait de l'exorciser en le faisant couler.

« Trois de nous l'avons vu!...

— Quoi donc?...

— Le capitaine, qui, il y a une demi-heure, s'est arrêté sur son cheval devant cette porte et m'a demandé de lui indiquer le chemin de Marley. »

Le capitaine Duke regarda fixement celui qui venait de parler; il le regarda sérieusement, d'un air pensif, avec ses grands yeux noirs perçants, puis il se mit à rire plus fort qu'auparavant. La figure stupéfaite de l'aubergiste l'amusait tant qu'en traversant le vieux vestibule il ne pouvait s'empêcher de rire, et qu'en ouvrant la porte du salon boisé, dans lequel les gens comme il faut avaient l'habitude de se réunir, il riait encore. Il s'assit dans le grand fauteuil en riant toujours; il étendit les jambes autant que cela lui fut possible pour permettre aux talons de ses bottes de se sécher sur les chenets de fer, en riant plus fort; il continua de rire en appelant Samuel Pecker, et il put à peine commander son punch — qui était son breuvage favori — tant il riait à gorge déployée.

Il n'y avait personne que le capitaine Duke dans la salle, et lorsque l'aubergiste eut fermé la porte, il faut dire que, quoiqu'il rît toujours, une pensée amère contractait les muscles du visage du capitaine, et que l'expression agréable de ses yeux noirs fut remplacée par une profonde tristesse.

Quand on lui apporta son punch, il en but trois verres. Mais ni le grand feu de bois qui petillait dans le vaste foyer, ni la boisson brûlante, ne paraissaient le réchauffer, car tout en buvant il frissonnait.

Il frissonnait en buvant, et, attirant sa chaise plus près du feu, il posa ses pieds sur les deux chenets en fer, et il regarda d'un air triste la flamme qui petillait.

« Mon cauchemar !... mon ombre !... ma malédiction !... » s'écria-t-il.

Ce n'était que six mots qu'il venait de prononcer, mais ils exprimaient une haine qui durerait aussi longtemps que sa vie.

Tout à coup une pensée parut le frapper, et il se leva si brusquement qu'il renversa le lourd fauteuil sur lequel il était assis; puis il quitta la salle en marchant à grands pas.

De l'autre côté du vestibule se trouvait le parloir commun de l'auberge; la salle dans laquelle les négociants de la ville se réunissaient chaque soir, la salle de chêne, étant consacrée à une classe de voyageurs supérieurs, tels que le docteur, le notaire, et le capitaine Duke. Le parloir commun était plein ce soir-là, et de la porte ouverte on entendait un grand bruit de voix causant et riant.

Le capitaine vint à cette porte, et, soulevant son

chapeau de dessus ses cheveux, qu'un ruban retenait attachés derrière son cou, il salua la petite
assemblée.

En un moment tout le monde fut debout, car le
capitaine George Duke du vaisseau de Sa Majesté
le Vautour était un grand homme à Compton-des-
Bruyères; son mariage avec la fille unique du vieux
châtelain en avait fait un indigène, car autrement
il eût été un étranger dans le pays.

« Messieurs, dit-il avec grâce, je suis fâché de
vous déranger, mais M. Pecker n'est-il pas ici, je
vous prie? »

Pecker était là, mais il était si abattu et si inter-
dit que, lorsqu'il entendit son nom, il quitta la place
qu'il occupait à la table, comme une pâle Aphrodite
mâle sortant de la mer, et il ne dit rien.

« Pecker, je désire savoir l'heure exacte, lui dit le
capitaine; ma montre est dérangée, et mistress Duke
est tellement absorbée par les romans de M. Richardson, et aussi par les soins qu'elle prodigue à
son petit chien, que toutes les pendules de la maison sont dérangées. Quelle heure est-il à votre in-
faillible horloge en bois qui est sur l'escalier,
Samuel? »

L'aubergiste enfonça ses deux petites mains grasses dans ses cheveux roux, mais souples, et après
cette simple opération il sembla se trouver plus à
son aise; puis il sortit sans bruit pour exécuter
l'ordre du capitaine, à qui en un moment on présenta une douzaine de gros chronomètres en argent
ayant la forme d'un oignon, et aussi de grandes

montres de Tompion enveloppées de leurs chemises
de cuir.

« J'ai sept heures et demie.

— Huit heures moins un quart.

— Il est huit heures moins vingt, monsieur le
capitaine. »

Le capitaine George Duke aurait pu choisir, s'il
l'avait voulu, entre une demi-douzaine d'heures différentes, mais il se contenta de dire doucement :

« Messieurs, je vous remercie beaucoup, mais
je vais régler ma montre sur la vieille horloge de
Pecker, car je crois qu'elle va mieux que celles de
l'église, du marché, et même de la prison.

— Cependant, l'horloge de la prison est trop
exacte quelquefois le lundi matin, n'est-ce pas, capitaine ? dit un petit cordonnier qui était le bel esprit
du village.

— Elle est quelquefois fort loin d'être assez exacte,
monsieur Tomkins, dit le capitaine en montant sa
montre, et en ayant un sourire sérieux sur ses lèvres
bien dessinées. Si tous les gens qui le méritent étaient
pendus, il y aurait plus de place dans le monde
pour les honnêtes gens, monsieur Tomkins....
Eh bien ! Samuel, quelle heure est-il exactement?

— Il est huit heures moins dix, monsieur le capitaine. Quel temps !.... Quelle soirée !.... J'ai regardé par la fenêtre de l'escalier, et j'ai vu le ciel
si noir, que j'ai eu peur de le voir tomber, si le vent
ne l'emportait pas.

— Huit heures moins dix, c'est bien, » dit le capitaine en remettant sa montre dans son gousset.

Il se dirigea vers la porte de la salle; mais arrivé sur le seuil il s'arrêta et dit :

« Mais, brave Samuel, à propos, à quelle heure avez-vous vu mon ombre? »

En faisant cette question, il riait beaucoup en regardant la compagnie, et il souriait et clignotait malicieusement des yeux dans la direction de l'aubergiste tout décontenancé.

« A l'église de Compton, il sonnait huit heures quand elle a traversé la bruyère, monsieur le capitaine; mais ne me demandez plus rien là-dessus, je vous en prie, ne m'en parlez plus, dit-il avec abandon. N'importe, cela ne me regarde pas, cela ne regarde personne, mais..., répéta-t-il, je l'ai vue. »

Les habitués de l'*Ours noir* ne faisaient pas ordinairement grande attention à ce que disait le digne aubergiste, mais ces trois derniers mots parurent les émouvoir, et ils regardèrent tour à tour d'un air effaré le visage de Samuel Pecker et celui du capitaine.

« Notre brave aubergiste a trop bu de son excellente bière aujourd'hui, messieurs, dit George Duke : bonsoir ! »

Il quitta le parloir et entra dans la salle de chêne, où il se jeta encore une fois dans sa position favorite près du feu, dans les flammes duquel il s'imaginait voir des falaises âpres et escarpées et des abîmes sans fond, dans lesquels de temps en temps quelques charbons tombaient comme un homme qui renonce à la vie et qui du sommet d'un rocher élevé se plonge dans un gouffre béant sous ses pieds.

Les grands yeux noirs du capitaine regardaient directement et fixement les tableaux changeants du feu : c'était alors un personnage si différent de cet homme, dont la voix gaie et douce venait de résonner dans le parloir commun de l'auberge, qu'il aurait été difficile pour quelqu'un qui l'aurait vu dans l'une des deux pièces de le reconnaître dans l'autre.

Il ne fut pas longtemps seul, car bientôt Nathaniel Halloway, le meunier, entra et partagea le punch du capitaine, et après le notaire Selgood et M. Jordan le chirurgien, — le docteur Jordan, le docteur par excellence, dans tout Compton, — entrèrent bras dessus, bras dessous. Les quatre hommes étaient très-liés et très-gais; ils burent, ils fumèrent, et ils parlèrent politique jusqu'à minuit, heure à laquelle le capitaine George Duke se leva brusquement de sa chaise et voulut se séparer des autres.

« Voilà minuit qui sonne au clocher de l'église de Compton, dit-il en se levant de table. Messieurs, j'ai une jeune et jolie femme qui m'attend, et j'ai un demi-mille à faire avant d'arriver chez moi; je vous quitte; vous finirez votre punch et votre conversation sans moi. »

Nathaniel Holloway se leva aussitôt.

« Capitaine Duke, vous n'allez pas nous quitter ainsi, vous n'êtes pas sur votre gaillard d'arrière, et vous ne ferez pas tout ce que vous voudrez ici.

Pour ce qui est du joli petit amiral en jupons, vous pourrez bientôt tout arranger avec lui. Restez, mon vieil ami, et finissez votre punch. »

Et le bon meunier, que la boisson avait un peu égayé, retenait le capitaine par sa manche, ornée de broderies d'or, et il essayait de l'empêcher de quitter la chambre.

George Duke se débarrassa de lui; il ouvrit la porte qui donnait dans le vestibule, et il sortit suivi de ses bons amis le docteur Jordan et le notaire Selgood.

. . . .

Il y a cinq minutes tout était tranquille dans la maison, maintenant tout est bruit et désordre. Voilà d'abord la bonne mistress Pecker qui tour à tour se lamente, pleure, et gronde aussi haut que sa voix le lui permet. Puis, voilà Samuel, son mari, épouvanté, inutile, qui gêne tout le monde, et qui s'affaisse sous les émotions réunies de sa stupéfaction intérieure et du mépris général. Voilà ensuite le garçon d'écurie et deux femmes de chambre aux joues rouges et à l'air ahuri qui se tiennent les uns près des autres. Il y a aussi la cuisinière et le garçon de salle. Enfin, au milieu de cette salle, étendu dans les bras de deux hommes, le facteur et un laboureur de la ferme, celui qui cause cette émotion et cette frayeur. Oui, voilà mistress Sarah Pecker agenouillée à côté de lui, le priant, le suppliant de parler, de se mouvoir, d'ouvrir ses paupières alourdies : c'est Darrell Markham qui est étendu là, immobile et glacé... lui qui cinq heures auparavant était parti en bonne santé et plein de vigueur pour le petit port de mer de Marley.

« Jim Bowlder, un des laboureurs de la ferme du squire Morris et moi, nous l'avons rencontré par hasard dans un petit sentier, dit l'un de hommes ; nous l'avons trouvé dans les ténèbres ; il faisait tellement noir que nous n'avons pas pu voir si c'était un homme ou un mouton ; mais nous l'avons pris dans nos bras, nous l'avons tâté, et nous avons senti qu'il était engourdi par le froid et l'humidité — il se pouvait qu'il eût été gelé ou assassiné ; sur son bras gauche et sur sa poitrine il y avait quelque chose de mouillé, et je vis en le touchant que c'était du sang, tant c'était épais et gluant, et moi et Jim Bowlder nous l'avons levé ensemble, Jim l'a pris par les pieds, et moi par la tête, et nous l'avons apporté ici sur-le-champ.

— Qui est-ce ?... qu'est-ce que c'est ? demanda le capitaine Duke en s'avançant au milieu de la petite foule.

— C'est Darrell Markham, capitaine, le plus proche parent et l'ami le plus cher de miss Millicent !... Assassiné !... assassiné sur le chemin des bruyères de Compton à Marley.

— Pas à plus d'un mille d'ici, madame, interrompit le laboureur qui avait ramassé le blessé.

— Darrell Markham !... le cousin de ma femme... Darrell Markham !.... Mais pourquoi est-il venu ici !... Que faisait-il à Compton ?.. »

Ses grands yeux noirs regardèrent finement la figure si calme qui reposait sur l'épaule du facteur,

2

et qui était toute mouillée par l'eau et le vinaigre avec lesquels mistress Pecker avait arrosé le front du blessé.

« Pourquoi est-il venu ici?... Il y est venu pour être assassiné.... Il est venu ici pour qu'on me le tue, mon pauvre chéri.... mon pauvre chéri!... » dit mistress Pecker en sanglotant.

Pendant tout ce désordre, Lucas Jordan, le chirurgien, se glissa derrière le petit groupe, et prenant le bras de Markham dans sa main, il se mit, avec les ciseaux qui pendaient à la ceinture de mistress Pecker, à taillader la manche du pauvre jeune homme depuis le poignet jusqu'à l'épaule.

« Molly, donnez-moi une cuvette, » dit-il tranquillement.

La femme de chambre, malgré sa terreur, en apporta une et la tint dans ses mains tremblantes sous le bras de Darrell.

« Tenez-la bien, ma fille, » dit le docteur en tirant sa lancette de sa poche, et en l'enfonçant dans le bras glacé et roidi de Darrell Markham.

Le sang coula lentement et par intervalles inégaux.

« Est-ce qu'il est mort?... est-ce qu'il est mort, Jordan? s'écria Sarah Pecker.

— Pas plus que moi, mistress Pecker, pas plus que moi je ne suis mort. Une balle de pistolet est entrée dans le bras droit, et elle a brisé l'os au-dessus du coude. Il s'est évanoui par la perte de son sang et le froid de la nuit. Il en sera quitte pour les quelques contusions et les quelques meurtris-

sures reçues dans la chute qu'il a faite en tombant
à bas de son cheval, et pour une petite blessure
dans le crâne faite par des petits cailloux aigus qui
se trouvaient sur la route, pas davantage. »

Pas davantage!... Cela paraissait si peu de chose
à ces gens épouvantés, qui un moment auparavant
l'avaient crû mort, que mistress Pecker, quoique
peu habituée à se laisser aller à la sensiblerie, prit
la main du docteur entre ses deux grosses mains et
la couvrit de baisers et de larmes.

« Ainsi, c'est bien Darrell Markham, dit le capitaine d'un air pensif; Darrell l'irrésistible, Darrell
qui allait épouser sa cousine Millicent, aujourd'hui
ma femme. Hum!... un jeune jouvenceau, blond,
aux cheveux dorés, et au nez aquilin!... Vous dites,
docteur, qu'il n'y a pas à redouter qu'il en meure,
n'est-ce pas?

— Nullement, à moins que la fièvre ne le prenne,
ce qu'à Dieu ne plaise!

— Mais si elle le prenait?

— Alors il y aurait tout à craindre.... Avec des
tempéraments nerveux....

— Il a un tempérament nerveux!

— Très-nerveux! Il est probable que la suite d'un
accident comme celui-ci sera un accès de fièvre, or,
la fièvre amènera peut-être le délire. Mistress Pecker, il faut qu'il soit très-calme, qu'il ne voie personne, personne.... c'est-à-dire personne dont la
présence pourrait l'agiter le moins du monde.

— Je vais garder cette porte moi-même, docteur,
et je voudrais bien voir, dit la bonne femme en re-

gardant son petit époux d'un air vindicatif, je voudrais bien voir l'individu qui oserait le déranger, même en respirant. »

L'hôtelier de l'*Ours noir* cessa instantanément de respirer, comme s'il s'imaginait qu'à l'avenir on s'attendait à ce qu'il dût vivre sans l'aide de cette opération, si utile à notre existence cependant.

« A présent, il faut le porter en haut, mistress Pecker, dit le docteur. Il faut le mettre dans le meilleur lit et dans la chambre la plus tranquille de la maison, et il ne faut pas perdre une minute. »

Sur l'ordre du docteur, le facteur et le laboureur reprirent leurs places, l'un à la tête, l'autre aux pieds de Darrell Markham ; le valet d'écurie les aida. Les trois hommes avaient déjà soulevé le blessé, lorsqu'il porta sa main gauche à son front humide, et qu'il ouvrit lentement les yeux.

Les trois hommes s'arrêtèrent, et mistress Pecker, s'écria :

« Ah ! quel bonheur !... il n'est pas mort ! Cher master Darrell, parlez-nous.... dites-nous que vous n'êtes pas mort. »

Les yeux bleus du blessé regardèrent tranquillement les visages effrayés qui se pressaient autour de lui.

« Il a tiré sur moi.... il m'a volé la lettre au roi.... il m'a volé ma bourse.... il m'a blessé au bras.

— Qui est-ce qui a tiré sur vous, mon cher enfant ?... qui est-ce qui vous a blessé, mon cher master Darrell ?... » s'écria mistress Pecker.

Le jeune homme la regarda d'un œil vague et distrait; évidemment il ne savait pas où il était, et il ne reconnaissait pas les gens qui l'entouraient. Tantôt il détournait ses yeux injectés de sang de la figure de mistress Pecker, et son regard errait sur les autres spectateurs.... Il errait de l'aubergiste à la femme de chambre, de la femme de chambre au facteur, du facteur au docteur, du docteur au capitaine George Duke, du vaisseau de Sa Majesté, *le Vautour*.

Tout à coup ses yeux s'ouvrirent de toute leur grandeur et prirent une expression farouche.

« Voilà !... voilà l'homme !

— Quel homme, master Darrell?

— L'homme qui m'a blessé.

— Je vous disais bien qu'il aurait le délire, » dit le docteur.

Les noirs sourcils du capitaine Duke s'abaissèrent sur ses grands yeux, et une expression farouche se répandit sur son beau visage.

« Vous rêvez, mon cher enfant, dit mistress Pecker en essayant de l'apaiser. Quel homme, mon chéri? où est-il donc? »

Darrell Markham leva lentement celui de ses bras qui n'était pas blessé, et il dirigea sa main blanche vers la figure du capitaine du *Vautour*.

« Le voilà ! .. » dit-il en se levant à moitié dans les bras des hommes qui le soutenaient.

Après cet effort, il retomba encore sans connaissance.

« Je m'en doutais, murmura le capitaine.

— Et moi aussi, capitaine, je m'en doutais, dit le docteur. Il aura un accès de fièvre chaude, puis il s'éteindra comme une lampe sans huile.

— Il faut qu'il soit bien tranquille? demanda le capitaine, tandis qu'on montait le blessé à l'étage supérieur par le grand escalier de chêne.

— Il faut qu'il soit entièrement calme et que personne ni rien au monde ne vienne le déranger.... sans cela je ne réponds pas de sa vie, capitaine. Je le connais depuis son enfance, et je sais que la moindre surexcitation lui causerait un transport au cerveau.

—Pauvre garçon! c'est un de mes parents par mon mariage avec sa cousine; cependant, à cause de cela même nous ne nous aimons pas. Voici même la première fois que nous nous rencontrons. C'est étrange!

— Il y a bien des choses étranges dans la vie, capitaine Duke, dit le docteur sentencieusement.

— Vous avez raison, docteur, reprit le marin. Ainsi, voyez.... Darrell Markham en allant de Compton à Marley a été blessé par une personne ou par des personnes inconnues. C'est vraiment une chose très-extraordinaire et on ne peut plus étrange! »

CHAPITRE II.

MILLICENT.

Millicent Duke était seule dans son petit salon; il faisait grand vent, la tempête hurlait et sifflait autour des fenêtres. Mistress Duke essayait de lire le dernier roman de M. Richardson; c'était un joli volume bien relié et embelli de petites gravures ovales, que la femme du curé de Compton-des-Bruyères lui avait prêté; mais elle ne pouvait pas lire, le livre lui échappait à chaque instant de la main, et, assise près du petit feu, elle paraissait réfléchir profondément en écoutant le bruit du vent qui grondait dans la cheminée. C'est quelque chose d'avoir la permission de regarder mistress Millicent Duke, assise tranquillement près de son feu solitaire; sa main blanche soutenait sa petite tête, et son coude s'appuyait sur le bras du fauteuil de crin dans lequel elle était presque blottie.

La figure sur laquelle la lueur du feu voltigeait par intervalle était très-jolie et tout à fait celle d'une jeune fille; tantôt les flammes coloraient ses joues d'une douce rougeur, tantôt elles les laissaient dans l'ombre quand le feu montait ou quand les cendres

rouges disséminées sur le foyer s'éteignaient. Oui,
c'est un frais et joli visage, aux traits délicats et aux
doux yeux bleu foncé; il y a dans ces yeux une mé-
lancolie pleine de douceur, une tristesse semblable
à celle causée par des larmes depuis longtemps
séchées, mais pas oubliées; il y a aussi des lignes
pensives autour de sa bouche qui n'annoncent pas
une jeunesse entièrement heureuse; la tristesse et
Millicent Duke se sont rencontrées face à face, et
cette nuit n'est pas la première où elles aient été
compagnes et où elles se soient reposées sur le
même oreiller. Mais, malgré cette mélancolique rê-
verie qui met des ombres sur sa beauté, Millicent
Duke est une très-jolie fille, ou peut-être est-ce
cette tristesse même qui augmente la beauté qu'elle
ombrage. Il est difficile de voir en elle une femme
mariée, tant elle a l'air jeune et tant dans ses manières il y a une timidité de jeune fille, une timidité
presque enfantine, comme dit quelquefois son mari,
— un mari qui, dans ses meilleurs jours, n'est
jamais ni trop aimant, ni trop tendre: — il a l'habitude de dire « qu'il est aussi difficile de savoir s'y
prendre avec Millicent qu'avec un petit enfant, car
on ne sait jamais quand elle va commencer à se
plaindre comme une enfant gâtée qu'elle est. » Il y
a des personnes à Compton-des-Bruyères qui se
souviennent bien du temps où cette enfant gâtée
ne se lamentait jamais; elles se rappellent le temps
où un rayon de soleil de printemps tombant sur
une route était à peine plus brillant ou plus agréable que celui qui se promenait sur la figure rayon-

nante de Millicent Markham; mais cela était dans le bon vieux temps passé, quand son père, le seigneur du pays, vivait, et quand elle se promenait sur un petit cheval blanc dans la campagne, accompagnée de son cousin et meilleur ami Darrell Markham, qui la protégeait.

Ce soir, elle est particulièrement triste; le bruit perçant du vent qui souffle autour de la fenêtre treillissée la fait frissonner jusqu'au cœur; elle met la pèlerine de sa robe de soie grise sur ses épaules, et elle traîne le lourd fauteuil plus près encore du petit feu. Il y a longtemps qu'elle a envoyé coucher sa domestique, grande paysanne bien découplée, et elle ne peut donc plus demander de chauffage pour entasser dans le grand foyer; les bougies se sont presque consumées dans les vieux et élégants flambeaux d'argent; dix heures, onze heures, et minuit, ont sonné avec de longs intervalles entre chaque sonnerie, à la tour de l'église de Compton, et le capitaine Duke n'est pas rentré.

« Il est plus heureux avec eux qu'avec moi, se disait-elle tristement. Qui peut s'étonner de cela? Ils le font rire, et moi je ne puis que le fatiguer, l'ennuyer avec mon visage pâle et mélancolique. »

En parlant, elle leva les yeux vers le miroir ovale qui était fixé à la boiserie vis-à-vis d'elle, et dans lequel elle vit cette pâle et mélancolique figure réfléchie par la lueur vacillante du petit feu et des bougies qui s'éteignaient.

« Et autrefois on disait que j'étais une jolie fille!

Je crois qu'à présent il me reconnaîtrait à peine!»
dit-elle avec un soupir.

La longue heure après minuit se traînait, et, au
moment où une heure sonna d'un son plaintif qui
vibra d'une manière lugubre dans la rue solitaire,
elle entendit le pas de son mari sur le trottoir. Elle
s'élança vivement de son fauteuil, et elle courut
dans l'étroit vestibule; mais, comme elle allait retirer les verrous, elle s'arrêta tout à coup et posa
la main sur son cœur.

« Qu'est-ce que j'ai ce soir?... qu'est-ce que j'ai?...
murmura-t-elle; je sens que quelque grand malheur
va m'arriver. Cependant, quel malheur plus grand
peut-il m'arriver? »

Son mari frappa impatiemment à la porte avec la
poignée de son sabre, pendant qu'elle tirait les verrous timidement et d'une manière gauche.

« Est-ce que vous écoutiez à la porte, Millicent,
que vous l'avez ouverte si vite? demanda-t-il en entrant.

— J'ai entendu votre pas dans la rue, George, et
je me suis pressée de vous faire entrer. Vous venez très-tard, ajouta-t-elle, tandis qu'il marchait à
grands pas dans le parloir et se jetait dans le fauteuil qu'elle avait occupé.

— Oh! encore un reproche, sans doute, dit-il,
riant d'un rire moqueur; certes, je ne manque pas
de raisons pour me retenir chez moi, marmotta-t-il
en regardant autour de lui : une femme larmoyante
et un mauvais feu. »

Il lui tourna le dos et se courba au-dessus du feu.

essayant de se chauffer les mains au peu de chaleur qui restait.

Elle s'assit à la table d'acajou, et, prenant le roman de Richardson, qu'elle avait mis de côté, elle fit semblant de lire à la faible et dernière lueur de deux bougies.

« Tout à l'heure, dit-il sans même se tourner vers elle pour la regarder, sans changer d'attitude et sans l'appeler seulement par son nom, il y a eu un accident là-bas ce soir !

— Un accident ! »

Elle laissa tomber son livre et leva ses yeux, dans lesquels il y avait une vague expression d'alarme.

« Un accident ! j'en suis fâchée ; mais quel accident ? »

Quoiqu'il y eût un accent de douce compassion dans sa voix, il y avait toujours un peu d'embarras dans ses manières, comme si elle eût été tellement préoccupée de quelques tristes pensées qu'elle pût à peine comprendre ce qu'elle disait.

Comme il ne répondit pas à sa première question, elle lui demanda encore :

« Quel accident, George ?

— Un homme a été presque tué par des brigands sur les bruyères de Compton.

— Mais pas tué tout à fait, George.... pas tué ? demanda-t-elle avec anxiété, mais toujours du même ton à moitié distrait, comme si, en dépit d'elle-même, elle ne pouvait pas tout à fait concentrer son esprit sur le sujet dont son mari parlait.

— Pas tué, non ; mais ne vous ai-je pas dit qu'il

a été presque tué? répéta le capitaine. A présent, on ne sait pas encore s'il vivra ou s'il mourra. C'est un beau garçon aux cheveux blonds, ajouta-t-il moitié à lui-même; un beau garçon qui est très-bien de figure. Le pauvre diable !

— J'en suis très-fâchée, » dit-elle doucement.

Et comme son mari ne quittait pas son siége près du feu, elle prit encore une fois son livre, et elle commença à avoir les yeux fixés sur les petits caractères antiques. Son mari se tourna et la regarda pendant qu'elle était assise, penchée vers la lumière, et, après l'avoir contemplée pendant quelques instants avec une expression de colère dans ses beaux yeux noirs, il dit en riant dédaigneusement :

« Que le ciel me préserve de ces femmes qui ne font rien que lire des romans ! La mort d'un de leurs semblables leur est bien indifférente, pourvu que miss Clarisse soit raccommodée avec son amant et que la vertu de miss Paméla soit récompensée dans le sixième volume. Quelle créature tendre et compatissante ! elle pleure sur sir Charles Grandisson, et elle ne me demande pas même qui est à présent entre la vie et la mort dans la chambre bleue, à l'*Ours noir*. »

Elle le regarda avec une figure frappée de crainte, comme si elle était habituée à entendre des injures, et qu'elle fût aussi accoutumée à les parer par des excuses; puis elle dit avec hésitation :

« Je vous demande pardon, George ! je vous assure que je ne suis pas insensible. Je suis très-fâchée pour ce pauvre homme blessé et à moitié mort, n'importe qui il soit. Si je pouvais faire quelque chose pour le servir ou pour le soulager, je le ferais n'importe à quel prix. Qu'est-ce que je peux dire de plus, George?

— Et on parle de la curiosité des femmes!... s'écria-t-il en riant avec dédain, et en voilà une qui ne demande pas même quel est l'homme blessé!

— Oui, je vous le demande, George. Pauvre créature!... qui est-ce? »

Il y eut une pause de quelques minutes après sa question. Elle s'était levée et se tenait près de la table, essayant de raviver la faible mèche de la dernière bougie qui restait. Le capitaine tourna sa chaise, et il regarda la pâle figure de sa femme en disant lentement et distinctement :

« C'est votre cousin germain, Darrell Markham! »

Millicent jeta un cri. Ce n'était pas un cri aigu, mais un de ces faibles cris qui excitent la compassion; et, dans un accès de folie, elle leva ses deux petites mains blanches vers sa tête; elle demeura quelques minutes dans cette attitude, tout à fait calme, tout à fait silencieuse, puis elle se glissa doucement auprès de la table. Son mari l'observa constamment en ricanant; un éclair de fureur brillait en même temps dans ses yeux.

« Darrell!... Mon cousin Darrell est mort?

— Il n'est pas mort, mistress Millicent; le mal n'est pas si grand que vous pensez; votre cher cousin, si blond et si joli, n'est pas mort, ma douce et aimante femme, il se meurt seulement.

3

— Il est couché dans la chambre bleue de l'*Ours noir.* »

Elle répéta ces mots qu'il avait dits quelques minutes auparavant, elle les répéta comme une folle, ce qui était très-pénible à entendre.

« Il repose dans la chambre bleue de l'*Ours noir.* Oui, dans la chambre bleue, numéro quatre, dans le grand corridor. Vous connaissez très-bien la chambre, n'est-ce pas?... vous y avez été souvent voir la vieille femme de charge de votre père, cette veuve du marin et actuellement la femme de l'aubergiste ?

— Il est entre la vie et la mort? dit-elle du même son de voix compatissant.

— Oui, il y était tout à l'heure! Dieu seul sait comment il peut être à présent. Il y a une demi-heure que je ne l'ai vu ; la chance peut avoir tourné pendant ce temps-là, et il peut être mort! »

Comme il disait ce dernier mot, elle s'élança de sa chaise, et, sans même le regarder, elle courut à la hâte vers la porte de la rue. Elle avait déjà mis la main sur les verrous, lorsqu'elle s'écria d'un ton de terrible angoisse :

« Oh! non! non!... »

Elle tomba à genoux et elle appuya sa tête contre la serrure de la porte.

Le capitaine du *Vautour* suivait des yeux tous ses mouvements, et au moment où elle tomba à genoux il lui dit :

« Tu allais courir à lui! »

Pour la première fois, depuis qu'il avait prononcé

le nom de Darrell Markham, elle regarda son mari, mais non tristement, ni insolemment, ni avec crainte; non, c'était un regard hardi, brillant et plein de défi qu'elle lui lança à travers le petit vestibule, jusqu'au parloir où il était.

« Oui!

— Pourquoi n'y vas-tu pas, alors? Tu vois que je ne suis pas cruel; je ne t'empêche pas d'y aller. Tu es libre, va! Veux-tu que je t'ouvre la porte? »

Elle se remit sur ses pieds avec un effort des plus pénibles et toujours en s'appuyant contre la porte pour se soutenir.

« Non, lui dit-elle, je ne veux pas aller le voir; je ne puis rien faire pour lui : je pourrais l'agiter, et cela le tuerait peut-être! »

Le capitaine se mordit la lèvre inférieure, et son expression souriante s'évanouit de ses grands yeux.

« Mais sachez bien, George Duke, que ce n'est pas la crainte que vous m'inspirez qui m'empêche d'y aller; ce n'est ni la crainte de vos cruelles paroles, ni la crainte de vos regards plus cruels encore qui m'empêche d'aller le voir; si ma présence pouvait lui épargner une douleur.... si je pouvais par mon affection lui donner un moment de paix et de soulagement, et que la ville de Compton fût une mer de feu, je la traverserais pour le faire.

— Quel joli discours! Dans quel roman l'avez-vous trouvé?... lui dit son mari; mais je n'ai pas grande confiance dans ces belles paroles; peut-être ai-je une bonne raison à moi pour m'en méfier. Je

me figure que si Darrell Markham demandait à vous
voir à son dernier soupir, vous iriez surtout, ajouta-
t-il dédaigneusement, parce que Compton n'est
pas une mer de feu. »

En disant cela, il se leva, et il alla dans le vestibule où elle se tenait debout. Elle s'élança vers lui,
et elle saisit son bras entre ses deux petites mains
d'une manière convulsive.

« Darrell a-t-il demandé à me voir?... s'écria-
t-elle avec passion; est-ce que Darrell a demandé à
me voir? Oh ! George, sur votre honneur de gentleman, de marin, et de serviteur de Sa Gracieuse
Majesté, par votre espoir du ciel, par votre confiance
en Dieu, dites-moi si Darrell a demandé à me
voir! »

Il lui fit attendre sa réponse pendant qu'il allu-
mait lentement la bougie de son bougeoir à la petite
flamme qui restait encore dans le grand chandelier.

« Je ne vous dirai ni non, ni oui, lui dit-il, je ne
veux pas servir de messager entre vous et lui. Bonsoir ! » ajouta-t-il.

Et, passant devant elle dans le vestibule, il monta
lentement l'escalier.

« Si vous voulez veiller, faites-le, ce n'est pas
moi qui vous en empêcherai; deux heures vont
sonner; pour moi, je suis fatigué : bonsoir ! »

Il monta l'escalier, et il entra dans une petite
chambre à coucher qui était au-dessus du parloir.
Elle était bien meublée, mais avec simplicité, et
la propreté la plus exquise régnait dans tous les
arrangements. Un tout petit feu brûlait dans le foyer,

et quoique le capitaine frissonnât, ce fut vers la fenêtre qu'il dirigea ses pas.

Il l'ouvrit très-lentement et se pencha dehors juste au moment où deux heures sonnaient.

« C'est comme je l'avais pensé, dit-il en entendant le bruit des verrous qu'on tirait et le craquement de la porte. Pardieu ! je savais parfaitement qu'elle irait le voir ! »

Les faibles échos d'un pas léger et rapide rompirent le silence de la rue solitaire.

« Et la moindre émotion peut lui être fatale !... » dit le capitaine du *Vautour* en fermant la fenêtre.

Darrell Markham était couché dans la chambre bleue de l'*Ours noir*, il était dans une torpeur léthargique. M. Jordan, le médecin, avait déclaré que si son bras cassé pouvait jamais être remis, ce ne serait pas avant quelques jours que l'opération pourrait être tentée. Sur ces entrefaites, mistress Sarah Pecker avait reçu l'ordre de baigner constamment le bras malade avec une lotion rafraîchissante, et si le jeune homme retrouvait encore sa connaissance, la bonne hôtesse de l'*Ours noir* ne devait en aucune manière le déranger par ses lamentations ni par ses questions, et elle ne devait, au risque de sa vie, admettre personne que le médecin dans sa chambre. Mistress Pecker se voua avec la meilleure volonté du monde à ses devoirs de garde-malade; elle fit seulement l'observation suivante :

« Je voudrais bien voir l'individu mâle ou femelle qui se permettrait d'approcher de lui pour l'ennuyer ou le chagriner, quand même ce serait le pasteur de la paroisse, dit-elle avec détermination; il ne faut pas qu'il fasse grand cas de ses yeux, s'il essaye de surprendre Sarah Pecker. Une fois pour toutes, il ne faut pas que personne s'approche de lui — ajouta mistress Pecker sévèrement en tournant son visage vers le grand escalier, et se présentant devant un petit groupe de personnes on ne peut plus affairées; car tous les domestiques se pressaient autour d'elle, quand elle sortit de la chambre du malade, dans leur avidité d'avoir des nouvelles de Darrell Markham. — Et, continua-t-elle avec une sévérité particulière en s'adressant à son maître et seigneur le bon Samuel, je ne veux pas que tu viennes le déranger avec tes questions perpétuelles : « Ne va-t-il pas mieux? » et « Crois-tu qu'il se « rétablira? » et d'autres encore! Quand le bras d'un jeune gentleman a été cassé, dit-elle en s'adressant à tout le monde, et quand ce pauvre jeune gentleman a été étendu comme s'il était mort sur une lande solitaire autant de longues heures d'une froide nuit d'octobre, il ne peut pas se remettre de cela en vingt minutes, ni dans une demi-heure. Alors, tout ce que vous avez à faire ici, c'est de retourner à la cuisine et d'y rester tranquillement jusqu'à ce qu'on ait besoin de vous, car master Darrell aura tout ce dont il aura besoin. Oui, s'il désirait la couronne d'or et le sceptre du roi, il faudrait bien qu'un de vous allât à Londres pour les chercher. »

Ayant ainsi déclaré sa volonté suprême, mistress

Pecker remonta l'escalier et rentra dans la chambre du malade.

« Si la même personne pouvait être à la fois en deux endroits différents, murmura le digne hôtelier en se retirant dans les offices de l'auberge, je pourrais très-facilement me rendre compte de cela; mais, comme il ne pouvait pas être en même temps dans deux endroits différents, c'est-à-dire que le pasteur dit que cela ne se peut pas, c'est trop fort pour moi, et je ne peux rien y comprendre. »

Ayant dit, M. Samuel Pecker s'assit sur un grand banc devant le feu, et il commença à se gratter la tête.

« Je pense, puisque M. Markham est blessé au bras, qu'il n'est pas probable que ma femme redescende, et je crois que je puis me permettre de prendre un gobelet de la bière à quatre pence, » disait l'aubergiste d'un air pensif.

Deux heures et demie après minuit sonnaient à la pendule de l'escalier juste au moment où l'aubergiste allait chercher ce gobelet de bière; il fut arrêté dans le vestibule par de faibles coups frappés à la grande porte en chêne qui était fermée et barrée pour la nuit, car le médecin s'était décidé à rester avec la malade jusqu'au lendemain.

Le timide Samuel laissa échapper la bougie de sa main.

« Ce sont des revenants sans doute, murmura-t-il, Compton en est plein. »

On frappa encore à la porte, et cette fois un peu plus rudement.

« Ils frappent bien fort pour des fantômes, dit Samuel, et ils sont assez persévérants. »

On continua de frapper de plus en plus fort.

« Oh! oh! alors il faut que j'ouvre, murmura M. Pecker avec un gémissement; mais à quoi bon retirer les verrous? sans doute il n'y aura personne. »

Cependant il y avait quelqu'un à la porte, car, lorsque M. Pecker eut retiré les verrous très-doucement, avec beaucoup de précaution et bien des soupirs étouffés, une femme se glissa par l'étroite ouverture de la porte, elle traversa le vestibule, et dirigea ses pas vers la chambre où Darrell Markham reposait.

La peur qu'avait su lui inspirer sa gigantesque épouse s'empara furieusement de l'âme de l'aubergiste; il s'élança avec une agilité rare, et au bas de l'escalier il arrêta la femme et l'empêcha de monter.

« Il ne faut pas, madame, lui dit-il, il ne faut pas, excusez-moi, mais il y va de ma vie, et je ne puis vous laisser monter, madame, ni vous, ni personne, pas même le pasteur. Oui, madame, Sarah!... »

Ainsi parla d'une manière vague le pauvre Samuel, épouvanté.

La femme laissa tomber le grand capuchon gris dans lequel sa tête était enveloppée et lui dit :

« Ne me reconnaissez-vous pas, monsieur Pecker? c'est moi, Millicent, Millicent.... Duke.

— C'est vous, miss Millicent! vous, mistress

Duke!... Oh! miss!... oh! madame!... votre cher cousin....

— Monsieur Pecker, pour l'amour de Dieu, ne m'empêchez pas de monter! mettez-vous de côté! ôtez-vous de là! s'écria-t-elle avec passion : il peut mourir pendant que vous me retenez ici!.

— Mais, madame, vous ne pouvez pas aller le voir; le médecin, madame.... et Sarah, miss Millicent.... Sarah, elle est terrible sur ce sujet, madame!

— Laissez-moi passer, lui dit-elle; je vous dis qu'un incendie ne m'arrêterait pas; ôtez-vous de là.

— Non, madame.... Mais Sarah! »

Millicent Duke étendit ses deux mains blanches et fines, et elle poussa le propriétaire de l'*Ours noir* avec une force qui le fit glisser autour de la balustrade en chêne. Elle monta très-vite l'escalier qui conduisait à la porte de la chambre bleue, et sur le seuil elle se trouva face à face avec mistress Sarah Pecker.

La jeune femme tomba à genoux; ses cheveux blonds se répandaient épars sur ses épaules, et son long manteau traînait après elle sur le parquet de chêne.

« Sarah.... Sarah.... ma chère Sarah, laisse-moi le voir....

— Pas vous.... pas vous.... ni personne, dit l'hôtesse d'un air sévère. Vous êtes la dernière personne qu'il doit voir, mistress George Duke. »

Ce nom la frappa comme un coup de massue, et elle eut un long frémissement.

« Laisse-moi le voir! laisse-moi le voir! dit-elle; moi, l'unique enfant du frère de son père.... sa cousine germaine.... la compagne de ses jeux.... son amie.... sa chère et aimante amie, sa....

— Celle qui aurait dû être sa femme, mistress Duke, interrompit l'hôtesse.

— Qui aurait dû être sa femme, et qui jamais.... jamais n'aurait dû être à un autre; qui aurait dû être sa femme heureuse, aimante et fidèle. Laisse-moi le voir! s'écria-t-elle suppliante et levant ses deux mains jointes vers mistress Pecker.

— Le médecin est là; voulez-vous qu'il vous entende, madame Duke?

— Quand tout le monde m'entendrait, je ne cesserais pas de te demander, Sarah, de me laisser voir mon cousin Darrell Markham! »

L'hôtesse tenait une bougie dans la main; en voyant la triste figure de Millicent et ses yeux pleins de larmes, son visage presque caché sous ses cheveux blond doré, qui étaient tout déliés, en voyant tout cela, l'hôtesse s'attendrit et lui dit :

« Mistress Millicent, le médecin a défendu que personne l'approche!... le médecin a défendu que personne lui parle!... il ne faut pas qu'on le dérange ni qu'on l'agite! et croyez-vous que votre apparition ne le troublera pas?

— Mais il a demandé à me voir, Sarah; il a parlé de me voir!

— Quand ça, miss Millicent? »

Touchée par la triste figure qui se tournait vers

elle, l'hôtesse n'appelait plus la fille de son maître défunt par son nouveau nom de mistress Duke.

« Quand, miss Millicent?

— Cette nuit, cette nuit, Sarah!

— Master Darrell a demandé à vous voir!... Qui vous a dit cela?...

— Le capitaine Duke.

— Master Darrell n'a pas dit une douzaine de mots cette nuit, miss Millicent, et ces mots n'étaient que des paroles sans aucun sens, et il n'a pas une seule fois prononcé votre nom.

— Mais mon mari a dit....

— Le capitaine vous a donc envoyée ici, alors?

— Non, non, il ne m'a pas envoyée ici.... Il m'a dit.... c'est-à-dire il m'a fait comprendre que Darrell avait parlé de moi, qu'il avait demandé à me voir.

— Votre mari est un singulier homme, miss Millicent!

— Laisse-moi le voir, Sarah! laisse-moi seulement le voir, je ne lui dirai pas un seul mot, je ne soupirerai pas.... seulement laisse-moi le voir. »

Mistress Pecker entra pendant quelques instants dans la chambre bleue, et dit quelque chose tout bas à l'oreille du médecin. Millicent était toujours à genoux sur le seuil de la porte à moitié ouverte, et elle s'efforçait de voir à travers le chêne épais qui la séparait du pauvre blessé.

L'hôtesse revint à la porte.

« Si vous voulez voir un cadavre, miss Millicent,

vous pouvez entrer et le regarder, car il est couché absolument comme un cadavre. »

Elle prit la jeune fille dans ses bras, elle la porta et la soutint à moitié dans la chambre où, vis-à-vis d'un feu flamboyant, Darrell Markham reposait sans connaissance sur un lit à colonnes entouré de lourdes draperies. Sa tête reposait en arrière sur l'oreiller, et ses cheveux blonds étaient tout mouillés de la lotion avec laquelle mistress Pecker avait baigné la blessure du crâne dont le docteur avait parlé. Millicent chancela à côté du lit, et, s'asseyant dans un fauteuil que Sarah Pecker avait occupé avant elle, elle prit la main de Darrell dans les siennes et la pressa sur ses lèvres tremblantes. Il sembla y avoir quelque chose de magique dans cette douce pression, car le jeune homme ouvrit les yeux pour la première fois depuis la scène qui avait eu lieu dans le vestibule, et il regarda sa cousine :

« Millicent, dit-il sans aucun signe de surprise, chère Millicent, que c'est bien à vous de me soigner ! »

Elle l'avait soigné dans une maladie dangereuse, il y avait trois ans, et dans son délire il mêlait le présent avec le passé, s'imaginant qu'il était dans sa vieille chambre au manoir de Compton, et que sa cousine avait veillé à côté de son lit.

« Appelez mon oncle, dit-il, appelez mon oncle, je veux le voir ! » Puis, après une pause, il murmura en regardant autour de lui : « Mais certainement cette chambre n'est pas la vieille chambre ; quelqu'un a sans doute changé la chambre.... »

— Darrell, mon cher master Darrell, s'écria l'hôtesse, ne savez-vous pas où vous êtes? Vous êtes
avec de vrais et fidèles amis. Ne savez-vous pas
cela, mon cher enfant?

— Oui, oui, dit-il, je le sais.... je le sais.... J'ai
été étendu sur la terre en plein air, et mon bras est
blessé, je m'en souviens, Sally, je m'en souviens ;
je me sens quelque chose d'étrange dans la tête, et
je puis à peine comprendre où je suis.

— Regardez ici, master Darrell, voici mistress
Duke qui est venue de l'autre extrémité de Compton, par cette nuit si froide et si orageuse, exprès
pour vous voir. »

La bonne femme disait cela pour soulager le malade, mais ce nom rappela au jeune homme le mariage de sa cousine, et il s'écria amèrement :

« Mistress Duke! oui, je m'en souviens. » Puis,
tournant sa tête fatiguée sur l'oreiller, il s'écria
avec une énergie nouvelle : « Mistress Duke, Millicent
Duke, pourquoi venez-vous ici pour me tourmenter ? »

A ce moment on entendit un bruit de dispute
dans le vestibule en bas, puis le bruit de deux voix
en colère, et, après le bruit, des pas qui montaient
à la hâte. Mistress Pecker courut à la porte, mais,
avant qu'elle y fût arrivée, la porte fut enfoncée
avec violence par le capitaine du *Vautour*, qui entra
brusquement dans la chambre. Il fut suivi de près
par le médecin, qui alla directement au lit, en
s'écriant avec une colère étouffée :

« Je déclare, capitaine Duke, que si quelque mal

résulte de votre imprudence, je vous en rendrai responsable. »

Le capitaine ne fit nulle attention à cette observation ; mais se tournant vers sa femme, il lui dit d'une manière farouche :

« Quand plaira-t-il à mistress Millicent de retourner chez elle avec moi? Il est près de quatre heures du matin, et la chambre d'un jeune homme malade est un endroit peu convenable pour une jeune femme à une heure si avancée. »

Darrell Markham se leva sur son lit et s'écria avec un accent énergique :

« Je vous dis que c'est l'homme, Millicent, Sarah, regardez..... c'est l'homme qui m'a arrêté dans la bruyère de Compton, qui m'a blessé au bras, et qui m'a volé ma bourse.

— Darrell !... Darrell !... s'écria Millicent, vous ne savez pas ce que vous dites... Cet homme est mon mari!...

— Votre mari!... un brigand! un... »

On ne sut jamais ce qu'il allait dire, car il retomba sans connaissance sur l'oreiller.

« Capitaine George Duke, dit le chirurgien en mettant sa main sur le poignet du malade, si cet homme meurt, vous l'aurez tué! »

CHAPITRE III.

REGARD EN ARRIÈRE.

John Homerton, le forgeron, avait eu grande-
ment raison, quand il avait dit que le jeune squire
Ringwood Markham se ruinait à Londres. Les simples habitants d'un village sont portés à exagérer
les dangers et les vices de la métropole, dont ils se
font des idées étranges; mais dans ce cas l'honnête
Hamerton n'exagérait pas, car le jeune squire
faisait tout ce qu'il pouvait pour s'avancer sur ce
facile et doux chemin connu sous le nom de la ruine.

Ringwood Markham avait trois ans de plus que
sa sœur Millicent, et il était de six ans plus jeune
que son cousin Darrell, car le vieux Markham s'é-
tait marié tard, et peu de temps après son mariage
il avait adopté l'enfant unique d'un frère cadet, qui
était mort jeune, laissant une petite fortune à son
orphelin.

Dans sa personne, Ringwood Markham avait beaucoup de ressemblance avec sa sœur. Il avait les
mêmes cheveux blond doré, les mêmes grands yeux
bleus et limpides, les mêmes traits délicats, et le
même teint rose et blanc. Mais ce qui était char-

mant dans une jeune fille de dix-neuf ans n'était qu'afféterie dans un homme de vingt-deux ans, et le vieux seigneur fut désolé de voir que son fils bien-aimé ne devenait rien qu'un joli garçon, un fat au visage efféminé, l'admiration des jeunes filles qui sont encore en pension et des femmes entre deux âges, et le type des Stephens et des Damons qui, à cette époque, envahissaient la poésie anglaise. Ringwood avait toujours été le favori de son père, à l'exclusion même de la jolie et aimable Millicent; et, comme Darrell arrivait à l'âge viril, il était tourmenté de voir celui-ci hardi, robuste, athlétique, habile dans tous les exercices de l'homme. Il tirait très-bien, était une fine lame, un cavalier courageux; c'était de plus un jeune homme généreux, insouciant et franc; tandis que Ringwood ne pensait qu'à sa jolie figure et à son gilet brodé, et aimait beaucoup mieux les ornements en acier luisant qui brillaient sur la poignée de son épée que la lame de cette arme.

C'était difficile pour le vieux squire de se l'avouer même à lui-même, mais il n'en était pas moins vrai que Ringwood Markham était un dandy inutile à lui et aux autres.

Le vieillard cacha son chagrin au plus profond de son cœur, et, avec une injustice très-commune, il haïssait Darrell parce qu'il était bien supérieur à son fils.

Voilà comment la pâle figure de la tristesse se montra pour la première fois dans la petite famille du manoir de Compton.

Darrell et Millicent s'aimaient depuis leur enfance, depuis le jour, qui n'était pas oublié, où le jeune orphelin avait regardé par curiosité dans le berceau de sa petite cousine, et contemplé avec un étonnement plein d'admiration sa jolie petite figure et ses petites mains roses.

On ne me croirait peut-être pas si je disais que l'amour de Millicent pour lui avait commencé dès ce moment; mais je sais fort bien que ce fut le commencement du sien, et je sais aussi que les deux premières syllabes que sa cousine Milly bégaya furent les deux sons si simples qui forment le nom de Darrell.

Ils s'aimaient dès cet âge tendre, et ils s'aimaient si fidèlement et si réellement, que peut-être ne furent-ils jamais des amants dans le vrai sens du mot.

Ils n'étaient point jaloux; ils n'avaient jamais entre eux de ces charmantes querelles ni de ces raccommodements encore plus charmants; il n'y eut entre eux aucune intervention de femmes de chambre gagnées, chargées de petits billets doux parfumés; non, ils s'aimaient honnêtement et franchement, d'une affection calme et invariable, qui avait si peu besoin de mots pour s'exprimer que les spectateurs n'en auraient pas peut-être imaginé la profondeur tranquille.

Si le vieux squire vit cet attachement croissant entre les deux jeunes gens, il ne le favorisa ni ne le découragea. Il n'avait jamais beaucoup aimé Millicent. Son frère et elle étaient les enfants d'une

femme qu'il n'avait épousée que pour sa fortune,
et qui mourut négligée et sans être regrettée ! Il y
avait des personnes qui disaient qu'elle était morte
de chagrin avant que Millicent eût accompli sa première année.

Aussi les choses se passaient-elles doucement. Millicent et Darrell passaient leur temps à se promener
ensemble à cheval dans les chemins verts et om-
brageux qui serpentent entre deux haies, sur les
prés nouvellement fauchés, et sur les bruyères des
environs de Compton, tandis que Ringwood ne faisait que rôder dans le village ou flâner devant le
comptoir de l'*Ours noir*, jusqu'à ce qu'une catastro-
phe arrivât juste à point pour changer le courant
des événements.

Darrell et Ringwood Markham eurent une querelle terrible, une querelle dans laquelle des coups
de poing furent donnés, et des paroles cruelles
dites des deux côtés, ce qui termina brusquement le
séjour de Darrell au manoir de Compton.

J'ai déjà dit que Ringwood Markham était un fat
et un paresseux, mais il ne manquait pas de personnes à Compton qui disaient des choses encore pires
de lui : quelques-unes l'appelaient poltron, menteur,
et sans cœur, mais celles-ci ne parlaient jamais mal
de lui en présence de son robuste cousin Darrell.

Le jour arriva cependant où Darrell lui-même lui
donna ces noms cruels. Il avait découvert une intrigue entre lui et une jeune fille de dix-sept ans,
la fille d'un petit fermier, une intrigue qui se serait
terminée par le désespoir et la honte de la pauvre

enfant, si elle n'avait pas été heureusement découverte à temps. Rouge de colère, le jeune homme
avait saisi son cousin par le collet de son habit de
velours, et l'avait amené de force en présence du
père et de la jeune fille, en disant avec un juron,
ce qui n'était malheureusement que trop commun
il y a une centaine d'années :

« Vous ferez bien d'avoir l'œil sur ce jeune
homme, fermier Morrison, si vous voulez préserver
votre fille d'un coquin éhonté. »

Ringwood devint très-pâle — il était de ces gens
qui deviennent pâles et non rouges de colère — et
il s'élança sur son cousin comme un chat, et le saisit
par la gorge comme s'il avait voulu l'étrangler ; mais
un coup de poing de Darrell l'étendit par terre, sur
le parquet couvert de sable du fermier Morrison,
et il vit une illumination générale briller devant ses
yeux éblouis.

Darrell retourna à grands pas au manoir, où il
emballa quelques vêtements et les mit dans la valise
de sa selle ; il écrivit deux lettres : une à son oncle,
lui disant assez brusquement qu'il avait battu
Ringwood parce qu'il l'avait trouvé se conduisant
comme un scélérat, et qu'il valait mieux se séparer
maintenant qu'il n'y avait plus de sympathie entre
eux ; la deuxième lettre fut adressée à Millicent, et
fut presque aussi brève que la première : il lui disait tout bonnement qu'il y avait eu une querelle
entre lui et Ringwood, qu'il allait à Londres pour
faire fortune, et qu'il ne reviendrait que pour la
demander en mariage.

Il laissa les lettres sur la grande cheminée de sa chambre à coucher et descendit aux écuries, où il trouva son cheval *Balmerino;* il attacha sa petite valise à la selle, monta le cheval dans la cour, et il quitta lentement la maison dans laquelle il avait passé son enfance et sa jeunesse.

Ringwood Markham revint à la maison la figure très-pâle et le front enveloppé d'un mouchoir.

Il trouva son père assis près du feu, dans le parloir qui était sur l'un des côtés du vestibule ; la porte de ce parloir était entr'ouverte, et comme le jeune homme essayait de passer sans être vu pour arriver au chemin qui conduisait aux étages supérieurs, son père l'appela et lui dit sévèrement :

« Ringwood, viens ici. »

Il entra en rechignant dans la chambre en baissant sa tête blessée, et regarda le parquet.

« Ringwood, est-ce que tu t'es fait mal à la tête ?

— Le petit cheval a eu peur de quelques moutons qui étaient dans la lande, et il m'a jeté sur une pierre.

— Tu mens, Ringwood. J'ai dans ma poche une lettre de ton cousin Darrell. Allons, mon garçon, tu es le premier des Markham qui ait jamais reçu un coup de quelqu'un sans le rendre avec intérêt, tu as la disposition à la lâcheté de ta mère, aussi bien que sa figure.

— Il n'est pas nécessaire de parler d'elle, dit Ringwood, vous ne l'avez pas trop bien traitée, si l'on en croit ce que disent les gens du pays.

— Ringwood, ne m'exaspère pas. Il est assez af-

fligeant pour moi d'avoir un fils qui ne sait pas se
défendre lui-même. Laisse-moi et va te coucher. »

Le jeune homme quitta la chambre la tête basse,
comme il était entré : il monta l'escalier très-doucement, car il pensait que son cousin Darrell était
toujours dans la maison, et il ne désirait nullement
l'éveiller.

Millicent resta donc seule au manoir de Compton,
absolument seule, car après le départ de Darrell,
elle n'avait plus personne pour l'aimer.

Je crois que les physiologistes modernes auraient
trouvé dans la nature de Millicent Markham beaucoup de motifs d'étonnement et beaucoup de choses
à expliquer. C'était une organisation délicate et
frêle, charmante, si on savait la diriger, mais très-
sujette à être trompée, et très-exposée à ce qu'on lui
fît tort. Ce n'était pas une fille de talent ; ses dis-
tractions intellectuelles étaient de l'ordre le plus
simple : un vieux roman la rendait heureuse pendant quelques jours, et elle pleurait sur les vers les
plus fades qui aient été écrits par quelques poëtes
médiocres dans les greniers à l'est de Temple-Bar.
Chez elle, le cœur prenait la place de l'esprit. En
faisant appel à son affection, on aurait pu faire
d'elle tout ce qu'on aurait voulu. Si Darrell lui avait
demandé d'apprendre le grec pour l'amour de lui,
elle aurait travaillé courageusement aux obscurités
lugubres de la grammaire, et elle se serait assise
avec douceur à côté de lui pour traduire la page la
plus difficile d'Homère. Pour ceux qui l'aimaient,
toute sa nature s'épanouissait semblable à une fleur

qui s'ouvre au soleil du matin. Privez-la de cette douce influence, et la même nature se rétrécissait en quelque chose de plus petit et de plus humble qu'elle-même; enfin on eût pu lui faire prendre la forme qu'on aurait désirée avec un peu de rudesse.

Darrell étant donc parti, et la chère vieille Sally Masterton ayant quitté le manoir pour deviner la maîtresse de l'*Ours noir*, la pauvre Millicent fut abandonnée aux mauvaises humeurs de son père et de son frère: ni l'un ni l'autre ne se souciait plus d'elle que de son petit épagneul moitié blanc et moitié couleur de feu qui la suivait partout dans la maison. Cette organisation si délicate fut donc froissée, et les journées de Millicent furent employées à lire des romans et à se pencher sur un gilet qu'elle brodait pour en faire cadeau à Darrell, et dont les couleurs étaient flétries et fanées par les larmes qu'elle avait laissées tomber sur la soie tout en travaillant.

Elle garda la lettre de Darrell sur son sein. Elle n'était pas plus savante alors sur les manières du monde qu'elle ne l'était quand Darrell l'avait regardée endormie dans son berceau, et elle ne mettait pas en doute que son cousin ferait fortune, et qu'il reviendrait dans quelques années la réclamer pour sa femme; elle ne doutait pas plus de cela que de sa propre existence, mais, malgré cet espoir, les jours étaient longs et tristes, son père négligent, son frère peu aimable et hautain, et son intérieur était tout à fait misérable.

Cependant son plus grand malheur était à venir.

Il apparut dans la personne d'un certain capitaine George Duke qui séjourna quelques jours à Compton en allant de Marley à la capitale, et qui trouva moyen de faire la connaissance du vieux squire Markham et de M. Ringwood dans le parloir de l'*Ours noir*. Ils devinrent en quelques jours des amis intimes, et le loyal marin leur promit de rester encore à Compton en retournant à bord de son vaisseau *le Vautour*.

Les simples villageois croyaient de bonne foi que le capitaine Duke était ce qu'il se faisait passer pour être, c'est-à-dire un officier de la marine de Sa Majesté; mais il y avait des personnes à Marley qui disaient que le vaisseau dont le nom était inscrit sur les registres de l'Amirauté sous le nom du *Vautour* était une espèce de navire tout à fait différent du joli petit vaisseau qui restait dans un coin solitaire du havre obscur de Marley. Il y avait des personnes méchantes qui prononçaient tout bas les mots de *corsaire !* — *pirate !* — *négrier !* mais les plus hardies même faisaient bien attention de dire ces choses quand le capitaine ne pouvait pas les entendre, car l'épée de George Duke était aussi souvent hors du fourreau que dedans. Quoi qu'il en soit, le beau, le gai, le joyeux et le généreux George Duke devint le grand favori du squire Markham et de son fils.

Le manoir de Compton retentissait tous les soirs de son rire si franc; les bouchons sautaient; les verres s'entre-choquaient quand les trois hommes veillaient jusqu'à minuit (heure terrible à Compton),

en buvant du vin de Bourgogne et du vin de Bordeaux. Ce fut dans une de ces orgies, où ils étaient
tous entre deux vins, que le squire Markham promit de donner sa fille Millicent en mariage au capitaine George Duke.

« Vous êtes amoureux d'elle, George, et vous
l'aimez ! lui dit le vieillard. Je peux lui donner
deux mille livres sterling à ma mort, et si Ringwood
meurt, elle sera la seule héritière de la propriété
de Compton. Vous la posséderez, mon cher ami. Je
sais bien qu'il y a quelque petit attachement entre
Milly et mon neveu, mais cela ne vous sera pas un
obstacle, car je n'aime pas ce garçon, et si je peux
m'exprimer ainsi, la sentimentale demoiselle vous
épousera avant huit jours. »

Le capitaine Duke s'élança de sa chaise, et en serrant la main du vieillard, il s'écria avec l'enthou-
siasme d'un amant :

« C'est la plus jolie fille de toute l'Angleterre, et
j'aimerais beaucoup mieux l'avoir pour femme
qu'aucune duchesse de Saint-James.

— Quant à cela, elle est assez jolie, dit Ringwood
d'un air de mépris, et elle serait beaucoup plus jolie, si elle ne pleurait pas toujours. »

Le fermier Morrison aurait pu dire comment Ringwood lui-même avait pleuré lorsqu'il avait quitté
sa cuisine, couvert de sable, le jour où Darrell Markham l'avait si rudement corrigé, et quand le fermier lui avait dit en termes trop clairs que s'il se
montrait jamais sur ses terres, il recevrait un châ-
timent dont il se souviendrait à jamais.

Les deux enfants avaient hérité de quelque chose de la timide faiblesse de leur pauvre mère, si délicate et si peu aimée, qui était morte dix-sept ans auparavant dans les bras de Sally Masterton ; mais, timide et sensible comme était Millicent, je crois qu'elle avait une nature très-élevée, et que sous cette timidité enfantine et cette susceptibilité impressionnable qui, si on lui disait une parole cruelle, lui faisait répandre des larmes, je dis que sous cette nature timide il y avait un courage latent et calme qui n'existait pas dans le caractère égoïste et léger de Ringwood.

En cette occasion, comme en bien d'autres, de dures paroles furent adressées à Millicent Markham. D'abord elle apprit la résolution de son père, au sujet de son union avec George Duke, avec un regard fixe, vague et apathique, comme si le malheur était trop grand pour qu'elle pût le supporter ; puis, lorsqu'il répéta son ordre, ses yeux bleus et clairs se remplirent de grosses larmes, et elle tomba à genoux à ses pieds.

« Ce n'est pas possible, monsieur ! dit-elle en joignant ses deux petites mains délicates. Vous savez bien que j'aime mon cousin Darrell, que nous serons mari et femme dès qu'il vous plaira de nous donner votre consentement. Il y a longtemps que vous l'auriez pu deviner, monsieur ; nous n'avons pas eu le courage de vous en parler. Je serai votre enfant soumise en toute autre chose que celle-ci : mais je n'épouserai jamais personne que Darrell.... jamais ! »

4

Il n'est pas nécessaire de raconter la vieille histoire de la tyrannie et de l'emportement d'un vieillard grossier, stupide, et qui a l'âme basse. La pauvre Sophie Western n'a-t-elle pas souffert tous ces tourments, quoique dans le vieux roman tout s'arrange si heureusement dans le dernier chapitre? Mais dans le cas présent tout se passa différemment : le squire Markham ne voulut prêter l'oreille à aucun délai; et avant que Darrell eût pu recevoir la lettre que Millicent lui avait adressée à un hôtel de Covent-Garden, car elle avait gagné un des domestiques pour la donner au facteur de Compton, — avant que les yeux de la fiancée se fussent séchés après les longues nuits qu'elle avait passées à pleurer, — avant que le village eût à moitié discuté ce sujet, — avant que mistress Sarah Pecker eût pu finir le jupon qu'elle piquait pour la toilette de noces, on entendit la sonnerie et le carillon de la cloche de l'église de Compton, et un beau matin Millicent Markham et George Duke se tinrent debout l'un à côté de l'autre aux pieds de l'autel.

Quand Darrell Markham reçut la pauvre petite lettre toute mouillée de larmes qui lui apprenait ce mariage de mauvais augure, il s'abandonna à un emportement et à une fureur aveugles qui tombaient également sur le vieux squire, sur Ringwood, sur le capitaine George Duke, et même sur la pauvre malheureuse Millicent elle-même. Il est difficile pour un homme de comprendre l'influence que la tyrannie d'un père grossier exerce sur une femme faible et qui ne sait se défendre.

Darrell s'écria avec colère que Millicent aurait dû lui être fidèle en dépit du monde entier,
comme il lui aurait été fidèle dans toutes les
épreuves. Ainsi, devenu fou à la suite du naufrage
de son bonheur, il se précipita pour quelque temps
dans les dissipations de la ville, et il essaya d'oublier la jolie Millicent dans la bière des tavernes ou
dans le vin de Bourgogne.

Il n'était pas probable qu'un mariage fait dans
de telles circonstances fût heureux. George Duke
n'était sous aucun rapport une personne agréable
au foyer domestique. Chez lui, il était toujours
maussade et de mauvaise humeur, toujours prêt à
se plaindre du pâle visage et des yeux gonflés de
larmes de sa femme. Pendant la plus grande partie
de l'année, il était absent et restait sur son navire
pour un de ces voyages mystérieux dont l'Amirauté
ignorait le but; et pendant ces longues absences, si
Millicent n'était pas heureuse, elle avait du moins
du repos. Trois mois après le mariage, on trouva le
vieux squire mort dans son fauteuil, et Ringwood,
héritant de la propriété des terres, ferma le manoir
et partit pour Londres, où il fut bientôt perdu pour
les honnêtes gens de Compton dans un gouffre de
vices et de dissipations.

Voici dans quel état se trouvaient les choses
quinze mois après le mariage de George Duke et
de Millicent, époque à laquelle Darrell Markham
avait été attaqué et laissé pour mort sur le sombre
chemin des landes qui conduisait à Marley.

CHAPITRE IV

LE CAPITAINE DUKE PROUVE UN ALIBI.

Darrell Markham ne mourut pas de la surexcitation que le médecin avait dit devoir lui être fatale ; il se rétablit lentement, si lentement que la neige couvrit la lande qui était sous les fenêtres de l'*Ours noir* avant que son bras blessé fût bien remis, et que son corps affaibli retrouvât sa vigueur naturelle. Ce fut une maladie longue et douloureuse. La bonne Sarah Pecker fut sur le point de tomber malade à son tour, tant elle avait soigné sans relâche son fils bien-aimé, comme elle appelait toujours Darrell. Samuel fut obligé de porter des chaussons de lisière et de glisser comme un voleur dans les corridors de sa spacieuse hôtellerie. On relégua les voyageurs dans un petit parloir bien obscur, situé sur le derrière de la maison, de sorte que le bruit de leurs orgies ne pouvait déranger le malade. La tristesse et le silence régnèrent à l'*Ours noir* jusqu'au jour trois fois heureux où le docteur Jordan déclara que son patient était hors de tout danger. Sarah Pecker sacrifia un baril de sa meilleure bière, et elle versa généreusement cet excel-

lent breuvage à tous les flâneurs qui s'arrêtèrent ce
jour-là pour s'informer des nouvelles de la santé
du pauvre master Darrell.

Le capitaine George Duke était absent et faisait
un petit voyage sur les côtes d'Espagne quand Darrell commença à guérir ; et juste au moment où il
fut presque rétabli, le marin revint à Compton.

La neige était très-épaisse dans la petite rue
quand le capitaine arriva. Il trouva Millicent assise,
dans son attitude habituelle, auprès du feu, et lisant
un roman.

Mais il était de meilleure humeur qu'à l'ordinaire ;
il avait grand air, et une tournure superbe dans
son uniforme flétri par le mauvais temps ; ce n'était
pas tout à fait l'uniforme de la marine royale, mais
il lui ressemblait beaucoup ; cependant il y avait
quelques différences d'ordonnance qui trahissaient
le capitaine.

Il prit Millicent dans ses bras, et lui donna un
baiser sur chaque joue avant qu'il eût le temps de
faire attention au faible tressaillement avec lequel
elle le repoussait.

« J'arrive à la maison avec une foule de bonnes
choses, mistress Milly, lui dit-il en s'asseyant vis-
à-vis d'elle, tandis que la robuste servante entassait
de nouvelles bûches dans le feu qui flambait joyeusement. Une caisse d'oranges, un tonneau de vin de
Cadix : — c'est de l'or liquide, ma fille, et presque
aussi précieux que ce métal. J'ai aussi une quantité
de jolis bijoux pour mettre sur ton cou et tes bras
blancs, et pour attacher à tes jolies petites oreilles. »

Le capitaine prit dans sa poche un petit portefeuille, et, l'ouvrant, il couvrit la table d'une quantité de bijoux étrangers qui brillèrent à la lueur du
feu. Il y avait des objets en or arabe artistement
travaillés, et des bijoux de couleurs étranges qui
étincelaient sur la table et se reflétaient sur le chêne
poli, comme les astres dans une rivière.

Millicent rougit en se penchant sur les bijoux;
elle balbutia quelques douces phrases de remercîments; elle rougit en pensant combien peu de prix
elle mettait à toutes ces babioles, et combien son
âme aimait d'autres trésors qui ne pouvaient jamais
être à elle.... les trésors de l'amour profond et
fidèle de Darrell.

Au moment où cette pensée traversait son esprit,
le capitaine semblait la regarder nonchalamment,
mais en réalité il fixait sur elle le regard pénétrant
de ses brillants yeux noirs.

« Oh! à propos, lui dit-il, comment se porte
votre joli cousin aux cheveux blonds? S'est-il rétabli de cette secousse, ou a-t-elle causé sa mort?... »

Il y eut une certaine méchanceté dans ses yeux,
lorsqu'il la vit frissonner à ce mot cruel, la
mort.

« Voilà un mauvais compte à régler entre vous
et moi, madame, » pensa-t-il en lui-même.

« Il va beaucoup mieux.... Oui, il est en conva-
lescence, lui dit Millicent doucement.

— L'avez-vous vu?

— Je ne l'ai pas revu une fois depuis la nuit où
vous m'avez trouvée à côté de son lit. »

Elle le regarda d'un air calme, presque fier, en parlant ainsi ; c'était un regard qui semblait dire : J'ai la conscience nette, faites ce que vous voudrez, vous ne pourrez pas parvenir à me faire rougir ni à me faire trembler.

Elle avait en vérité la conscience nette. Maintes fois Sarah Pecker était venue la voir, et lui avait dit :

« Votre cousin est très-triste ce soir, miss Millicent ; venez avec moi et asseyez-vous auprès de son lit, ne fût-ce que pendant une demi-heure, pour le réjouir. La pauvre vieille Sally sera avec vous, et où elle est, les plus médisants ne peuvent rien voir de mal. »

Mais Millicent avait toujours refusé en disant :

« Cela ne nous rendrait que plus malheureux, chère Sally. J'aime mieux ne pas y aller. »

Personne ne sut jamais que quelquefois, quand la nuit était bien avancée, que sa servante était couchée, et que les lumières de la Grande-Rue de Compton s'étaient éteintes les unes après les autres, cette même Millicent, si inflexible, sortait à la dérobée, enveloppée d'un long manteau gris sombre, et qu'elle se glissait devant l'auberge de l'*Ours noir* pour rester debout dans la neige ou sous la pluie, pendant dix minutes, à regarder la faible lumière qui brillait à la fenêtre de la chambre où Darrell Markham reposait.

Une fois qu'elle se tenait là plongée dans la neige jusqu'à la cheville, elle vit Sarah ouvrir la fenêtre pour regarder dehors, et elle entendit la voix de son cousin qui demandait s'il neigeait.

Elle fondit en larmes au son de cette faible voix :
il lui semblait qu'il y avait si longtemps qu'elle
ne l'avait entendue, qu'elle s'imaginait que peut-
être elle ne l'entendrait plus jamais.

Un des matelots du *Vautour* apporta la caisse d'o-
ranges et le tonneau de vin de Xérès de Marley à
Compton, la nuit même du retour du capitaine, et
George Duke but une demi-bouteille du liquide d'or
avant d'aller se coucher. Il essaya inutilement de
persuader à sa femme de goûter la liqueur couleur
topaze : elle aimait beaucoup mieux le vin de prime-
vère que Sally Pecker faisait que le meilleur vin
de Xérès qui ait jamais été fait dans la Péninsule.

De bonne heure, le lendemain, le constable de
Compton vint au cottage muni d'un ordre d'arrêter
le capitaine George Duke, accusé d'avoir attaqué et
volé quelqu'un sur le grand chemin du roi. Pâle,
contenant sa fureur, le capitaine marcha à grands
pas dans la pièce où Millicent était assise pour le
déjeuner.

« Dites-moi, mistress Millicent, je vous en prie,
qui a persuadé à votre joli cousin d'essayer de faire
pendre un homme innocent, dans l'intention de
vous rendre veuve, ainsi que je me le figure?...
Qu'est-ce que cela veut dire?

— Comment, George ? » lui demanda-t-elle effrayée par ses manières.

Il lui raconta tout.

« Sans doute, dit-il; ne vous souvenez-vous pas
que votre master Darrell s'est écrié que c'était moi
qui l'avait blessé ?

— Je m'en souviens très-bien, George, mais j'ai pensé alors que ce n'était que quelque illusion étrange causée par la fièvre, et je crois encore à présent que ce n'est qu'une illusion.

— Je n'attendais pas autant de votre courtoisie, mistress Duke, répondit son mari. Heureusement pour moi que je peux très-facilement remettre cette sotte affaire dans son vrai jour, mais je n'en suis pas moins reconnaissant envers Darrell Markham pour sa bonne intention. »

On conduisit de suite le capitaine Duke devant le magistrat, dans le cabinet duquel il trouva Darrell assis.

Sa longue maladie l'avait rendu très-pâle, et i portait toujours le bras en écharpe.

« Je vous remercie, monsieur Markham, de ce service d'ami, dit le capitaine en croisant les bras et en s'appuyant le dos contre la porte du cabinet du magistrat, nous trouverons sans doute, je l'espère, l'occasion de régler bientôt tous nos comptes. »

Le digne magistrat n'était pas peu embarrassé pour agir dans cette affaire. Il est vrai qu'à Compton on ne connaissait que très-peu le capitaine George Duke ; mais il paraissait incroyable que le mari de la fille du squire Markham pût être coupable d'une attaque à main armée sur la grande route.

Darrell fit sa déposition franchement et de la manière la plus simple. Il dit qu'il avait quitté l'*Ours noir* pour aller à Marley ; — qu'à trois milles de Compton, un homme qui, il le jurait, était l'ac-

cusé, s'était approché de lui, et lui avait demandé
sa bourse et sa montre ; — qu'il avait tiré son pistolet de son ceinturon, mais que pendant qu'il
l'armait, l'homme, le capitaine Duke, avait tiré sur
lui et l'avait blessé au bras, puis l'avait jeté par
force à bas de son cheval, et l'avait laissé sur la
route privé de connaissance. Il ne se souvenait de
rien de plus, jusqu'à son réveil à l'*Ours noir*, où il
avait reconnu l'accusé parmi les spectateurs.

Le magistrat toussa d'un air de doute.

« Les exemples de personnes qui se sont trompées sur l'identité de quelqu'un ne sont pas rares
dans l'histoire judiciaire de ce pays, dit-il sentencieusement. Monsieur Markham, pouvez-vous jurer que
l'homme qui vous a attaqué est le capitaine Duke ?

— Si l'homme qui se tient debout, le dos appuyé
contre la porte, est le capitaine Duke, je peux jurer
de la manière la plus solennelle qu'il est l'homme
qui m'a volé.

— Quand vous avez été trouvé par les personnes
qui vous ont ramassé, est-ce qu'elles ont aussi
trouvé votre cheval ?

— Non, mon cheval n'était plus là.

— Pourriez-vous le reconnaître ?

— Le reconnaître ? Quoi, mon bon *Balmerino ?*...
je le reconnaîtrais entre mille.

— Bien ! dit le magistrat, c'est déjà beaucoup ;
je considère le cheval comme un grand point dans
l'affaire. »

Il médita si longtemps sur ce point important de
l'affaire que son greffier lui poussa respectueuse-

ment le bras et lui dit quelque chose à l'oreille avant
qu'il continuât.

« Ah! ah!... oui, certainement, bien entendu, »
grommela-t-il sans pouvoir arriver à finir sa phrase;
puis, après quelque temps, il toussa de nouveau et
dit d'une voix magistrale : « Monsieur le capitaine
Duke, dites-moi, je vous prie, si vous avez quelque
chose à dire contre cette accusation?

— Je n'ai que bien peu de mots à dire, répondit
le capitaine doucement, mais avant que je dise un
seul mot de plus, voulez-vous être assez bon pour
envoyer chercher M. Samuel Pecker, l'hôtelier de
l'*Ours noir?* »

Le magistrat parla bas à l'oreille du commis, et
le commis ayant fait un signe de tête, le magistrat
dit tout haut :

« Qu'un de vous aille chercher le susdit Samuel
Pecker. »

Pendant qu'un des assistants était parti pour
remplir cette commission, le digne magistrat s'endormit légèrement sur son journal, le commis tailla
sa plume; quant à M. Darrell Markham et au capitaine, ils se regardèrent fixement. Une lueur rouge
et sinistre brillait dans les yeux du marin.

M. Pecker arriva, la figure pâle et les cheveux mal
peignés, pour satisfaire à la sommation du magistrat.
Il avait une idée vague que le résultat de cette matinée pourrait devenir pour lui un cas pendable, ou,
s'il était assez heureux pour échapper à cela, qu'il
souffrirait une centaine de morts morales dans
les mains de son épouse Sarah. Il ne pouvait se

figurer un seul instant qu'il fût possible qu'on pût avoir besoin de lui dans le cabinet du magistrat, à moins qu'il ne fût accusé de quelque crime monstrueux, quoique ce crime eût été accompli sans qu'il en eût connaissance.

Il ouvrit la bouche pour respirer, et il fut soulagé quand quelqu'un lui dit qu'il était là comme témoin.

« A présent, capitaine Duke, qu'avez-vous à dire? demanda le magistrat.

— Voulez-vous être assez bon pour adresser deux ou trois questions à M. Darrell Markham? »

Le magistrat regarda le commis, le commis fit un signe de tête, et le magistrat s'inclina en signe d'acquiescement à la demande du capitaine Duke.

« Voulez-vous lui demander s'il sait à quelle heure l'attaque a eu lieu? »

Avant que le magistrat eût le temps de continuer, Darrell Markham parla.

« Je peux répondre à cette question avec exactitude, dit-il. Le vent soufflait tout droit à travers les landes, et j'entendis distinctement l'horloge de l'église de Compton sonner sept heures et trois quarts, au moment où l'homme s'est approché de moi.

— Au moment où je me suis approché de vous? demanda George Duke.

— Au moment où vous vous êtes approché de moi, répondit Darrell.

— Monsieur Samuel Pecker, soyez assez bon pour dire au magistrat où j'étais à huit heures moins un quart, dans la soirée du 27 octobre?

— Vous étiez dans le parloir de l'*Ours noir*, capi-

taine, répondit Samuel en respirant à de rapides
intervalles, et vous étiez venu dans l'autre pièce
me demander l'heure ; et moi, j'ai monté l'escalier
pour voir quelle heure il était à la vieille pendule
de mon père, et il était huit heures moins dix : c'est
l'heure exacte, car elle va toujours bien.

— Il y avait d'autres personnes dans le parloir,
ce soir-là, qui m'ont vu, qui m'ont entendu vous
faire cette question, n'est-ce pas, monsieur Pecker ?

— Il y en avait plusieurs, répliqua Samuel, qui
vous ont vu régler votre montre d'après la pendule
de mon père, et ce n'est pas vous, capitaine Duke,
qui avez volé master Darrell, mais je sais qui c'est. »

A cette assertion si contradictoire, il y eut une
stupéfaction profonde dans le sanctuaire de la
justice.

« Vous le savez ! s'écria le magistrat ; pourquoi
n'avez-vous pas, depuis longtemps, fait cette dé-
claration à ceux qui avaient le droit de l'entendre ? Ceci est très-mal, monsieur Pecker, vraiment
très-mal. »

Le malheureux Samuel sentit qu'il s'était com-
promis.

« Ce n'était pas plus le capitaine Duke que moi,
dit-il en ouvrant la bouche pour respirer : c'était
l'autre.

— L'autre !... quel autre ?...

— Celui qui a arrêté son cheval à la porte de
l'*Ours noir*, et qui m'a demandé quel chemin il fallait prendre pour aller à Marley. »

Rien ne put le faire sortir de là. Le magistrat, le

5

commis et Darrell Markham le questionnèrent encore, mais il déclara toujours avec fermeté qu'un
homme s'était arrêté à l'*Ours noir* pour demander
quel chemin il fallait prendre pour aller à Marley,
que cet homme ressemblait tant au capitaine Duke,
que Samuel Pecker et John Homerton y avaient été
trompés tous les deux et qu'ils l'avaient pris pour
le capitaine. Il ouvrit la bouche pour respirer, il
balbutia, il étouffa, il s'embrouilla dans ses phrases ;
mais il disait toujours la même chose, il ne mentait
pas, et il priait qu'on sommât John Homerton de
venir confirmer son assertion.

On appela John Homerton devant le tribunal, et
il déclara qu'il croyait sincèrement que c'était le
capitaine Duke qui s'était arrêté à l'*Ours noir* pendant que master Darrell Markham, l'aubergiste, et
lui-même, se tenaient à la porte.

Mais cette assertion fut détruite en un instant
par un alibi irréfutable. Un quart d'heure après
que le voyageur était parti pour Marley, le capitaine était arrivé à l'auberge dans la direction de
la Grande-Rue.

Ni le magistrat ni le commis n'avaient rien à dire
à cela. Cette affaire paraissait tout à fait un mystère
pour lequel l'expérience légale des dignitaires de
Compton ne pouvait trouver aucun parallèle.

Si James Dobbs eût sauté à la gorge du fermier
Hobbs à propos d'une question sur le blé ou les navets, il eût été très-facile d'agir, en cette circonstance, d'après le précédent que fournit la célèbre
affaire de Jones contre Smith ; mais l'affaire actuelle

était sans exemple dans les archives judiciaires de
Compton. Pendant que le magistrat et son factotum
se consultaient à voix basse et sans arriver à aucune décision, le capitaine trouva lui-même moyen
d'obtenir sa propre délivrance.

« Je suppose, maintenant que l'accusation est
détruite, qu'il n'est pas nécessaire que je reste ici,
monsieur? » dit-il.

Le magistrat saisit avec avidité l'occasion qu'il
lui offrait de se débarrasser de l'affaire.

« C'est vrai que l'accusation est détruite, dit-il
d'un air d'importance solennelle, et comme vous
le dites, capitaine Duke, et comme moi qui allais
dire la même chose, c'est inutile que nous vous re-
tenions plus longtemps. Vous quittez cette salle
avec une réputation aussi bonne que celle avec laquelle vous y êtes entré, ajouta-t-il ; — et, pendant
qu'il faisait ce compliment un peu ambigu, on entendit parmi quelques-uns des spectateurs un petit
rire retenu. — Je suis fâché, monsieur Markham, que
cette affaire soit tellement enveloppée de mystère.
Il est évident que c'est un cas où vous vous êtes
trompé d'identité, c'est un des cas les plus difficiles
pour la loi ; mais, comme je l'ai déjà dit, je considère le cheval qui manque comme un point.... un
point très-important. »

Le capitaine et Darrell Markham quittèrent le
cabinet en même temps.

« J'aurai un petit compte à régler avec vous,
monsieur Markham, pour l'affaire de ce matin, dit le capitaine à l'oreille de son accusateur.

— Je ne me bats pas avec un brigand, répliqua Darrell avec fierté.

— Comment!... Oseriez-vous?...

— J'ose dire que je ne crois pas du tout au conte de George Duke et de son sosie. Je crois que vous avez prouvé un *alibi* par quelque supercherie de la pendule de l'*Ours noir*, et je crois sincèrement que vous êtes l'homme qui a tiré sur moi!

— Vous serez puni de cela! siffla le capitaine entre ses dents serrées; vous serez puni deux fois pour chaque parole insolente que vous venez de dire, Darrell Markham, avant que je sois quitte avec vous. »

Il se dirigea à grands pas vers sa maison, après avoir jeté un regard sinistre et méchant sur le cousin de sa femme; il entra dans le cottage, où il trouva Millicent, pâle et anxieuse, qui attendait le résultat de l'affaire du matin.

Darrell Markham quitta Compton le soir même, par la diligence, et, plus pauvre de son cheval, de sa montre et de sa bourse, il recommença de nouveau à essayer de faire fortune dans Londres, où les cœurs sont cruels et froids comme la pierre.

CHAPITRE V.

MILLICENT RENCONTRE L'OMBRE DE SON MARI.

Une quinzaine de jours après le départ de Darrell, le vaisseau *le Vautour* fut en état de faire une autre course, et le capitaine Duke s'en alla à Marley pour surveiller les derniers préparatifs.

« Je mettrai à la voile le 30, Milly, dit-il le jour où il quitta Compton, et comme je n'aurai pas le temps de revenir ici vous voir et vous dire adieu, je désirerais que vous vinssiez à Marley me voir avant que je parte.

—J'irai, si vous le désirez, George, » lui dit-elle doucement.

Elle était toujours douce et obéissante comme une enfant vis-à-vis d'un homme dur qui lui donne une tâche, mais elle n'était jamais avec lui comme une femme qui aime son mari.

« Très-bien ! Il y a une diligence de correspondance qui passe ici en allant de York à Carlisle ; elle s'arrête à Marley : vous pourrez la prendre pour venir, Millicent.

— Oui, George. »

La neige ne fondait jamais sur les landes de

Compton pendant les sombres jours de janvier.
Millicent se sentit une étrange et sombre douleur
au cœur, tandis qu'elle se tenait devant la porte de
l'*Ours noir*, attendant l'arrivée de la diligence de
Carlisle, et regardant la vaste étendue d'une blancheur éblouissante qui s'étendait bien loin sur
l'horizon obscur. Elle l'avait souvent vue par le
clair de lune, quand Darrell reposait malade sur
son lit; et, quoique ce temps eût été bien triste
pour elle, elle songeait au passé en soupirant.

« Alors il était près de moi, pensait-elle, et
maintenant il est perdu dans l'affreux tourbillon de
ce terrible Londres.... perdu pour moi, et peut-
être pour jamais ! »

Mistress Sarah Pecker cria et s'indigna en apprenant qu'elle allait faire ce voyage en hiver.

« Le capitaine est-il devenu fou, dit-elle, d'envoyer une pauvre et délicate créature comme vous
faire un voyage de vingt-quatre milles dans une
vieille diligence qui sent mauvais, par un temps
comme celui-ci?... S'il veut que vous attrapiez un
rhume qui causera votre mort, miss Milly, il fait
tout ce qu'il peut pour exaucer ses désirs. »

La grande et lourde diligence arriva pendant que
mistress Pecker parlait. Un ou deux des voyageurs
de l'intérieur regardèrent par la portière, et demandèrent du cognac et de l'eau pendant qu'on
changea les chevaux. Quelques-uns des voyageurs
de l'impériale descendirent de la voiture et entrèrent dans l'auberge pour se chauffer au grand feu
du parloir et pour boire un verre de liqueur pure.

Un homme assis sur le siége du cocher avait refusé de descendre quand un autre voyageur le lui
avait demandé; il avait la figure tournée et regardait tout droit sur la lande couverte de neige.

Quand même le visage de cet homme eût été
tourné vers le petit groupe de personnes qui étaient
à la porte de l'auberge, on n'aurait pas facilement
reconnu ses traits, car il portait un chapeau à trois
cornes qui couvrait ses yeux, et le col de son épais habit
de cheval était relevé jusque par-dessus ses oreilles.

« Voilà là-haut un individu qui me fait peur, dit
l'homme qui avait parlé au voyageur de l'impériale
en le montrant aux autres par un signe de tête.
C'est bien un homme qui fait peur; je voudrais bien
savoir qui il est et où il va. »

Mistress Pecker aida Millicent à monter dans la
voiture; elle l'installa dans un coin bien chaud, et
l'enveloppa de son gros manteau fourré.

« Vous ferez bien, miss Milly, de prendre un des
cache-nez de Samuel pour mettre autour de votre
cou, et aussi un de ses pardessus pour mettre
sur vos pieds. Il fait un froid trop âpre pour un pareil voyage. »

Millicent refusa l'habit et le cache-nez, mais elle
embrassa sa vieille nourrice au moment où le cocher s'approcha de ses chevaux pour partir.

« Que Dieu te bénisse, Sally, dit-elle, je voudrais
bien que le voyage fût fini et être de retour, et encore près de toi. »

La diligence partit avant que mistress Pecker pût
lui répondre.

« La pauvre chère enfant ! dit la femme de l'aubergiste, penser qu'elle part seule et sans ami par un temps comme celui-ci !... Je crois toujours voir dans ses tristes yeux bleus un regard qui semble dire qu'elle voudrait reposer calme et tranquille dans le cimetière de Compton ! »

La grande route de Compton à Marley serpentait au milieu des landes stériles et froides, et traversait de temps en temps des villages dont les maisons étaient fort écartées les unes des autres, ou quelquefois elle passait devant une ferme solitaire. Le voyage était plus long en prenant par ce chemin que par la traverse, et il faisait tout à fait nuit quand la diligence roula enfin sur le pavé raboteux de la grande rue de Marley.

Millicent trouva son mari qui l'attendait à l'auberge où la diligence s'arrêta.

« Vous arrivez juste à temps, Milly, lui dit-il, *le Vautour* met à la voile ce soir. »

Le capitaine demeurait dans une taverne sur le quai ; il mit le bras de Millicent sous le sien, et la conduisit dans la principale rue.

La principale rue de Marley était éclairée çà et là par de petits réverbères à l'huile qui répandaient une lumière vacillante sur les figures des passants.

En regardant une fois derrière elle, attirée par l'étrange mouvement de cet actif petit port de mer, Millicent fut surprise de voir le voyageur de l'impériale qu'elle avait remarqué à Compton et qui les suivait de près.

Le capitaine sentit la petite main qui était sur son bras le serrer avec un tressaillement timide.

« Qui est-ce qui vous a fait tressaillir ? lui demanda-t-il.

— C'est le.... l'homme !...

— Quel homme ?...

— Un homme qui voyageait sur l'impériale de la diligence, et dont le visage était tout à fait caché par son chapeau et son manteau ; il est à présent derrière nous. »

George Duke regarda en arrière, mais le voyageur de l'impériale ne se voyait plus.

« Que vous êtes une folle enfant, Millicent ! dit-il ; qu'est-ce qu'il y a d'étonnant à voir un compagnon de voyage dans la grande rue, dix minutes après que la diligence est arrivée ?

— Mais il semblait nous suivre.

— Mais, jeune provinciale, les gens marchent tout près les uns des autres dans une ville où tout le monde est occupé, sans avoir aucune intention de suivre leurs voisins. Millicent.... Millicent, quand apprendrez-vous donc à être raisonnable ? »

Le capitaine du *Vautour* semblait de meilleure humeur qu'à l'ordinaire pendant cette soirée de janvier.

« Je serai loin d'ici dans vingt-quatre heures, Milly, dit-il. Nul autre qu'un marin ne peut comprendre l'ennui qu'un marin éprouve quand il est à terre. Hier au soir, j'ai eu des nouvelles de votre frère Ringwood.

— De mauvaises nouvelles? demanda Millicent
avec anxiété.

— Point de bonnes nouvelles pour vous, qui hé
ritez de tout son argent, s'il meurt célibataire. Il
mène une vie dissolue, il dépense mal à propos tout
son bien dans les tavernes et dans des endroits
pires encore que les tavernes. Heureusement pour
vous que les terres de Compton sont bien assurées,
de sorte qu'il ne peut ni les vendre ni les hypothéquer. »

La petite auberge où George Duke logeait donnait
sur la mer, et Millicent pouvait voir les lumières
du *Vautour* briller bien au loin dans la nuit d'hiver, à travers la fenêtre du petit parloir où le souper
fut servi pour la voyageuse.

« A quelle heure mettez-vous à la voile, George?
lui demanda-t-elle.

— Un peu avant minuit. Vous pourrez venir jusqu'à la jetée avec moi, et vous retournerez à Compton demain matin par la diligence.

— Je ferai exactement ce que vous voudrez.... Ce
voyage sera-t-il long, George?

— Non pas long : je serai de retour au plus tard
dans deux ou trois mois. »

Le cœur de Millicent fut accablé de cette réponse.
Elle était toujours beaucoup plus heureuse pendant
son absence; elle était heureuse dans sa jolie petite
maison, avec sa robuste et joyeuse servante, avec
ses amis qui l'avaient connue depuis son enfance,
avec ses romans, avec son vieux compagnon, le fidèle épagneul blanc et feu; — elle était heureuse

avec tout cela, — heureuse aussi avec le souvenir
toujours vivant de Darrell Markham.

Pendant qué George et sa femme étaient assis à
la petite table et causaient, un des domestiques de
l'auberge vint dire au capitaine que quelqu'un le
demandait.

« Qui me demande? dit-il avec impatience.

— Un homme en habit de cheval et dont le chapeau couvre les yeux.

— Dites-lui que je suis occupé, et que tout
l'heure je vais mettre à la voile.

— Je le lui ai dit, capitaine, mais il m'a répondu
qu'il faut absolument qu'il vous voie. Il a fait plus de
deux cents milles exprès, a-t-il ajouté. »

Une expression de grande colère se répandit sur
le beau visage du capitaine.

« Maudit soit cet importun! dit-il avec violence.
Qu'il monte!... Venez, Millicent, ajouta-t-il quand
le garçon eut quitté la chambre; prenez une de ces
bougies et allez dans la chambre en face, c'est ma
chambre à coucher. Allez, ma fille, allez.... »

Il lui mit le chandelier dans la main avec un
geste d'impatience, et il la poussa presque hors de
la salle dans son agitation et sa précipitation.

Elle traversa promptement le palier de l'escalier
et entra dans la chambre qui était vis-à-vis d'elle,
mais pas avant d'avoir reconnu dans l'homme qui
montait les escaliers le voyageur de l'impériale qui
les avait suivis dans la grande rue, ni avant d'avoir
entendu son mari dire en fermant la porte sur lui-
même et sur celui qui le visitait :

« Vous ici!... c'est vous!... Par le ciel, je l'avais deviné!... »

Quelques bûches brûlaient dans le grand foyer de la chambre à coucher du capitaine. Millicent s'assit sur un petit banc devant le feu, et elle resta ainsi assise pendant plus d'une heure, et, durant tout ce temps, elle se demanda quel pouvait être le sujet du long entretien que l'étranger avait avec son mari. Une fois elle alla sur le palier de l'escalier pour voir si le visiteur était parti; elle entendit même les voix des deux hommes vibrer comme s'ils étaient en colère, mais elle ne put distinguer leurs paroles.

Onze heures sonnaient à la pendule, juste au moment où l'on ouvrait la porte du parloir et où l'étranger descendait les escaliers. Le capitaine Duke traversa le palier et regarda dans la chambre à coucher où Millicent était assise et méditait.

« Venez, lui dit-il, je n'ai qu'une demi-heure à rester avec vous avant de partir; mettez votre manteau et venez avec moi. »

Ce soir-là, il faisait un froid âpre. La lune était presque dans son plein, et elle illuminait la longue jetée de pierre et les quais d'une lueur d'acier qui donnait un éclat fantastique à tous les objets sur lesquels elle tombait. Les contours des antiques maisons du quai paraissaient noirs et aigus sous cette lumière blafarde; toutes les cordes, toutes les ancres hors d'usage, tous les sacs de lest qui étaient sur le bord du parapet, toutes les chaînes, tous les poteaux et les anneaux de fer qui étaient fixés dans la maçonnerie étaient visibles à la lueur de cette lune d'hiver. Les derniers buveurs avaient quitté la taverne du quai, les derniers vagabonds avaient abandonné les rues étroites, les dernières lumières avaient été éteintes aux fenêtres, et Marley, à onze heures et demie, était aussi tranquille que le paisible cimetière de Compton-des-Bruyères.

Millicent frissonnait en marchant à côté de son mari sur le quai principal ; une ou deux fois elle regarda le capitaine à la dérobée ; elle pouvait distinguer les lignes arrêtées de son profil, et elle pouvait voir à sa figure qu'il avait quelque chose dans l'esprit. Ils quittèrent le quai pour aller sur la jetée, qui s'étendait bien loin dans la mer.

« Le canot doit m'attendre à l'autre bout, dit le capitaine Duke. La marée monte, et le vent nous est favorable. »

Il marcha pendant quelque temps en silence, Millicent le regardait timidement tout ce temps-là ; tout à coup il se tourna vers elle, et lui dit brusquement :

« Mistress George Duke, avez-vous une bague ou n'importe quel petit bijou sur vous ?

— Une bague, George ?... dit-elle, toute troublée de la brusquerie de cette question.

— Une bague, une broche, un médaillon, un ruban, quelque chose sur quoi vous puissiez jurer dans une vingtaine d'années si cela était nécessaire. »

Elle portait suspendu à son cou un médaillon

que Darrell lui avait donné, et elle aurait mieux aimé mourir que de s'en séparer.

« Un médaillon? dit-elle en hésitant.

— N'importe quoi!... Ne vous ai-je pas dit la moindre chose?...

— J'ai mes petites boucles d'oreilles en diamants, George.

— Donnez-m'en une, alors; j'ai la fantaisie d'emporter avec moi quelque souvenir de vous pendant mon voyage. Cette boucle d'oreille fera très-bien l'affaire. »

Elle ôta le bijou de son oreille et le lui donna. Elle était trop indifférente pour lui et toutes les choses qui concernaient sa triste existence pour se demander quel motif il avait pour vouloir ce bijou.

« Ceci est mieux que toute autre chose, dit-il en mettant la boucle d'oreille dans la poche de son gilet; elles sont de fabrique indienne et d'un modèle rare. Rappelez-vous, Millicent, que l'homme qui viendrait à vous, et dirait qu'il est votre mari, ne sera cependant pas George Duke, s'il ne peut pas vous montrer cette boucle d'oreille en diamants.

— Que voulez-vous dire, George?

— Quand je reviendrai à Compton, demandez-moi à voir le bijou pareil à celui qui est à votre oreille. Et si je ne peux pas vous le montrer...

— Eh bien, alors, George?

— Chassez-moi comme un imposteur.

— Mais vous pouvez le perdre.

— Je ne le perdrai pas. »

Ils gardèrent le silence et marchèrent vers l'extrémité la plus éloignée de la longue jetée; leurs ombres s'étendaient lugubres devant eux sur les pierres éclairées par le clair de lune.

Ils étaient à un demi-mille du quai, et ils étaient seuls sur la jetée ; nul autre bruit que celui des échos de leurs pas et celui des vagues qui se brisaient contre le bastion de pierre ne venait interrompre le profond silence de la nuit.

Le canot du *Vautour* attendait à l'extrémité de la jetée. Le capitaine George Duke prit sa femme dans ses bras, et pressa ses lèvres sur son front glacé.

« Vous aurez à faire une promenade solitaire pour retourner à l'auberge, Millicent, dit-il; mais je leur ai dit de vous bien soigner et de vous voir partir en sûreté par la diligence qui retourne demain matin à Compton. Adieu, et que Dieu vous guide ! Souvenez-vous de ce que je vous ai dit ce soir. »

Quelque chose dans ses manières — une tendresse qui lui était étrangère — toucha le doux cœur de Millicent.

Elle l'arrêta au moment où il allait descendre les marches.

« Mon malheur vient de ce que je n'ai jamais été une bonne femme pour vous, George : je vais prier pour votre salut pendant que vous serez bien loin sur la mer. »

Le capitaine serra sa petite main tremblante.

« Adieu, Millicent, lui dit-il, et souvenez-vous ! »

Avant qu'elle pût lui répondre, il était parti. Elle

vit les hommes pousser le canot loin des marches; elle entendit les battements réguliers des rames qui frappaient l'eau, et elle aperçut une dernière fois la petite embarcation, qui bondissait légère sur la surface de l'onde.

Il était parti; elle pouvait retourner à sa tranquille maison de Compton, à la lecture de ses romans, à ses vieux amis, au souvenir de Darrell Markham.

Elle resta debout, regardant le petit bateau jusqu'à ce qu'il devînt une petite tache noire qu'elle pouvait à peine distinguer, puis elle se dirigea à la hâte vers le quai.

Quelle longue et solitaire promenade dans le silence de la nuit pour une femme élevée aussi délicatement que Millicent Duke! Elle n'était pas courageuse; elle était plutôt un peu trop timide et trop sensible, comme le lecteur le sait fort bien; elle aimait trop à lire les stupides romans qu'on écrivait il y a un siècle, pleins de mystères, d'horreurs, de manoirs hantés par des revenants, de corridors secrets, de rencontres à minuit, et d'assassins masqués.

Les horloges de Marley commencèrent à sonner minuit quand elle approcha du milieu de la jetée solitaire; une à une les différentes voix de fer sonnèrent lentement les heures, les échos affaiblis par la distance prolongèrent le son; et pour l'imagination de Millicent tout Marley et toute la mer tremblaient de ces vibrations sonores. Quand le dernier coup de la dernière horloge eut cessé et que la ville retomba dans le silence, elle entendit le bruit sonore des pas d'un homme qui s'approchait lentement.

Il fallait bien qu'elle le rencontrât et qu'elle passât devant lui pour gagner le quai.

Une crainte étrange et vague s'empara d'elle. Ce pouvait être un brigand, il pouvait l'attaquer et la voler.

La pauvre femme se préparait à jeter sa bourse et ses petits bijoux à ses pieds — tout, excepté le médaillon de Darrell.

Les pas approchaient toujours lentement; l'étranger se montrait de plus en plus distinctement dans le pâle clair de lune, jusqu'au moment où il se trouva face à face avec Millicent Duke. Alors elle s'arrêta. Elle avait eu l'intention de se hâter et de dépasser l'homme, pour éviter qu'il ne la vît, si cela était possible; mais elle se tenait debout face à face avec lui; ses pieds semblaient cloués à la terre, une invincible langueur paralysait ses membres, et un froid qui n'avait rien de terrestre montait jusqu'aux racines de ses cheveux.

Ses mains tombèrent impuissantes et inertes à ses côtés. Elle ne pouvait faire aucun mouvement; elle se tenait là pâle et immobile; ses yeux dilatés regardaient d'un air vague le visage de l'homme: il portait un habit bleu et un chapeau à trois cornes posé avec grâce sur sa tête, et qui ne couvrait pas du tout sa figure.

Elle était seule, et avait à franchir un demi-mille où il n'y avait aucune demeure humaine ni aucun

secours humain à espérer, — seule à minuit avec
l'ombre de son mari.

Ce n'était pas une illusion ; ni une erreur née
d'une imagination fiévreuse. Là, devant elle, trait
pour trait, ligne pour ligne, était une ombre qui
avait l'apparence de George Duke.

Elle trébucha en passant devant ce fantôme, et
chancela faiblement en avançant de quelques pas ;
puis, appelant tout son courage à son aide, elle
s'élança aveuglément sur le quai, ses vêtements
flottant à l'âpre bise de l'hiver. Elle arriva à l'auberge. Une servante avait veillé pour la recevoir ;
un feu de charbon de terre brûlait dans le petit
salon boisé ; là, tout était riant et agréable.

Millicent tomba dans les bras de la servante en
sanglotant.

« Ne me quittez pas, dit-elle, ne me laissez pas
seule pendant cette terrible nuit.... J'ai souvent entendu dire qu'il y avait de telles choses, mais jusqu'à
présent je ne savais pas à quel point disaient vrai
les gens qui m'en ont parlé. Le vaisseau qui mettra
à la voile cette nuit aura un mauvais voyage : j'ai
vu l'ombre de mon mari!... »

CHAPITRE VI.

SALLY PECKER SOULÈVE LE VOILE DU PASSÉ.

La plus grande partie d'une année s'était écoulée dans sa course lente et monotone depuis cette soirée éclairée par la lune de janvier, soirée dans laquelle Millicent s'était trouvée face à face avec l'ombre de son mari sur la longue jetée de pierres de Marley. L'histoire du capitaine George Duke était fort connue dans le tranquille village de Compton-des-Bruyères, quoique Millicent l'eût seulement racontée sous le sceau du secret à Sally Pecker.

Nous ne sommes que des mortels.

Mistress Sally avait essayé de garder ce secret solennel, mais ses réticences avaient été poussées trop loin, car en trois jours tout le monde à Compton savait que l'hôtesse de l'*Ours noir* avait quelque chose d'étonnant dans l'esprit, « qu'elle pourrait, si elle le voulait, » révéler à ses amis intimes et à sa clientèle.

En outre, quoique Millicent fût la seule qui connût la rencontre qu'elle avait faite à minuit, à Marley, Samuel Pecker lui-même n'avait-il pas la pré-

tention d'avoir vu le fantôme du capitaine? Ne
l'avait-il pas vu et ne lui avait-il pas parlé?

« Je l'ai vu, Sarah, je l'ai vu aussi distinctement
que je vois à présent le feu et la broche devant lesquels je suis assis, » répétait Samuel.

Il était donc naturel que peu à peu la révélation
du mystère s'échappât, et que, lorsque les trois mois
fixés pour le voyage du *Vautour* furent passés, et
qu'on ne vit pas revenir le capitaine Duke, les
bonnes 'gens de Compton commençassent à se regarder d'une manière solennelle et à grommeler,
avec des grimaces de fort mauvais augure, qu'ils ne
s'attendaient jamais à revoir George Duke vivant
sur la terre britannique.

Mais Millicent n'entendait aucune de ces paroles
dites à voix basse : enfermée dans son cottage, elle
lisait des romans, assise dans son grand fauteuil,
avec son épagneul blanc et feu couché à ses pieds,
et le médaillon de Darrell Markham suspendu à son
cou. La robuste servante sortait de temps en temps
dans la soirée pour apprendre les caquetages de
Compton ; mais si, par hasard, elle pensait à les répéter à sa maîtresse, elle sentait les mots s'évanouir
sur ses lèvres en regardant la pâle figure de Millicent et ses tristes yeux bleus.

« Madame a déjà assez de chagrin sans que je lui
redise leurs bavardages, » disait-elle.

Les jours et les nuits s'écoulèrent, — l'herbe gran-
dit dans les prés des environs de Compton, et tomba
en luxuriantes vagues de verdure couvertes de rosée
sous la faucille du faucheur, — les laboureurs recou-

vrirent de chaume les meules de foin groupées autour de la ferme, — le blé commença à changer de
couleur, et les teintes dorées tombèrent lentement
sur les lourds épis de blé et de seigle, — les lourds
chariots chancelèrent en se dirigeant vers les
maisons avec leur riche fardeau de récolte couleur d'or, — les champs de chanvre couché à plat
furent exposés aux bises d'automne, et les baies qui
mûrissaient devinrent noires dans les haies, —
le brillant feuillage des bois se flétrit lentement, et
les feuilles fanées tombèrent en brunissant la terre,
— la première gelée commença à étinceler au coucher du soleil sur les marais blanchis, — le brouillard de novembre tomba doucement sur les vastes
campagnes et se glissa dans la grande rue de Compton avec le premier crépuscule, — le temps se passa
avec tous les signes variables par lesquels il marque
sa course sur la face de la nature, — et l'on ne recevait toujours point à Compton des nouvelles du capitaine Duke et du vaisseau *le Vautour* : on aurait dit
que les bons villageois avaient été étrangement près
de la vérité en disant que le capitaine ne reverrait
jamais l'Angleterre. Dans tout Compton, Millicent
Duke était la seule personne qui pensât différemment.

« Il n'est absent que depuis dix mois, disait-elle
quand mistress Sally Pecker insinuait que les chances
paraissaient être contre le retour du capitaine, et
qu'il serait peut-être convenable de se mettre à porter
le deuil; il n'a pas été absent tout à fait dix mois,
et George Duke n'a jamais été un marin fort dési-

reux de revenir près de sa femme. Il lui est plus agréable ou plus profitable de s'absenter; il ne pense même pas à moi, et rien ne le ramènera ici plus tôt qu'il n'a envie d'y revenir. Serait-il absent depuis trois ans que je n'en penserais rien de plus, et que je m'attendrais chaque jour à le voir entrer dans la maison.

— Celui que vous avez vu sur la jetée de Marley, peut-être, miss Milly, répondait Sally d'un ton solennel, mais non pas le capitaine Duke! Des choses semblables à celles que vous et Samuel avez vues l'hiver passé ne sont pas arrivées pour rien à vous et à lui, et il me semble que c'est douter de la Providence après cela que de douter que le capitaine a été noyé. J'ai rêvé trois fois que je voyais mon premier mari, Thomas Masterton, mort sur un petit rocher au milieu d'une mer courroucée; et après la troisième fois j'ai mis mes habits de veuve.

— Mais tu avais reçu la nouvelle officielle de sa mort, Sally, n'est-ce pas?

— Je n'avais pas reçu d'autres nouvelles que son absence de dix-sept années et plus, miss Milly; et si cela n'est pas assez de nouvelles pour rendre une femme veuve, je ne sais pas ce qui sera assez! »

Millicent était assise sur un petit banc aux pieds de mistress Sally Pecker, devant un brillant feu de charbon de terre, dans le confortable petit parloir de l'*Ours noir*. C'était une consolation pour la pauvre femme de passer ces longues soirées d'hiver avec la bonne Sally, à écouter le vent qui hurlait dans la grande cheminée, à compter les gouttes de pluie qui frappaient contre les vitres, et à parler du temps passé.

Les habitués de l'*Ours noir* étaient des gens très-réguliers, qui arrivaient et s'en allaient toujours à la même heure, et qui commandaient la même chose depuis le commencement d'une année jusqu'à la fin, de sorte que, quand sa chère jeune maîtresse venait lui faire une visite, Sally laissait au faible Samuel la tâche de faire accueil à ses pratiques et de les servir; elle quittait alors les affaires du comptoir pour poser la tête blonde et dorée de la gracieuse Millicent sur ses genoux, et caresser affectueusement avec sa main les douces boucles de ses cheveux, et elle consolait de son mieux ce cœur délaissé avec les souvenirs du temps passé, qui étaient si tristement agréables à mistress George Duke.

Sarah Masterton avait été pendant longtemps femme de charge au manoir; cependant Millicent ne l'avait jamais entendue parler de Thomas Masterton le marin; mais par ce sombre soir de novembre, quelques mots dits par hasard furent cause que mistress Duke pensa au premier mari de Sarah, et qu'elle fut saisie d'une envie étrange de savoir quelques détails sur le défunt.

« Était-il bon pour toi, Sally? demanda-t-elle, et l'aimais-tu? »

Sally regarda tristement dans le feu pendant quelques minutes avant de répondre à cette question.

« Il y a longtemps de ça, miss Millicent, dit-elle, et il est difficile, en regardant le passé, de se souvenir de ce qui était et de ce qui n'était pas. Je n'étais qu'une jeune fille bien niaise, quand Masterton vint pour la première fois à Compton. Je l'aimais bien, miss Milly, et il n'était pas bon pour moi.

— Pas bon pour toi, Sally?

— Il était affreusement méchant et cruel pour moi! répondit Sally d'une voix étouffée, — et ses yeux s'enflammèrent à ce souvenir pénible. — J'avais un peu d'argent que mon vieux grand-père m'avait laissé, et c'était de cela et non de moi qu'il avait besoin. J'avais quelques cuillers d'argent et une théière qui avaient appartenu à ma grand'-mère, et il les aimait plus que moi. J'avais mes épargnes que j'avais gardées depuis la première fois que je me suis mise en condition, et il m'arracha de force chaque guinée, chaque couronne, chaque shilling, chaque penny, jusqu'à ce qu'il m'eût laissée sans habits pour me couvrir et presque sans pain à manger. Vous me voyez ici, miss, avec Samuel; je fais tout à ma fantaisie et je le mène bien. A me voir maintenant, vous ne me croiriez pas la même femme. J'avais peur de lui, miss Millicent.... il me faisait peur. »

Le souvenir même de son mari mort paraissait frapper son robuste cœur de terreur. Elle s'accroupit plus près du feu, s'attachant à Millicent comme si elle eût eu besoin même de cette délicate créature pour protectrice; elle regarda vers la fenêtre derrière elle, comme si elle s'attendait à la voir s'ébranler par quelque secousse plus terrible que celle du vent et de la pluie.

« Sally ! Sally ! s'écria Millicent d'un ton caressant, car c'était maintenant à son tour d'être la consolatrice, pourquoi aviez-vous peur de lui ?

— Parce qu'il était foncièrement méchant.... Je ne vous ai pas dit encore toute la vérité, et je ne l'ai jamais dite à personne, et je ne la dirai jamais à personne qu'à vous. Je l'ai toujours appelé marin, miss, pendant les dix-sept dernières années. Ce n'est pas un mot dur, et il ne veut presque rien dire dans la navigation ; mais il était un des contrebandiers les plus téméraires qui aient jamais volé le roi et sa patrie, et je l'ai découvert trois mois après que nous étions mariés. »

Il se passa quelque temps avant que Millicent prononçât un seul mot de réponse ; elle s'assit, tenant serrée une des grosses mains de Sarah entre ses deux petites mains, ses grands yeux bleus regardaient fixément et pensivement, ainsi qu'elle en avait l'habitude, la flamme brillante.

« Ma pauvre et bonne Sally ! c'est très-pénible pour toi, dit-elle à la fin. Compton semble être si loin du monde, et nous sommes si ignorants, qu'il n'est pas étonnant que tu aies été trompée. D'autres ont été trompées depuis, Sally. »

Mistress Sarah Pecker fit un signe de tête : elle avait entendu les mauvais bruits qui couraient parmi les habitants de Compton, sur le vaisseau

6

le Vautour et sur son capitaine; elle soupira seulement d'un air pensif, et elle murmura :

« Ah! miss Milly, si cela avait été le pire de tout ce qu'il a fait, je l'aurais supporté sans me plaindre, car dans ce temps-là j'étais plus douce que je ne le suis à présent; nous ne demeurions pas à Compton, mais dans un petit village sur le rivage de la mer, car c'était commode pour le vilain métier de mon mari. Nous avions vécu ensemble cinq ans, et moi je n'osais jamais me plaindre d'aucune privation ni de la perversité avec laquelle Thomas Masterton fraudait le roi chaque jour de sa vie. Je ne me souciais pas beaucoup de ce qu'il faisait ni d'où il allait, car j'avais ma consolation et mon bonheur.... J'avais mon fils, qui était né un an après que nous avions quitté Compton, — mon beau fils avec ses grands yeux noirs et ses jolis cheveux bouclés, — et j'étais très-heureuse du moment que tout allait bien pour lui. Mais l'affliction la plus amère était à venir, miss Milly, car l'enfant venait à peine d'avoir quatre ans, lorsque je vis que son père lui donnait ses mauvaises habitudes, qu'il mettait tous ses gros mots dans son innocente bouche, et qu'il l'élevait d'une manière qui montrait bien que mon fils adoré serait une malédiction pour lui-même et pour tous ceux qui l'aimaient. Je ne pus supporter cela, je ne pus pas supporter qu'on me foulât ainsi aux pieds, et je ne pus souffrir de voir mon enfant aller à sa perte sous les yeux de sa mère. Un soir, je le dis à Masterton; je fus violente peut-être, car j'étais presque folle, et la colère m'emportait; je

lui dis que j'avais l'intention d'emmener l'enfant
avec moi loin de lui, et que je me mettrais en condition et que je travaillerais pour lui, et que je
l'élèverais pour en faire un honnête homme. Il rit
et me dit que je pouvais faire tout ce que je voulais
avec le petit, et je le crus, car je pensais que cela lui
serait bien égal; je m'endormis avec l'enfant dans
mes bras, ayant l'intention de partir le lendemain
de bonne heure et de retourner à Compton, où j'a-
vais des amis. Oh! miss Millicent.... miss Millicent!... Dieu veuille que vous ne connaissiez jamais
de pareilles épreuves! Quand je m'éveillai, mon
enfant n'était plus là, et depuis je n'ai jamais vu ni
Masterton ni mon fils.

— Et tu es restée dans le village où il t'avait
laissée? demanda Millicent.

— J'y suis restée plus d'un an, miss Millicent,
espérant toujours qu'il reviendrait avec l'enfant;
mais depuis je n'ai jamais eu de ses nouvelles. Au
bout de ce temps, j'ai chargé les voisins de lui dire,
s'il revenait, que j'étais retournée à Compton, et je
vins directement ici, où monsieur votre père m'a
prise pour sa femme de charge, et où j'ai été plusieurs années très-heureuse; mais je n'ai jamais
oublié mon fils, miss Millicent, et il est très-rare
que je me couche sans le voir dans mes rêves avec
ses beaux yeux noirs fixés sur moi.

— Oh! Sally.... Sally.... comme tu as cruellement souffert, et que de raisons tu as de haïr la mémoire de cet homme!

— Nous ne devons pas parler mal de ceux qui

sont morts, Miss Milly; qu'ils reposent en paix
chargés du poids de leurs péchés, et pour nous,
espérons des temps plus heureux; quand Masterton s'en alla sans me laisser un sou pour acheter
du pain, je ne pensais pas alors qué je deviendrais
un jour la maîtresse de l'*Ours noir*. Pecker a été un
bon et fidèle ami pour moi, miss, et je bénis la
Providence qui l'a envoyé au manoir pour me faire
la cour. Il s'asseyait les soirs dans la chambre de la
femme de charge, sans beaucoup parler, et il paraissait toujours triste; un soir il tomba à mes genoux, en disant : « Sally, voulez-vous être ma
femme ? »

A ce moment même M. Samuel Pecker osa se
présenter à la porte pour demander quelque chose
relatif aux affaires de l'établissement. Sa femme lui
répondit d'une manière si aigre, qu'il se retira tout
troublé et sans obtenir la réponse dont il avait besoin.

La bonne Sarah, comme maintes autres femmes,
faisait grande attention à cacher scrupuleusement
à son faible époux tous les sentiments de tendresse
et de reconnaissance qu'elle nourrissait pour lui,
car elle craignait, si elle le traitait avec la bonté la
plus ordinaire, qu'il n'en prît, — pour me servir
de ses propres expressions,— ou plutôt qu'il n'es-
sayât d'en prendre avantage sur elle.

L'hiver commença ainsi, et Millicent Duke aurait
été sans amis, si elle n'eût eu près d'elle la bonne
Sally Pecker et la petite femme du curé, qui avait
assez à faire de nourrir et de vêtir ses sept enfants

avec la modique somme de soixante livres par an.
Millicent était si modeste, et elle vivait si retirée,
qu'elle n'avait jamais fait de connaissances. Dans
l'heureux vieux temps, quand elle demeurait au
manoir, Darrell Markham avait été son ami, son
confident, son compagnon de jeu, et elle n'avait jamais eu besoin d'autre personne, et elle n'en avait
pas désiré; de sorte que maintenant elle se renfer-
mait dans sa petite maison avec ses vieux et antiques miroirs et ses tables surannées, avec ses vieux
fauteuils en acajou noir, et ses chaises de chêne qui
étaient trop lourdes pour que ses faibles bras pussent les remuer; elle se renferma dans sa petite
demeure, toujours propre et tenue avec ordre, et les
gens de Compton ne la voyaient rarement qu'à l'é-
glise, ou sur le chemin qui conduisait à l'*Ours noir*.

Millicent ne recevait aucune nouvelle de Darrell;
mais il écrivait une lettre une fois toutes les six
semaines à mistress Sarah Pecker, qui était très-
embarrassée de lui griffonner quelques mots de réponse, pour lui dire que miss Millicent était faible,
et que le capitaine Duke était toujours en mer sur
le vaisseau *le Vautour*. Par Sally, mistress Duke
avait aussi des nouvelles de son cher cousin; il
avait trouvé des amis à Londres, et un noble lord
écossais, qu'on soupçonnait de n'avoir pas un très-
grand attachement pour la famille de Hanovre, l'a-
vait pris pour secrétaire; mais il n'y avait pas longtemps que d'autres lords écossais avaient expié leur
loyauté par le supplice, et il y avait de hideux et
terribles avertissements à Temple-Bar; de sorte que

ce que l'on faisait pour secourir la famille exilée
était fait en secret, — car les fautes du passé avaient
rendu prudents les hommes les plus courageux.

CHAPITRE VII.

COMMENT DARRELL MARKHAM RETROUVA SON CHEVAL.

Pendant que Millicent était assise dans le petit
parloir de l'*Ours noir*, la tête appuyée sur les genoux
de Sarah Pecker et les yeux fixés sur le foyer, Darrell Markham se dirigeait à cheval vers l'ouest, à
travers un épais brouillard de novembre; il était
chargé de lettres et de messages de son maître, lord
C..., adressés à un gentilhomme de Sommerset-
shire, dont les propriétés étaient situées près de
Bristol.

Darrell s'arrêta à Reading le premier soir de son
voyage; il faisait nuit quand il entra dans la ville,
et il se promena entre deux rangées de réverbères
à l'huile dont la lumière était très-faible, jusqu'à ce
qu'il arrivât à la porte de l'auberge qu'on lui avait
recommandée. Les fenêtres supérieures de l'hôtellerie étaient brillamment illuminées, et il pouvait
entendre le choc des verres et le bruit des conver-
sations. Quoiqu'il fît sombre, il était de bonne

heure, et, dans la partie inférieure de la maison,
il y avait beaucoup de robustes fermiers qui étaient
venus au marché de Reading, et bon nombre de
gens de la ville s'étaient assemblés autour du comptoir pour discuter les affaires de la journée.

Darrell jeta les rênes de son cheval au valet d'é-
curie, en lui donnant quelques ordres particuliers
sur la manière de le traiter.

« J'irai à l'écurie quand j'aurai dîné, dit Darrell,
pour voir dans quel état se trouve mon cheval, car
demain il aura beaucoup de chemin à faire, et il
faut qu'il parte en bon état. »

Le valet d'écurie toucha son chapeau et emmena
le cheval; c'était un animal grand, osseux, sous
poil gris, et il était si fort, qu'une longue course
ne produisait aucun mauvais effet sur lui.

On conduisit Darrell sur un large escalier, à travers un long corridor dans lequel il entendit le
même bruit de voix qui avait attiré son attention
quand il était au dehors de l'auberge.

« Vous avez une société un peu turbulente, dit-il
à l'aubergiste, qui apportait deux bougies en cire
et qui conduisait le visiteur.

— Ces messieurs sont gais, monsieur, répliqua
l'homme. Ils sont restés longtemps à table. Sir Lovel
Mortimer n'a pas son égal pour faire circuler une
bouteille parmi ses amis.

— Sir Lovel Mortimer?

— Oui, monsieur; c'est un riche baronnet du
Devonshire qui voyage avec quelques-uns de ses
amis; ils se rendent à Londres.

— Sir Lovel Mortimer, dit Darrell d'un air pensif ; je ne connais personne de ce nom dans le Devonshire.

— Il a l'air d'un homme habitué à beaucoup de luxe, répondit l'aubergiste. Tous les domestiques de la maison sont occupés à le servir depuis qu'il s'est arrêté ici pour dîner. »

Darrell se sentit très-peu intéressé à connaître les habitudes de ce baronnet du Devonshire. Il mangea un dîner simple, il but une demi-bouteille de vin de Bordeaux, puis, prenant une bougie, il descendit l'escalier et alla à l'écurie. Le palefrenier s'approcha avec une lanterne et le conduisit par une porte de derrière, à travers une cour, et l'introduisit dans une écurie spacieuse contenant seize stalles ; les stalles étaient toutes remplies, et, comme le cheval gris de Darrell était à l'extrémité de l'écurie, il fut obligé de passer devant les autres chevaux et de marcher sur la litière de paille et de trèfle mouillés.

« Ces chevaux bais-là appartiennent tous à sir Lovel Mortimer et à ses amis, dit l'homme, et ce sont tous de très-beaux animaux. Sir Lovel lui-même a l'air d'un vieux tableau quand il est monté sur ce cheval bai. »

En parlant, il frappa sur la hanche d'un des chevaux ; l'animal se tourna, et, remuant la tête, il regarda les deux hommes.

« Voilà un beau cheval, monsieur, dit le garçon d'écurie, il vaudrait cent guinées, n'importe à quel marché, j'ose le dire. »

Darrel fit un signe de tête, et, marchant à grands pas vers la tête de l'animal, il jeta son bras vigoureux autour de son cou, et, le saisissant par les oreilles, il attira sa tête au niveau de la sienne.

« Je vous conseille, monsieur, de faire bien attention, s'écria le valet d'écurie d'un air fort alarmé; le caractère de cet animal n'est pas trop bon; il y a une demi-heure, il a essayé de mordre un de nos garçons.

— Il ne me mordra point, dit Darrell doucement. Tenez, donnez-moi la lanterne par ici, voulez-vous ?

— Vous ferez mieux de lâcher sa tête, monsieur; il a un mauvais caractère, dit le garçon en se retirant.

— Donnez-moi la lanterne, mon garçon; je connais très-bien son caractère. »

Le valet d'écurie obéit, mais pas de bonne grâce, et passa la lanterne à Darrell.

« Je m'en doutais, dit le jeune homme, tenant la lanterne devant la tête du cheval; et tu reconnais ton vieux maître, n'est-ce pas, mon vieux *Balmerino* ? »

Le cheval hennit joyeusement, et il fit un petit bruit nasillard près de la manche de Darrell.

« Cet animal paraît vous connaître, monsieur, s'écria le garçon d'écurie.

— Nous nous connaissons aussi bien que deux frères se sont jamais connus, dit Darrell en caressant de sa main le cou de son cheval. Je l'ai monté pendant plus de sept ans, et je l'ai perdu il y a un an. Connaissez-vous ce sir Lovel Mortimer qui le possède aujourd'hui ?

— Non, je ne le connais pas beaucoup, monsieur. Tout ce que je sais, c'est que c'est un beau et grand gentilhomme. Il vient toujours à la maison quand il va de Londres dans l'ouest.

— Et est-ce que cela arrive souvent ? demanda Darrell.

— Peut-être six ou huit fois dans l'année, répliqua le garçon d'écurie.

— Ce monsieur aime à courir les grands chemins plus que moi, grommela le jeune homme. Est-ce qu'il a monté ce cheval avant aujourd'hui ? »

Le valet d'écurie hésita et se gratta la tête d'une manière pensive.

« J'ai vu tant de chevaux bais, répondit-il après une pause, que je ne peux pas jurer avoir déjà vu cet animal ; peut-être est-il déjà venu ici, ou peut-être n'y est-il jamais venu avant ce soir ?

— Mais vous ne vous en souvenez pas ? dit Darrell.

— Je n'en pourrais pas jurer, répéta l'homme.

— Je donnerais volontiers cent livres pour la rencontre de ce soir, *Balmerino*, mon vieil ami, murmura Darrell, quoique ce soient les dernières poignées de guinées que j'aie au monde ! »

Il rentra dans la maison, et allant au comptoir, il prit l'aubergiste en particulier.

« Il faut que je parle à un de vos convives d'en haut, mon digne hôte, dit-il ; il faut que sir Lovel Mortimer réponde à deux ou trois questions que je veux lui faire avant de quitter cette maison. »

L'aubergiste parut alarmé à l'idée seule de déranger une minute son noble client.

« Sir Lovel n'est pas un homme à recevoir trop de compagnie, dit-il, mais si vous êtes un de ses amis...

— Je n'ai jamais entendu prononcer son nom avant ce soir, répondit Darrell, mais, quand un gentleman se promène sur le cheval d'un autre gentleman, il doit être préparé à répondre à quelques questions.

— Sir Lovel Mortimer se promène sur le cheval d'un autre gentleman?... dit l'aubergiste épouvanté; vous vous trompez, monsieur.

— Je viens de voir dans votre écurie un cheval que je jurerais être le mien devant n'importe quel tribunal d'Angleterre.

— Il est souvent arrivé qu'un gentleman s'est trompé en pensant qu'un cheval était à lui, grommela l'aubergiste.

— Pas après l'avoir monté pendant sept ans, répondit Darrell. Soyez assez bon pour donner ma carte à sir Lovel, et dites-lui que je désire avoir un entretien de cinq minutes avec lui. »

L'aubergiste obéit avec répugnance; il grommela que sir Lovel était fatigué après son voyage, et qu'il n'aimerait pas à être dérangé; mais Darrell insista, et l'hôte monta les escaliers pour faire la commission du jeune homme, puis il revint dire que sir Lovel était prêt à le recevoir.

Darrell suivit immédiatement l'hôtelier, et celui-ci l'introduisit avec beaucoup de cérémonie dans

l'appartement de sir Lovel. La chambre qu'occupait le baronnet était une grande pièce lambrissée,
éclairée par des bougies en cire dans des chandeliers à bras appendus entre les trois fenêtres et
les panneaux des murs placés vis-à-vis. Dans les
grandes occasions on s'en servait comme d'une
salle de bal, et elle avait toute la grandeur froide
et antique d'un appartement d'apparat. Un monceau
de bûches flambait et produisait des flammes rouges
qui montaient en petillant dans la grande cheminée ; devant le foyer était un jeune homme à
l'air efféminé, étendu nonchalamment sur un fauteuil. Il était vêtu d'une robe de chambre brodée et
portait des bas de soie à coins brodés, des souliers
à talons rouges et des boucles en diamant qui lan-
çaient à la lumière du feu des étincelles empour-
prées de toutes les couleurs de l'arc-en-ciel ; il avait
une perruque blonde, bouffante et frisée à un tel
degré qu'elle couvrait presque sa figure, autour de
laquelle elle formait une bordure jaune clair, qui
faisait un étrange contraste avec ses grands yeux
noirs inquiets et avec les teintes bleuâtres de sa
barbe aux places où son menton avait été rasé ; il
était seul, et, malgré deux bols de punch vides
et un régiment de bouteilles qui était devant lui
sur la table, il semblait tout à fait sobre.

« Asseyez-vous, monsieur Markham, dit-il en
faisant jouer une main aussi petite que celle d'une
femme, et qui étincelait des feux des diamants et
des émeraudes dont elle était chargée ; asseyez-vous.
Monsieur William Byers, apportez-moi encore une

bouteille de claret, et faites attention qu'il soit meilleur que le dernier. Mes deux bons amis ont regagné leurs lits en chancelant, monsieur Markham, ils sont un peu gris de l'orgie de ce soir, mais vous voyez que moi j'ai conservé tout mon sang-froid; je suis votre très-humble serviteur et tout à vos ordres. »

Sir Lovel Mortimer était aussi efféminé dans ses manières que dans sa personne; il avait une voix claire et sonore, et parlait d'une manière languissante en traînant ses paroles comme les élégants du Ranelagh et des Parks.

Darrell Markham raconta en quelques mots comment il avait reconnu son cheval dans l'écurie.

« Et vous l'avez perdu?... dit sir Lovel en traînant ses paroles.

— Il y a eu un an le mois passé.

— Chose étrange! grasseya le baronnet. J'ai donné cinquante guinées pour cet animal à la foire de Barnstaple, en juillet dernier.

— Vous souvenez-vous de la personne de qui vous l'avez acheté?

— Oui, parfaitement. C'était un homme d'un certain âge, aux cheveux blancs. Il disait qu'il était fermier dans le Devonshire.

— Alors toute trace du coquin qui m'a volé est perdue, dit Darrell. J'aurais donné beaucoup pour que vous l'eussiez tenu directement du scélérat qui m'a volé ma bourse, ma montre, et quelques documents de la plus grande importance pour d'autres

7

que pour moi dans la bruyère de Compton le mois
d'octobre dernier. »

Les yeux noirs et inquiets de sir Lovel Mortimer
s'illuminèrent d'une lueur ardente pendant qu'il
regardait celui qui parlait; ces yeux inquiets étaient
étrangement en désaccord avec la voix du baronnet, qui traînait ses paroles, et avec ses manières
languissantes; c'était comme si cette langueur efféminée n'était qu'une feinte que des yeux ardents et
brillants trahissaient malgré lui.

« Voulez-vous me raconter l'histoire de votre
rencontre avec les chevaliers du grand chemin? »
demanda-t-il.

Darrell lui fit un très-bref récit de sa rencontre
avec les brigands, et il omit tout ce qui concernait
Millicent et le capitaine George Duke.

« Je ne m'attends guère à ce que vous croyiez tout
cela, lui dit Darrell en terminant, ni que vous ac-
cueilliez mes prétentions sur le cheval; mais si
vous voulez bien descendre à l'écurie, vous verrez
au moins que la fidèle créature se souvient de son
ancien maître.

— Il n'est pas nécessaire que j'aille à l'écurie
pour avoir la confirmation de ce que vous venez de
me dire; je suis le dernier homme qui mettrait en
doute la véracité d'un gentleman. »

L'hôtelier apporta le claret et deux verres, pendant que les deux hommes parlaient ensemble, et
sir Lovel avec un verre tout plein fit raison à son
visiteur qui but à sa santé.

Le baronnet semblait enchanté de la compagnie

de Darrell. Il parla de la métropole, il se vanta de ses conquêtes, puis, passant d'un sujet à un autre, il parla politique. Darrell, qui avait écouté avec patience son stupide babil, devint immédiatement sérieux.

« Vous paraissez ne pas prendre grand intérêt à aucun parti, monsieur Markham, dit sir Lovel après avoir essayé inutilement de découvrir l'opinion de Darrell.

— Pas trop, répliqua le jeune homme; j'ai été élevé à la campagne, où tout ce que nous connaissions en fait de politique se bornait à faire carillonner les cloches à l'anniversaire de la naissance du roi, et à prier pour Sa Majesté dans l'église tous les dimanches et les jours de fête. »

Sir Lovel haussa les épaules.

« Voulez-vous que nous mangions ensemble quelques rôties de pain grillé? lui dit-il. Mes amis sont trop gris pour venir souper, et je serai très-content d'avoir votre société pour boire un bol de punch. »

Darrell le pria de l'excuser.

« Je suis obligé de partir demain matin de très-bonne heure, et j'ai grand besoin de passer une bonne nuit. »

Le baronnet ne voulut accepter aucune excuse, il sonna, et M. William Byers, qui servait en personne ce convive important, reçut l'ordre d'apporter des rôties et du punch.

« Pendant le souper, nous pourrons arriver à un arrangement amical à propos du cheval, monsieur Markham, » dit sir Lovel.

Darrell le salua. L'arrangement amical sur lequel

les deux hommes tombèrent d'accord fut que Markham donnerait au baronnet vingt livres et son cheval gris en échange de *Balmerino*. La valeur du cheval gris étant à peu près de vingt livres, sir Lovel consentit de perdre dix livres à ce marché. Aussi Darrell et le baronnet se séparèrent-ils bons amis, et le lendemain de bonne heure on amena à la porte de l'auberge *Balmerino* sellé, bridé, et aux ordres de son ancien maître.

L'animal était dans un état parfait, et, lorsque Darrell s'élança en selle, il hennit fièrement comme s'il reconnaissait la main légère qui lui était familière. Le pavé de la rue de Reading retentit du bruit de ses sabots, et en dix minutes il fut sur le chemin de Bath, laissant bien loin derrière lui la ville de Reading.

Darrell dîna à Marlborough, et lorsque la nuit commença avec un épais bouillard, il se trouva dans la partie la plus solitaire du chemin entre Marlborough et Bath. Il avait une bonne paire de pistolets, et se sentait sûrement armé contre toute attaque. Mais pour la deuxième fois de sa vie il eut lieu de se repentir de son imprudence, car au détour le plus désert il entendit le bruit des sabots de plusieurs chevaux tout près derrière lui, et juste au moment où il saisissait ses pistolets, il fut surpris par trois hommes, dont l'un, s'approchant par derrière, leva son bras juste au moment où il allait tirer sur le premier des assaillants, pendant que le troisième lui frappa un coup d'une force extraordinaire sur la tête, coup pareil à celui qui l'avait renversé, il y avait un an, entre Compton et Marley.

Quand Darrell Markham eut repris connaissance, il se trouva étendu sur le dos dans un fossé sec et peu profond ; le brouillard avait disparu, et les étoiles brillaient d'une pâle et froide lueur sur le paysage d'hiver. On avait fouillé les poches du jeune homme, et on lui avait pris ses pistolets, mais on avait attaché à la haie le cheval gris qu'il avait laissé au baronnet.

Étourdi du coup qu'il avait reçu, et ses membres tout roidis d'avoir reposé quatre ou cinq heures sur la terre froide et humide, Darrell put à peine se remettre en selle, pour aller à un mille et demi jusqu'à la première auberge.

Les paysans qui tenaient cette hôtellerie furent presque épouvantés quand ils virent sa figure pâle et son front taché de sang, mais une histoire d'attaque sur le grand chemin trouvait toujours dans ces parages des personnes qui l'écoutaient avec un grand intérêt et une vive sympathie.

L'aubergiste se tint debout, la bouche ouverte, pendant que Darrell lui raconta l'aventure de la nuit passée et de l'échange des chevaux.

« Le baronnet est-il un beau garçon, petit et efféminé ? A-t-il des yeux noirs et de petites mains ? demanda-t-il avec empressement.

— Oui. »

L'homme regarda d'un air de triomphe les spectateurs autour de lui.

« Mon Dieu ! je m'en doutais, dit-il. C'est le capitaine Fanny.

— Le capitaine Fanny !...

— Oui, un des scélérats les plus redoutables de tout l'ouest de l'Angleterre, et le plus difficile à surprendre ; on lui a donné le nom de capitaine Fanny à cause de ses petites mains, de ses petits pieds, et de ses manières efféminées. »

Le valet d'écurie entra pendant que l'aubergiste parlait.

« Je ne sais pas si vous connaissez cela, monsieur, dit-il en donnant un morceau de papier à Darrell ; je l'ai trouvé attaché à la bride du cheval. »

Le jeune homme déplia le papier et lut ces mots :

« Avec les compliments de sir Lovel Mortimer à M. Markham, et pour se conformer au vieux proverbe qui dit que dans un échange il n'y a point de vol. »

CHAPITRE VIII.

COMMENT LA VENUE D'UN COLPORTEUR ÉTRANGER OPÉRA UN GRAND CHANGEMENT DANS L'ESPRIT ET DANS LES MANIÈRES DE SALLY PECKER.

Darrell Markham attendait à l'auberge, sur le bord de la route, que la lente poste qu'il y avait alors lui apportât un paquet qui contenait de l'argent que son ami et son patron, lord C..., lui envoyait. Il était contrarié et humilié de sa rencontre

avec le capitaine Fanny ; pour la seconde fois de sa
vie, il avait été vaincu, et, pour la seconde fois, il se
trouvait hors d'état de se venger. Le constable à
qui il raconta l'histoire du vol ne fit que hausser
les épaules, et lui offrit de lui narrer une douzaine
d'aventures pareilles qui étaient arrivées dans la
dernière semaine ou la dernière quinzaine, de sorte
que, selon lui, Darrell n'avait rien à faire de mieux
que de se consoler doucement de la perte de son
argent et de son cheval, et de continuer sa route
pour exécuter sa mission dans le comté de So-
merset, mission qui ne lui apporta que très-peu de
bien, comme le lecteur le sait très-bien : car il ressemblait à cette maison royale sur laquelle le malheur avait depuis si longtemps mis son sceau, et
qui ne devait jamais être relevée de la dégradation
dans laquelle elle était tombée.

Pendant le temps que Darrell mit à parcourir les
comtés de l'ouest en voyageant lentement et à petites journées vers la ville ; pendant qu'à l'*Ours noir*,
Sally Pecker et tous les habitants de Compton, depuis le curé, le notaire et le médecin, jusqu'au
paysan le plus humble du village, s'occupaient des
préparatifs de Noël qui approchait, Millicent Duke
attendait de jour en jour le retour de son mari. Tout
Compton pouvait croire que le capitaine Duke était
mort, mais non Millicent. Elle semblait avoir la
conviction bien arrêtée que tous les orages qui dé-
chirent les cieux et qui soulèvent l'Océan ne pouvaient jamais causer la mort de George Duke. Elle
attendait son retour avec un morne effroi, en pen-

sant qu'il pourrait arriver chaque jour. Le matin elle se levait avec la pensée qu'avant que la longue soirée d'hiver fût finie, son mari pouvait venir s'asseoir à son foyer. Elle n'entendait jamais sans trembler le bruit d'une porte, dans la crainte que la main qui l'ouvrait ne fût celle de son mari, et elle n'écoutait jamais les pas d'un homme dans la grande rue du village sans trembler d'être forcée de reconnaître le pas habituel de son mari. Sa rencontre sur la jetée de Marley, par le clair de lune, avec l'ombre de George Duke, avait ajouté une terreur superstitieuse à son ancienne frayeur et à l'aversion qu'elle avait pour son époux. Elle le regardait depuis lors comme un être possédant un pouvoir surnaturel. Elle croyait toujours qu'il était auprès d'elle, invisible et impalpable, ou caché dans les recoins obscurs de la sombre boiserie, ou couché dans la neige en dehors de la persienne, ou espionnant ses pensées les plus secrètes, et que, connaissant sa méfiance et son aversion pour lui, il s'absentait de longues années seulement pour la tourmenter en revenant quand elle aurait oublié de l'attendre, et quand elle aurait même appris à être heureuse.

Vous voyez qu'il faut être très-indulgent envers elle, à cause de sa vie solitaire, de son éducation bornée et de l'ombre de superstition inséparable d'un tempérament poétique dont la seule nourriture spirituelle avait été les romans écrits et lus il y a un siècle.

Son frère Ringwood ne lui écrivait jamais, et toutes les nouvelles qu'elle en recevait venaient d'au-

tres sources que de lui, et elles parlaient de sa conduite et de sa dissipation, de ses querelles dans les
tavernes et dans les rues de Covent-Garden. Elle
savait qu'il dépensait tout son argent avec des mauvais sujets, mais elle n'avait jamais pensé à l'intérêt qu'elle pouvait avoir dans sa fortune, ou aux
chances qu'elle avait que sa mort la rendît maîtresse du vieux et superbe manoir dans lequel elle
était née.

Sally Pecker était au beau milieu de ses préparatifs pour la fête de Noël. Des oies grasses pendaient
aux crocs dans le garde-manger, avec leurs longs
cous qui touchaient presque la terre; de bons dindons et de magnifiques chapons pendaient pêle-
mêle avec le lourd aloyau de bœuf qui devait être la
pièce principale du dîner de Noël. Partout, du
garde-manger au lavoir, des caves à l'évier, il y
avait des signes d'abondance et de grandes pro-
messes de bonne chère. Dans la cuisine comme
dans l'office, Sally était la divinité qui dirigeait
tout. Betty, la cuisinière, plumait les oies, tandis
que sa maîtresse faisait les tourtes de Noël, et préparait les ingrédients pour le pudding qu'on appor-
terait le lendemain, garni de houx et tout entouré
de rhum enflammé, dans le parloir en chêne. Ces
préparatifs étaient tellement importants que la maîtresse et la servante travaillaient encore laborieuse-
ment à neuf heures, dans la soirée du 24 décembre,
dans la grande cuisine de l'*Ours noir*. Cette cuisine
était située sur le derrière de la maison, et elle était
séparée des chambres principales, du vestibule et

du comptoir, par un long corridor, ce qui empêchait les habitués de mistress Pecker d'entendre le
bruit des assiettes et des plats et de sentir l'odeur
de la cuisine et des autres préparatifs, qui, sans
cela, seraient arrivés jusqu'à leurs oreilles et à
leurs nez, de sorte que personne ne devait rien
apercevoir du dîner qu'elle avait ordonné, jusqu'au
moment où on le verrait fumant sur la table.

Sally Pecker et sa bonne étaient tout à fait seules
dans la cuisine, car Samuel était occupé par les devoirs du comptoir, et les deux femmes de chambre
servaient les voyageurs qui étaient arrivés par la
diligence de Carlisle. L'agréable gelée qui était de
saison, et dont tout Compton s'était réjoui, avait
cessé juste à l'approche de Noël, et une pluie fine
tombait sans bruit au dehors contre les volets des
fenêtres solidement barrées.

« Je n'ai jamais vu un pareil temps, dit mistress
Pecker en fermant avec beaucoup de bruit la porte
de derrière d'un air contrarié, après avoir bien regardé au dehors; rien que de la pluie, de la pluie
qui tombe aussi droit qu'une des raies que Samuel
fait avec son crayon entre les chiffres d'un compte.
Par un pareil temps, Noël n'est guère Noël. Nous
ferions aussi bien d'avoir des canards et des petits
pois et une tourte de cerises pour demain, car il
fait une chaleur étouffante et si humide, que je puis
à peine supporter un bon feu. »

Les domestiques de l'*Ours noir* connaissaient trop
la valeur d'une bonne place et d'une vie paisible
pour jamais contredire ce que disait leur maîtresse;

de sorte que Betty la cuisinière fut tout de suite d'accord avec mistress Pecker, et elle répéta que certainement il faisait trop chaud; elle dit cela presque dans le même esprit que celui du courtisan danois qui est si prompt à se mettre d'accord avec Hamlet.

La porte de derrière, qui communiquait avec la cuisine de l'*Ours noir*, était l'entrée dont les marchands du village se servaient quand ils apportaient leurs fournitures à mistress Pecker, aussi bien que les rôdeurs, les mendiants, les vauriens, les paresseux, qui étaient généralement congédiés avec une parole sévère de Sarah ou d'une de ses servantes.

Cette veille de Noël, mistress Pecker attendait un paquet d'épiceries du bourg voisin, que le voiturier de Compton devait lui apporter.

« Purvis est en retard, Betty, dit-elle lorsque la pendule sonna neuf heures, et j'aurai besoin des raisins secs pour la première fournée de pâtés que je vais faire. Peste soit de lui! il jase et il boit à chaque maison où il s'arrête sans doute. »

Betty murmura quelque chose à propos de Noël, dit que Purvis acceptait toujours volontiers un verre de bière par amour pour la saison; mais mistress Pecker arrêta tout court la servante dans sa justification du messager coupable et lui dit sévèrement :

« Qu'il soit Noël ou non, les gens doivent faire bien attention aux affaires qui leur font gagner leur vie; et quant aux verres d'amitié en l'honneur de la saison, c'est une saison rare que celle qui n'est pas une bonne saison pour pousser les hommes à boire à droite et à boire à gauche, car chaque vent qui souffle est une raison pour excuser d'autres libations. Je n'ai pas tenu si longtemps la première auberge de Compton sans savoir ce qu'ils valent tous. »

On eût dit que le voiturier avait entendu les injures qui avaient été amassées sur sa coupable tête, car à l'instant même retentit un beau coup frappé brusquement sur le volet de la fenêtre, qui arrêta le cours des mépris de mistress Pecker.

« Voilà Purvis, je parierais ma vie, s'écria-t-elle ; le fou ne sait pas distinguer la porte de la fenêtre, parce que c'est Noël, je suppose. Allez vite, Betty, chercher le paquet. Vous fouillerez après dans ma poche pour prendre ses douze sous, car je ne peux pas ôter mes mains de la farine. »

La fille s'empressa d'ouvrir la porte, et elle sortit dans la cour ; mais bientôt elle revint dire que ce n'était pas Purvis, mais un colporteur qui désirait montrer des soies et des dentelles à mistress Pecker.

« Des soies !... des dentelles !... s'écria Sally, je ne veux point de ces falbalas. Dites à cet homme de s'en aller sur-le-champ. Je ne veux pas voir de pareils vagabonds encombrer ma porte. »

La fille retourna à la porte et fit des remontrances à l'homme, qui parlait très-peu et d'une voix indistincte ; il marmotta de façon à ce que sa voix atteignit à peine l'oreille de mistress Pecker, mais la signification de tout ce qu'il disait était qu'il ne quitterait pas la maison avant d'avoir vu la maîtresse de l'*Ours noir*.

Betty revint pour dire cela à mistress Pecker.

« Il ne veut pas? s'écria la formidable Sarah, élevant la voix pour l'édification du colporteur; nous allons bientôt voir cela. Dites-lui que les constables ne nous manquent pas à Compton, et que nos magistrats sont assez sévères pour les rôdeurs et les vagabonds.

— Mais vous ne serez pas si sévère pour moi, vous, n'est-ce pas, mistress Pecker? » dit l'homme en entrant dans la cuisine.

C'était un robuste gaillard aux larges épaules; il avait le nez crochu des juifs, des yeux noirs étincelants, et son teint, qui avait été exposé à toutes sortes d'intempéries, était devenu presque de la couleur du cuivre; il portait un chapeau à trois cornes, garni de galons ternis, posé avec nonchalance sur un côté de sa tête; ses cheveux lissés étaient d'un noir roux, et il avait une barbe roide et noire sur son double menton; des boucles en or brillaient à ses oreilles, et quelque chose qui ressemblait à un diamant luisait sur la sale dentelle du jabot déguenillé de sa chemise; la rude main bronzée sur laquelle il tenait sa boîte ouverte pendant qu'il parlait à mistress Pecker, était couverte de bagues qui pouvaient être aussi bien du cuivre que de l'or étranger.

« Vous ne refuserez pas de regarder mes soieries, mistress Sally, dit-il d'une manière insinuante, ou de donner à un pauvre homme fatigué un verre de quelque chose de réconfortant, en l'honneur de la veille de Noël. »

Mistress Pecker ôta ses mains de la farine, mais,

si blanches qu'elles fussent, elles n'étaient pas
d'une nuance plus blanche que sa figure, ordinairement si rouge. Pour la première fois, l'hôtesse
de l'*Ours noir* semblait incapable de trouver une
réponse sévère.

« Vous pouvez entrer, dit-elle en ouvrant la bouche pour respirer, et en parlant d'une voix basse
et rauque ; puis elle se jeta dans la première chaise
venue. — Betty, ma fille, allez en haut. Je vais voir
ce que cet homme désire. »

Mais la cuisinière n'était nullement disposée à
perdre un mot de la conversation qui allait avoir
lieu entre sa maîtresse et le colporteur, quelle
qu'elle pût être ; et bien qu'habituée à obéir instantanément à Sarah Pecker, elle osa cette fois hésiter.

« Si c'est à propos des soies et des dentelles, madame, dit-elle, je m'y connais très-bien ; car, dans
ma dernière place, ma maîtresse achetait bien souvent aux juives et aux colporteurs, et je peux dire
si elles valent ce qu'il en demande.

— Je ne doute pas que vous ne soyez très-sa-
vante, la fille, répliqua le colporteur, mais j'ose
dire que votre maîtresse peut bien choisir une robe
de soie pour elle sans votre avis. Allons, la fille,
sortez de la cuisine, entendez-vous ?

— Eh bien ! en voilà de belles ! s'écria Betty en
remuant la tête avec affectation, et en ne quittant
pas sa position auprès de mistress Pecker.

— La fille, m'entendez-vous ? dit brutalement le
colporteur, allez.

— Je ne m'en irai pas parce que vous me le dites !

s'écria Betty. Je n'aime pas à vous laisser seule,
madame, avec un homme comme celui-là, » dit-
elle à sa maîtresse.

Et alors elle ajouta à voix basse, pour que Sally
seule pût entendre :

« Votre montre d'argent est accrochée sur le manteau de la cheminée, et il y a trois cuillers à café
sur le dressoir.

— Allez, Betty, dit mistress Pecker de la même
voix basse et rauque avec laquelle elle avait déjà
parlé; allez, ma fille, je ne mettrai pas plus de dix
minutes à choisir une robe, et si cet homme désire
me parler, il faut qu'il en ait le loisir. »

Elle se leva avec effort de la chaise dans laquelle
elle était tombée quand le colporteur s'était présenté à la porte ; elle suivit Betty dans le corridor,
et elle la vit entrer dans le vestibule, puis elle ferma
à clef la porte qui séparait la cuisine de la partie
principale de la maison.

Le colporteur était debout devant le feu, et quand
elle rentra il fumait une pipe. Il avait ôté son chapeau, et ses longs cheveux noirs et lisses tombaient
en boucles grasses autour de son cou ; il portait un
habit de couleur claire qui était en mauvais état et
taché par le mauvais temps, et des bottes fortes
et hautes qui fumaient pendant qu'il chauffait ses
jambes mouillées devant le feu.

« Avez-vous bien tout arrangé de façon à ce que
personne ne nous entende? dit-il quand mistress
Pecker rentra dans la cuisine.

— Oui.

— Il n'y a pas moyen que personne puisse nous entendre ?... Point d'yeux, point d'oreilles aux portes ni au trou de la serrure ?

— Non.

— C'est bien. Maintenant, Sarah Pecker, écoutez-moi. »

Quel que fût le sujet que le colporteur eût à traiter, ou combien de temps il prit pour le dire, personne ne le sut jamais que la maîtresse de l'*Ours noir*. Betty la cuisinière, qui mettait tour à tour son œil et son oreille au trou de la serrure du bout du corridor, ne pouvait voir, avec l'assistance du premier de ces organes, que la faible lueur du feu qui brillait dans la cheminée de la cuisine, et à l'aide du dernier elle ne pouvait rien entendre que le rauque murmure de la voix du colporteur.

Bientôt ce brusque murmure cessa tout à fait, et Betty commença à croire que l'homme était parti; mais cependant mistress Pecker ne venait pas ouvrir la porte, qui était fermée à clef, et annoncer le départ de son visiteur.

Pendant plus d'un quart d'heure Betty écouta, et à chaque instant elle devenait plus intriguée et plus étonnée de cet étrange silence.

« L'homme doit être parti, pensait-elle, et ma maîtresse a oublié de me faire revenir à la cuisine. »

Elle secoua et elle agita avec bruit la serrure de la porte.

« Donnez-moi la clef, s'il vous plaît, madame, cria-t-elle à travers le trou de la serrure. La dernière fournée de pâtés sera toute brûlée, si on ne les retourne pas. »

Mais elle ne recevait toujours point de réponse.

« Madame!... madame!... » s'écria-t-elle de sa voix la plus élevée.

Mais on continuait toujours à ne point répondre.

La fille se tint tranquille pendant quelques instants : son cœur battait fort et rapidement, et elle se demandait ce que ce silence de mauvais augure voulait dire. Puis une frayeur soudaine la saisit, elle jeta un cri perçant, et s'empressa d'aller, aussi vite que ses jambes purent la porter, chercher M. Samuel Pecker.

Sa crainte était que ce colporteur étranger, avec ses boucles d'oreilles singulières, n'eût enlevé l'imposante Sarah.

Samuel était assis dans le parloir boisé; il causait avec quelques marchands de Compton qui étaient un peu gris, grâce au punch chaud qu'ils avaient bu, et aussi à l'influence de la saison.

« Mon maître!... mon maître!... s'écria la bonne, montrant sa pâle figure à la porte, et dérangeant leur fête par son apparition soudaine et effrayée.

— Qu'est-ce qu'il y a, Betty? » demanda Samuel.

Il avait peut-être aussi profité un peu de la saison, il était gai, ou, disons-le plutôt, il était moins triste qu'à l'ordinaire.

« Betty, qu'est-ce qu'il y a? » répéta-t-il en se redressant et en regardant la fille d'un air de défi qui semblait dire : « Qui dit que j'ai bu? »

La cuisinière était debout sur le seuil de la porte;

elle le regardait silencieusement d'un regard fixe, et elle respirait avec difficulté.

« Qu'est-ce que vous avez, Betty?

— Ma maîtresse, monsieur.... »

Quelque chose, — certainement ce n'était pas un rayon de joie, c'était quelque pâle lueur de cette faible flamme spirituelle que le ministre de la paroisse disait à Samuel être son âme, — illumina la physionomie de l'aubergiste tandis qu'il disait interrogativement :

« Est-ce qu'elle est tombée malade, Betty?

— Non, monsieur; mais un colporteur, monsieur, un étranger brun et à l'air féroce a demandé à voir ma maîtresse, et moi je lui ai dit de s'en aller, et j'ai essayé de lui faire peur en disant qu'il y avait des constables à Compton; mais il n'a pas voulu s'en aller, et il a offert à ma maîtresse des robes de soie, et elle m'a renvoyée de la cuisine.... et elle a fermé aussi à clef la porte du corridor.... il y a une heure et plus de cela, et.... faites excuse, monsieur, je crois qu'il a enlevé ma maîtresse. »

Un autre rayon, mais pas si faible que le premier, illumina la figure de l'aubergiste au moment où Betty ouvrit la bouche pour respirer en disant la dernière de ses phrases à moitié détachées.

« Votre maîtresse est un peu lourde, Betty, murmura-t-il d'un air pensif; le colporteur était-il un gros homme?

— Il en ferait deux tels que vous, monsieur, répliqua la fille.

—Cela se peut, Betty, mais deux comme moi ne seraient pas grand'chose contre Sally. »

Il paraissait tellement disposé à s'asseoir et à prendre l'affaire philosophiquement, que la servante perdait presque patience avec lui.

« La porte du corridor est fermée à clef, monsieur, et je ne peux l'enfoncer ; ne ferions-nous pas mieux de prendre une lanterne et d'aller à la cuisine par l'autre chemin ? »

Samuel fit un signe de tête.

« Vous avez raison, Betty, lui dit-il, allez chercher la lanterne, et j'irai avec vous. Mais, si cet homme a enlevé votre maîtresse, Betty, ajouta-t-il d'un air réfléchi, il y a tant de chemins et de détours autour de Compton, que ce ne serait pas la peine de les poursuivre. »

Betty n'attendit pas pour considérer ce point important, mais elle alluma un petit bout de chandelle, elle le mit dans une vieille lanterne de corne, et elle marcha la première pour montrer le chemin de la cour.

Ils trouvèrent Purvis, le voiturier, à la porte de derrière.

« J'ai frappé au moins déjà six fois, dit-il, et personne ne me répond. »

Betty ouvrit la porte et entra promptement dans la cuisine, suivie de Samuel et du voiturier.

Le colporteur était parti ; et mistress Sarah était évanouie étendue sur le foyer dans un état d'insensibilité semblable à la mort.

Ils la relevèrent, et jetèrent de l'eau froide et du

vinaigre sur sa figure et sur sa tête. Il y avait quelques plumes sur le bord du dressoir que Betty avait arrachées d'une oie grasse une heure auparavant : on brûla quelques-unes de ces plumes sous les narines de Sarah, ce qui lui fit reprendre ses sens.

« Je parierais un écu, dit Betty, que la montre et les cuillers sont volées! »

Mistress Pecker reprit très-lentement ses sens, mais, enfin, quand elle ouvrit les yeux et qu'elle vit le doux Samuel qui attendait si impatiemment son rétablissement, elle fondit soudainement en larmes, et, jetant ses robustes bras autour de son cou, tout à fait indifférente à la présence du voiturier et de Betty, elle s'écria avec passion :

« Tu as toujours été un bon mari pour moi, Samuel Pecker, et moi je n'ai pas été une femme indulgente envers toi; mais nous sommes punis pour nos péchés dans ce monde aussi bien que dans l'autre, et j'essayerai à l'avenir de te rendre plus heureux, car je t'aime, mon cher mari, je t'aime réellement. »

Le spectacle de cette émotion si rare épouvanta presque Samuel; ses petits yeux bleus eurent, autant que cela leur était possible, un regard humide en contemplant son épouse en larmes.

« Mon Dieu! ne dis pas cela, Sarah! je ne désire pas que tu sois meilleure envers moi; je suis très-heureux comme nous sommes à présent. C'est vrai que tu me parles quelquefois un peu brusquement, mais maintenant j'y suis habitué, et je me croirais

presque perdu avec une femme qui ne me contre-
dirait pas.

— Les cuillers et la montre ne sont plus là,
s'écria Betty, qui avait examiné la cuisine, et sans
doute la bourse de ma maîtresse est volée aussi. Je
savais bien que ce colporteur était venu avec de
mauvaises intentions.

— C'est vrai!... c'est vrai!...» s'écria Sarah Pecker.

Bientôt dans le village de Compton on put voir,
— chose assez bizarre, — que par le seul fait d'avoir
été volée d'une valeur de dix ou quinze livres par
un colporteur sans probité une réforme s'était faite
dans le caractère et dans les manières de Sarah
Pecker à l'égard de Samuel, son mari. Pourtant il
en fut ainsi. Noël passa. Des gelées rigoureuses suc-
cédèrent aux pluies fines, et des pluies fines firent
fondre les gelées rigoureuses. Des brises plus douces
soufflèrent sur les bruyères de Compton quand l'hiver fut passé; les fleurs des arbustes du printemps
s'épanouirent doucement dans leurs niches ombra-
gées sous les haies épaisses, et les haies elles-mêmes
devinrent vertes sous les souffles embaumés d'avril,
et toujours Sarah continuait à être douce en parlant
à son mari étonné, et agréable dans ses manières
envers lui.

Le doux aubergiste de l'*Ours noir* croyait faire un
rêve étrange, mais ravissant : il avait la clef des
caves, et Sally lui permettait de boire autant de liqueurs qu'il en désirait, et Samuel ne faisait pas un
mauvais usage de ce privilège, car il était fort sobre
de son naturel. Il était presque le maître dans sa

maison. Quelquefois même le nouvel état de choses lui paraissait presque être trop doux pour lui. Une fois il vint vers sa femme et lui dit d'une manière suppliante :

« Sarah, parle-moi avec sévérité, s'il te plaît, car je me sens l'esprit un peu dérangé. »

CHAPITRE IX.

LE VALET DE SIR LOVEL MORTIMER EST IVRE.

Nous avons déjà dit que Ringwood Markham était un mauvais sujet. A une époque où les épées étaient plus souvent hors du fourreau que dedans, le jeune châtelain n'avait guère de chance d'inspirer beaucoup de respect dans les maisons de jeu et dans les tavernes qu'il aimait à fréquenter, excepté par le partage de la fortune que son père avait amassée, grâce à la vie tranquille et économe que la famille Markham menait au manoir de Compton avant la mort du vieux squire. La propriété du manoir était fort importante, et elle était si bien garantie que Ringwood n'avait ni le pouvoir de la vendre ni celui de l'hypothéquer ; et comme il voyait toutes les épargnes de son père disparaître, il sentit que le temps n'était pas trop éloigné où il faudrait retourner à Compton, se faire le châtelain du pays, et vivre sur ses terres, ou devenir un aventurier sans argent obligé de flâner dans tous les endroits dans lesquels il avait été autrefois le favori d'une demi-douzaine de vils flatteurs et des habitués obséquieux de vingt tavernes différentes.

Ringwood Markham n'avait jamais aimé. C'était un de ces hommes qui sont en sûreté contre les tempêtes qui engloutissent des âmes plus austères, et qui s'enfoncent dans quelque pitoyable sable mouvant d'extravagance ; sans avoir le moindre germe de passion dans son tempérament lymphatique, il fut poussé par sa vanité à imiter les vices des plus débauchés de ses compagnons ; avec un dégoût absolu pour la boisson, il avait appris à être un ivrogne ; sans aucune passion réelle pour les cartes, il s'était à moitié ruiné au jeu ; mais il avait eu beau faire, il n'était toujours qu'un fat efféminé, et les hommes se moquaient de sa jolie figure, de ses cheveux dorés et de sa taille svelte.

Darrell Markham et son cousin Ringwood s'étaient rencontrés à Londres une ou deux fois, mais leur ancienne mésintelligence n'avait fait que s'envenimer, au moins dans le cœur de l'un, et la froideur qui existait entre eux n'avait pas diminué. Darrell ressentait pour le frère de Millicent un mépris qu'il n'essayait pas de cacher, et c'était seulement la terreur que son cousin inspirait à Ringwood qui l'empêchait de montrer à Darrell la haine que leur courte rencontre dans la maison du fermier avait fait naître entre eux. Le milieu de Darrell était

loin des tavernes et des cafés où le jeune châtelain
passait son inutile existence. Il était trop vaillant
pour noyer ses regrets dans l'ivrognerie et la dissipation; il combattait contre son propre cœur, et il
sortit vainqueur de cette lutte. Fidèle à la mémoire
du passé, il était fidèle aussi à ses devoirs du présent. Il avait des rêves ambitieux qui le conso-
laient dans les tristes heures où la figure mélancolique de sa cousine Millicent se glissait entre lui et
les pages d'un pamphlet politique. Il avait de belles
espérances pour son avenir, qui pouvait être brillant
mais qui ne pourrait jamais être heureux. Quelquefois il avait une vague prescience d'un jour où
le vaisseau *le Vautour* ferait naufrage sous un drapeau déchiré et souillé de crimes; et où lui et Millicent seraient laissés en sûreté sur le rivage de
la vie.

Dans l'été qui succéda à ce Noël à la veille duquel un colporteur à l'air étranger avait volé Sarah
Pecker de trois cuillers d'argent, d'une montre de
Tompion, de sept livres douze shillings et quatre
pence de monnaie, et par-dessus le marché l'avait
privée de ses sens; pendant que les faucheurs étaient
occupés à Compton et dans les environs, par un
beau jour de juin, Ringwood Markham vivait dans
un misérable petit logement dans le voisinage de
Bedford-Street, Covent-Garden. La bourse du jeune
châtelain diminuait chaque jour, mais, quoiqu'il
eût été obligé de quitter son bel appartement et de
renvoyer l'homme qui lui avait servi de valet pendant deux ans, caressant ses faiblesses, portant ses

gilets et s'appropriant des poignées de son argent
de poche, qu'il ne serait jamais; quoiqu'il ne fût
plus assez riche pour dépenser un billet de vingt
livres pour un souper de taverne, ou pour briser
son verre en morceaux en le jetant contre le mur
après avoir porté un toast, Ringwood Markham
trouvait toujours moyen de porter un habit de couleur fleur de pêcher avec des broderies en argent
étincelant, et de montrer son élégante personne et
sa jolie figure dans tous les endroits qu'il fréquen-
tait habituellement.

Il passait la moitié du jour dans son lit, et il se
levait à une heure ou deux de l'après-midi; il fai-
néantait jusqu'au crépuscule dans une robe de
chambre en satin sale, qui était aussi chargée de
taches de vin que de fleurs brodées par les doigts
patients de Millicent quelques années auparavant.
On lui apportait son dîner d'une taverne voisine
avec un numéro de journal tout taché de bière, dans
lequel Ringwood épelait avec patience les nouvelles
(il ne savait pas bien lire), afin d'être capable de
faire le fanfaron et de faire parade de ses vieilles
nouvelles avec ses compagnons le soir. Ce fut pendant qu'il avait les yeux collés sur ce journal, la
lumière du soleil de juin éclairant sa misérable
chambre, où la belle toilette de la soirée était à côté
des débris du déjeuner du matin, sous la forme
d'une tasse de chocolat vide et des restes d'un petit
pain, — ce fut pendant l'heure du dîner de Ringwood
qu'une servante de la maison meublée, qui avait
des souliers en pantoufles, vint le déranger en lui

disant qu'il y avait en bas un monsieur qui s'appelait M. Darrell Markham et qui désirait lui parler.

Ringwood jeta instinctivement un coup d'œil sur l'espace qui était au-dessus de la cheminée, où il y avait un grand déploiement de pistolets, de rapières, et d'autres instruments de guerre, puis d'une voix un peu timide il dit à la servante de faire monter le visiteur.

On entendit le pas rapide de Darrell sur le palier de l'escalier avant que la servante eût quitté la chambre.

« Nous n'avons pas le temps de faire des cérémonies, Ringwood, dit-il en s'élançant dans l'appartement, ni de conserver aucun sentiment de haine. Je viens vous parler de votre sœur.

— De Millicent?... »

La figure de Ringwood Markham montra un grand soulagement quand Darrell lui apprit l'objet de sa visite.

« Oui, je viens vous parler de mistress George Duke. Si votre sœur était morte et enterrée, Ringwood Markham, je doute que vous en eussiez appris la nouvelle.

— Millicent n'a jamais été une bonne correspondante, dit le jeune homme en forme d'excuse; — lui-même passait la plus grande partie d'une journée à griffonner quelques lettres mal formées et quelques mots mal orthographiés sur une demi-feuille de papier à lettre; — mais qu'est-ce qui lui est arrivé de mal?

— Je ne sais guère si ce qui est arrivé peut être

bon ou mauvais pour ma pauvre cousine, répliqua
Darrell. Le capitaine Duke est absent depuis un an
et demi, et à Compton on n'a reçu de nouvelles ni
de lui ni de son vaisseau. »

M. Ringwood Markham ouvrit les yeux et respira
avec peine : c'était sa manière d'exprimer une grande
émotion. Il était si essentiellement égoïste qu'il n'é-
tait qu'un mauvais hypocrite. Il n'avait jamais appris à simuler même le plus léger intérêt pour les
affaires d'autrui.

Darrell Markham se promenait à grands pas de
long en large dans la chambre, et ses éperons faisaient grand bruit sur le parquet rongé par les vers.

« Je n'ai reçu ces nouvelles qu'aujourd'hui dans
une lettre de Sally Pecker, répondit-il, je n'ai pas
eu de nouvelles de Compton depuis huit mois, car
cela me faisait mal de me ressouvenir de ma vieille
demeure. Aujourd'hui j'ai reçu cette lettre de Sally,
qui dit qu'il y a longtemps qu'on a cessé d'attendre
le retour du capitaine à Compton, excepté Millicent,
qui semble toujours l'attendre.

— Et que pensez-vous de cela ? demanda Ringwood.

— Ce que je pense ?... mais je pense que le capitaine George Duke et son vaisseau *le Vautour* ont
eu le sort que méritent tous ceux qui naviguent
sous de faux pavillons. Je connais des gens qui parlent d'un vaisseau portant le nom de *Vautour* peint
sur l'arrière, que l'on a vu sur les côtes du Maroc ;
il avait un drapeau noir déployé au grand mât et
un grand nombre de nègres enchaînés à fond de

cale. Je connais des gens qui parlent d'un méchant
commerce que fait ce navire entre la côte d'Afrique
et les Indes occidentales, et qui parlent aussi d'endroits où l'on craint l'arrivée de George Duke plus
que la fièvre jaune. Grand Dieu! est-il possible que
cet homme ait trouvé le destin qu'il méritait si
bien et que Millicent soit libre!

— Libre?

— Oui, libre d'épouser un honnête homme,»
s'écria Darrell, dont la figure s'animait d'émotion.

Ringwood Markham avait juste assez d'esprit
pour être méchant. Il se souvint de la rencontre
dans la cuisine du fermier Morrison, et il dit avec
malice :

« Millicent ne sera jamais libre jusqu'à ce qu'elle
reçoive la nouvelle positive de la mort de son mari;
si George Duke est un homme qui fasse le métier
que vous dites, son cadavre peut aller pourrir sur
quelque rivage étranger, et elle ne le saura pas.

— Il est absent depuis un an et demi, répondit
Darrell, et s'il ne revient pas avant sept années à
partir du moment qu'il l'a quittée, Millicent peut se
marier.

— Est-ce que la loi dit cela?...

— Je l'ai toujours entendu dire depuis mon enfance. Un an et demi est déjà passé; il n'y a que
cinq ans et demi à attendre. Ma petite Millicent, ma
pauvre Millicent, ce temps passera comme un jour,
avec une pareille espérance pour me consoler jusque-là. »

Darrell se jeta dans une chaise près de la fenêtre ouverte, et cacha sa figure dans ses mains.

Ringwood Markham ne put résister au plaisir de lui faire une autre blessure.

« Cela ne m'étonnerait pas de voir le capitaine de retour avant la fin de l'été, dit-il; d'après le peu que je connais de George Duke, je ne le crois pas homme à perdre facilement la vie, soit sur mer, soit sur terre. »

Darrell ne fit pas attention à cette remarque. Je ne sais même pas s'il l'avait entendue. Ses pensées flottaient au milieu de cette émotion pleine d'espérance vers l'océan éloigné d'un avenir heureux.

« Écoutez, Ringwood, dit-il bientôt en se levant et en marchant vers la porte, je ne suis pas venu pour vous tenir les discours d'un amant. Si George Duke ne revient pas, Millicent sera une femme abandonnée et sans ressource pour six ans encore, n'ayant rien pour vivre que l'intérêt des deux mille livres que le squire lui a données pour dot. Je ne suis qu'un pauvre homme, c'est vrai, mais j'ai pour lui venir en aide les droits d'un cousin; il ne faut pas cependant qu'elle sache d'où vient ce secours. Comme son frère, vous êtes obligé de la protéger. Faites bien attention qu'elle ne manque d'aucun secours qui puisse la consoler dans sa vie solitaire. »

Si Ringwood n'avait pas eu peur de son robuste cousin, il aurait insinué, en se lamentant, quelque petite excuse sur sa propre pauvreté; mais il n'en dit pas moins avec un visage triste :

« Je ferai tout ce que je pourrai, Darrell. »

Darrell lui serra la main pour la première fois depuis leur querelle, et le laissa à sa toilette et à ses plaisirs du soir.

Ringwood mit son habillement complet couleur fleur de pêcher brodé d'argent, et posa avec coquetterie son chapeau à trois cornes sur les longues boucles de sa chevelure. A une époque où les perruques et les cheveux poudrés étaient à la mode, le jeune squire tirait vanité de ses cheveux abondants qui bouclaient sans papillotes et qui tombaient avec grâce sur son front haut, mais étroit. Ce soir-là, en particulier, il fut spécialement soigneux de sa toilette, car il avait un rendez-vous au Ranelagh avec une joyeuse compagnie dont le chef était un certain baronnet des comtés de l'ouest, nommé sir Lovel Mortimer, qui était plus connu dans deux ou trois tavernes d'une réputation équivoque que dans les demeures de l'aristocratie.

Le baronnet éclipsait Ringwood Markham aussi bien par l'élégance de sa toilette que par l'affectation languissante de ses manières. Les grandes dames regardaient d'un œil approbateur la taille svelte de sir Lovel quand il dansait gracieusement les gracieuses figures d'un menuet, et maint œil brillant répondait par un doux regard aux grands yeux noirs et inquiets du jeune baronnet. Cette expression inquiète que Darrell avait observée même dans la grande salle de l'auberge de Reading était sans doute plus visible dans une assemblée remplie d'une multitude confuse comme la brillante salle de danse du Ranelagh.

Le baronnet paraissait ubiquiste. Son habit de velours blanc, sur lequel étincelaient des boutons de rose brodés en soie mélangée de petites pierres de strass, la poignée de son épée de cour et ses boucles de souliers ornés de diamants, tout cela brillait de tout côté. Personne, excepté un habile observateur, n'aurait vu que sir Lovel Mortimer n'avait que très-peu de connaissances dans le monde aristocratique, et que les seules personnes auxquelles il parlât familièrement étaient les quatre ou cinq jeunes gens qui l'avaient accompagné, en y comprenant Ringwood Markham. Cela eût été d'autant plus difficile à voir que le jeune baronnet changeait fort souvent de place.

Le jeune Ringwood était ravi d'avoir fait une connaissance aussi distinguée. Il était difficile pour le simple Cambrien, élevé dans un modeste village, de découvrir la différence qui existait entre les pierres de strass de l'habit brodé de sir Lovel et les diamants de ses boucles de souliers, de même qu'il était impossible pour lui de découvrir la grande différence qui existait entre les manières du baronnet et celles des comtes et des marquis qui levaient leurs lorgnettes pour le regarder. Ringwood suivait les mouvements de sir Lovel d'un regard fixe, plein de respect et d'admiration. Quand la salle devint moins pleine et que le baronnet fit la proposition de retourner à son appartement de Cheyne-Walk, de faire la partie, de manger quelques grillades et de jouer aux dés, Ringwood fut le premier à y consentir.

Les jeunes gens se rendirent donc à la maison du baronnet. Elle n'était pas située à Cheyne-Walk même, mais dans une rue obscure qui conduisait à la rivière, — une rue dans laquelle les maisons étaient petites et sombres.

Sir Lovel Mortimer s'arrêta devant une de ces maisons dont les fenêtres n'étaient pas éclairées, et il frappa avec violence sur le panneau de la porte.

Ringwood, qui avait déjà bu beaucoup, saisit le marteau de cuivre de la porte, et frappa un coup épouvantable.

« Il n'est pas nécessaire d'éveiller tous les habitants de la rue, monsieur Markham, dit le baronnet d'un air contrarié ; sans doute mon domestique veille et nous attend. »

Mais il semblait que sir Lovel Mortimer s'était trompé, car les jeunes gens attendirent quelque temps devant la porte avant qu'elle s'ouvrît ; mais quand les verrous furent enfin retirés et que la société fut admise dans la maison, ils se trouvèrent dans l'obscurité.

« Que veut dire ceci, chien de paresseux ? s'écria sir Lovel : tu t'es donc endormi ?

— Oui, répondit une voix rauque et mal assurée ; je.... me.... suis peut-être bien.... endormi.

— Tu es ivre, coquin, s'écria le baronnet. Allons, apporte-nous une bougie.... M'entends-tu ?

— J'en cherche une d'une main, répondit la voix ; de l'autre je cherche un briquet. »

Un bruit de main heurtant une planche à chandeliers succéda à cette assertion ; on enflamma une allumette, puis une bougie dont la faible lueur éclaira la figure de celui qui avait parlé.

Le domestique de sir Lovel Mortimer était ivre, sa figure était sale; sa perruque, tombant sur ses sourcils, se brûlait en ce moment à la bougie qu'il tenait à la main ; sa cravate était attachée de travers et entourait son cou comme une corde destinée à le pendre; ses yeux étaient obscurcis et humides par suite de l'abus des liqueurs fortes; c'était à grand'peine qu'il pouvait se tenir droit, et il se balançait çà et là pendant qu'il regardait fixement d'un air hébété son maître et ses compagnons.

Mais ce n'était pas seulement l'ivresse de cet homme qui faisait tressaillir Ringwood Markham.

Le domestique de sir Lovel Mortimer était le capitaine George Duke.

Vers quatre heures de l'après-midi, le lendemain, Ringwood s'éveilla du long sommeil de l'ivresse; la première chose qu'il fit fut de chercher une feuille de papier sur laquelle il griffonna une demi-douzaine de mots, il la plia et l'envoya à l'adresse suivante :

« Darrell Markham, esq.,
chez le comte de C....,

« Saint-James-Square. »

Ces quelques mots étaient :

« George Duke n'est pas mort. Je l'ai vu la nuit dernière dans une maison de Chelsea.

« À vos ordres,

« R. MARKHAM. »

CHAPITRE X.

Darrell Markham avait quitté Londres pour s'oc-
cuper des affaires de son patron, quand le messager
de Ringwood remit chez lui le petit billet qui lui
apprenait la rencontre du jeune homme avec le capitaine George Duke.

Une semaine se passa avant que Darrell revînt à
Saint-James-Square, où il trouva la lettre de son
cousin. Un coup d'œil rapide jeté sur le contenu de
la lettre de Ringwood lui suffit ; il chiffonna le papier dans sa poche, mit son chapeau, et, sans perdre
un instant, il courut directement au logement du
jeune homme, près de Bedford-Street.

Il trouva Ringwood au lit, déchiffrant les pages
graisseuses d'un roman de M. Fielding ; de grands
pots à couvercle de la taverne voisine et des verres
cassés étaient dispersés sur la table ; des bouteilles
vides étaient sur le parquet ; les os d'un poulet et
les restes d'un pain ornaient la nappe sale. Master
Ringwood avait invité la veille deux de ses vieux
amis à souper.

« Ringwood, dit son cousin, tenant dans sa main

la missive du jeune homme, qu'est-ce que cela veut dire ?

— Quoi ? » demanda Ringwood avec un regard fixe et stupide.

Les fumées du vin et de la bière qu'on avait bus dans l'orgie de la soirée précédente n'avaient pas entièrement disparu de son esprit, qui, dans ses meilleurs moments, n'était pas très-perspicace.

« Qu'est-ce que veut dire cette lettre, dans laquelle vous dites, je crois, le mensonge le plus grand qu'un homme ait jamais dit ? George Duke en Angleterre.... George Duke à Chelsea.... Ringwood, qu'est-ce que cela veut dire ?... Parlez !...

— Ne soyez pas si emporté, dit Ringwood ; — et, jetant son livre dans un coin de la chambre et s'appuyant sur l'oreiller, il regarda Darrell d'un air sérieux et à moitié ivre, très-comique à voir ; — mon Dieu ! donnez-moi au moins le temps de recueillir mes idées. Quant au mensonge, vous feriez mieux de faire attention à ne pas appliquer de pareilles expressions à un homme de ma réputation. Demandez dans les environs de Covent-Garden si je n'ai pas fait la menace de jeter un crachoir à la tête d'un capitaine de vaisseau qui m'avait insulté ; et je l'aurais fait comme je le disais, si le bravache ne m'avait pas d'abord jeté par terre. Quant à ma lettre, je suis prêt à soutenir ce que j'ai écrit. Et à présent, qu'est-ce que j'ai dit dans cette lettre ?

— Prenez-la et lisez-la vous-même, » répondit Darrell en lui donnant la lettre.

Ringwood déchiffra sa propre lettre avec autant

de peine que si c'eût été quelque communication
particulière et mystérieuse en grec ou en hébreu ;
puis, la rendant à son cousin, il dit en agitant ses
boucles de cheveux, ce qui mit son bonnet de soie
de travers et lui donna un air tout à fait tapageur :

« Quant à cette lettre, mon cousin Darrell, la
lettre n'est rien. J'ai trouvé George Duke, du *Vautour*, en qualité de domestique chez mon élégant
ami du Devonshire, sir Lovel Mortimer, baronnet :
que pensez-vous de cela ? Il a exécuté les ordres de
sir Lovel comme le coquin le plus vil qui ait jamais existé : qu'en dites-vous ? Il était si ivre que
son maître l'a envoyé se coucher après l'avoir ver-
tement réprimandé, avant que j'aie eu le temps de
lui dire un mot : que dites-vous à cela ?

— Ce que je dis à cela ? s'écria Darrell, ému, en
marchant çà et là dans la chambre ; mais je pense
que cela ne peut pas être vrai. C'est une stupide erreur
de votre part.

— Cela ne peut pas être vrai, n'est-ce pas ? c'est
une stupide erreur de ma part, n'est-ce pas ?...
Vraiment, monsieur Darrell Markham, vous êtes
trop poli pour entrer dans la chambre d'un homme
qui n'a pas son épée au côté et pour en profiter,
pour le traiter de fou et de menteur. Je vous dis
que j'ai vu George Duke ivre et faisant l'office d'un
domestique chez mon ami sir Lovel Mortimer.

— George Duke vous a-t-il reconnu ? demanda
Darrell.

— Ne vous ai-je pas dit qu'il était ivre-mort ? s'é-
cria le jeune homme hors de lui. Comment pou-

vait-il me reconnaître quand il pouvait à peine voir à cause de son ivresse? J'aurais pu lui parler, mais avant que j'eusse pu décider si ce serait mieux de lui parler ou non, sir Lovel lui avait donné un coup de pied et l'avait envoyé se coucher; et, en y réfléchissant, j'ai pensé que cela aurait été très-pénible pour moi de faire connaître au baronnet mes affaires de famille, en lui disant que son valet était mon beau-frère.

— Mais, depuis, n'avez-vous pris aucune information sur ce scélérat?

— Oui, j'ai dit à sir Lovel que je croyais que je connaissais la figure de cet homme, et je lui ai demandé ce qu'il était. Le baronnet m'a répondu qu'il n'en savait rien, excepté qu'il l'avait à son service depuis un an, et que c'était le garçon le plus fidèle qui eût jamais existé; seulement, a-t-il ajouté, il aime trop la boisson. »

Darrell ne fit pendant quelque temps aucune réponse au discours de son cousin, mais il marcha çà et là dans la chambre, absorbé par sa méditation.

« Ringwood, dit-il enfin en s'arrêtant brusquement à côté du lit, il y a quelque mystère dans tout cela que ni vous ni moi ne pouvons pénétrer. Je connais ce sir Lovel Mortimer, ce baronnet des provinces de l'ouest.

— Alors vous connaissez mon meilleur ami, dit Ringwood avec un sourire d'orgueil.

— Je connais un des brigands les plus audacieux qui aient jamais échappé à Old Bailey.

— Un brigand !.... le baronnet.... le modèle de la

mode et le miroir de la grâce, comme disait de lui
Lawless, le notaire; le plus élégant petit-maître
qui ait jamais dansé au Ranelagh; le propriétaire
d'une des plus belles terres du Devonshire. Prenez
garde, Darrell, à la façon dont vous parlez de mes
amis.

— Il serait mieux que vous missiez plus de cir-
conspection quand vous les choisissez, répliqua Darrell doucement. Mon pauvre fou de Ringwood, j'espère que vous n'avez pas permis à cet homme de
vider vos poches au jeu.

— J'ai perdu quelques guinées avec lui en di-
verses fois, » grommela Ringwood d'un air triste.

Le jeune squire avait payé assez cher son amour
de la société des gens à la mode, et il avait supporté
ses pertes sans aucune plainte; mais se voir prouver
que toujours il avait été dupe, cela blessait profondément son amour-propre, d'autant plus que sans
Darrell personne ne l'eût détrompé.

« Vous voulez me dire alors, dit-il tristement,
que ce sir Lovel....

— N'est pas plus sir Lovel que vous, répliqua
Darrell; et toute l'élégance à laquelle il prétend est
celle qu'il a trouvée sur le grand chemin du roi, et
que la seule terre dont il sera jamais le maître
fournira assez de gros bois pour lui élever un gibet,
quand sa carrière aura fini brusquement. Les chevaliers du grand chemin et les constables le con-
naissent sous le sobriquet de capitaine Fanny, et il
n'y a aucun doute que la maison où il vous a conduit ne soit un repaire de brigands. »

Ringwood n'avait rien à dire à cela; il s'assit avec son bonnet de nuit dans sa main et un pied hors du lit, regardant son cousin d'un regard fixe, et grattant sa tête d'un air de doute.

« Mais cela n'est pas tout, continua Darrell, il y a quelque mystère dans la liaison de cet homme avec George Duke. Ils pourront prouver une douzaine d'alibi et jurer tant qu'ils voudront. Moi, je déclarerai toujours que George Duke est l'homme qui m'a volé entre Compton-les-Bruyères et Marley, — que George Duke est l'homme qui m'a volé mon cheval, — et il n'y a que sept mois que j'ai retrouvé ce cheval, que ce George Duke m'a volé, dans la possession de votre ami le baronnet, autrement le capitaine Fanny. Voici le dernier résultat de tout ceci. Pendant que nous avons pensé que George Duke était sur mer, il était caché à Londres et il parcourait la campagne pour voler les honnêtes gens. Son vaisseau *le Vautour* n'est qu'une fiction, et au lieu d'être un marchand, un corsaire, un pirate, un homme qui cherche les esclaves en Afrique, George Duke n'est ni plus ni moins qu'un brigand.

— La seule chose que je sache, c'est que je l'ai vu dans une maison de Chelsea une nuit de la semaine passée, » grommela Ringwood doucement.

Son faible esprit pouvait à peine se mettre au niveau de l'animation de Darrell.

« Levez-vous et habillez-vous, Ringwood, pendant que je cours au plus proche magistrat ; ce scélérat de capitaine Fanny m'a volé mon cheval, et il m'a vidé mes poches sur le chemin de Bath : nous obtiendrons l'ordre de l'appréhender au corps, et nous emmènerons avec nous deux constables ; vous nous indiquerez la maison dans laquelle vous avez vu George Duke, nous découvrirons le scélérat, et avant la nuit nous aurons trouvé les traces de ce mystère.

— Deux constables, ce n'est pas beaucoup, murmura Ringwood : sir Lovel est toujours entouré de ses amis, et dans la maison il peut y en avoir un régiment. »

Darrell regarda son cousin d'un air de mépris non déguisé.

« Nous ne vous demanderons pas de regarder en face la bande de brigands, dit-il ; nous vous demanderons seulement de nous indiquer le chemin et de nous montrer la maison ; quand vous aurez fait cela, vous pourrez aller vous cacher dans un coin, pendant que j'entrerai avec les constables.

— Quant à vous montrer la maison, répliqua Ringwood déconcerté, je vous donnerai volontiers mon assistance ; mais un homme peut être aussi courageux qu'un lion, et ne pas avoir la fantaisie d'être tué par quelqu'un qui serait caché derrière une porte.

— Je courrai tous les risques de recevoir une balle égarée, cher cousin, s'écria Darrell en riant ; seulement levez-vous et habillez-vous sans perdre de temps, pendant que j'irai chercher les constables. »

Obtenir l'ordre d'arrêter l'homme fut une longue affaire qui fatigua la patience de Darrell. Le cré-

puscule était venu quand ce fut chose faite, et lorsque le jeune homme revint à l'appartement de Ringwood, accompagné de deux constables et muni du
document officiel qui lui permettait d'arrêter le capitaine Fanny.

Darrell trouva son cousin tout équipé pour l'ex-
pédition; il était armé jusqu'aux dents d'une col-
lection complète de pistolets, mais il ne savait pas
plus s'en servir qu'un petit enfant. Un formidable
sabre de marine pendait à ses côtés et l'embarras-
sait à chaque pas qu'il faisait, et les canons de pistolets énormes se montraient hors de ses poches,
placés de telle manière que, s'ils avaient fait explo-
sion, les balles auraient été se loger dans les coudes
de Ringvood.

Darrell mit un peu d'ordre dans la toilette de
guerre de son cousin; Ringwood consentit à contre-
cœur qu'on lui laissât seulement une paire de pistolets au lieu du gigantesque coutelas dans lequel
il avait tant de confiance.

« Il ne faut pas mesurer la grandeur de votre
arme : la question est de savoir si vous êtes capable
de vous en servir, dit Darrell. Venez, cher cousin,
nous ne vous laisserons pas au milieu du combat,
soyez-en sûr ! »

Ringwood regarda avec anxiété les deux constables pour voir s'il ne découvrirait pas en eux quelque symptôme du désir de s'enfuir; puis, paraissant
satisfait de cet examen, il consentit à monter dans
la voiture avec ses trois compagnons.

Ringwood Markham n'était rien moins que le

meilleur des guides, et le cocher eut une tâche bien difficile à remplir. D'abord Ringwood voulut aller à Chelsea par la barrière de Tyburn, et ce fut à grand'peine qu'on put lui persuader que Ranelagh et Cheyne-Walk n'étaient pas situés dans cette direction. Puis le jeune squire tourmenta et harassa le malheureux cocher en lui ordonnant de prendre brusquement des détours à gauche et de suivre des sinuosités embrouillées à droite, et scrupuleusement de ne pas aller sur le grand chemin, ce qui l'aurait conduit tout droit où il voulait aller. Quand ils passèrent le Corner de Hyde-Park, il devint inquiet et désira aller directement aux marais qui entouraient Westminster, déclarant à ses compagnons qu'il était nécessaire de passer par l'abbaye de Westminster pour arriver à Chelsea, car il avait passé par là la nuit en question. Enfin, quand Darrell, perdant patience, ordonna au cocher d'aller selon sa fantaisie à Cheyne-Walk et de ne plus perdre de temps, le frère de Millicent se jeta au fond de la voiture, dans un accès de mauvaise humeur, et s'écria qu'on s'était moqué de lui en l'amenant pour servir de guide, et ensuite en lui défendant de parler.

Mais quand ils arrivèrent à Cheyne-Walk, ils quittèrent la voiture et allèrent à pied pour trouver la maison du capitaine Fanny. Ringwood Markham ne fut pas plus utile en cela qu'il ne l'avait été auparavant.

« D'abord je n'ai jamais connu le nom de la rue; puis je suis parti de Ranelagh pour aller à Cheyne-

Walk, et non de Londres, ce qui fait une grande
différence pour la trouver, dit-il en voyant que
Darrell s'impatientait de sa stupidité ; puis encore
j'étais avec une joyeuse société cette nuit-là, et par
conséquent j'ai peu observé le chemin. »

Enfin, Darrell eut une idée : c'était de conduire
doucement son cousin dans toutes les petites rues
derrière Cheyne-Walk, espérant par ce moyen atteindre le but désiré, et il ne fut pas désappointé,
car, après s'être trompé vingt fois, et après que
Darrell eut eu maintes fois l'intention de cesser ses
recherches, les croyant inutiles, Ringwood s'arrêta
subitement à la porte d'une maison à l'air solide, et
s'écria triomphalement :

« Voici le marteau de la porte. »

Mais le jeune homme avait donné tant de peine à
ses compagnons depuis plus d'une heure et demie
en s'arrêtant à chaque instant, en croyant reconnaître un seuil de porte ou un volet, la tête d'un
lion en pierre au-dessus d'une porte, le manche en
cuivre d'une cloche, un grattoir, un pavé taillé
d'une façon particulière ou quelque autre objet,
puis en avouant ensuite qu'il s'était trompé, que,
malgré le son de sa voix, son cousin douta un peu
de la vérité de son affirmation.

« Vous êtes bien sûr que c'est là la maison, Ringwood? demanda-t-il.

— Comment.... si j'en suis sûr ! Ne vous ai-je pas
dit que j'en reconnais le marteau?... Est-il probable
que je puisse me tromper,... le croyez-vous? demanda le jeune homme indigné, et oubliant entiè-

rement que pendant l'heure qui venait de s'écouler il avait été obligé d'avouer vingt fois qu'il s'était trompé. Ne vous ai-je pas dit que je reconnais le marteau de la porte?... Je le connais parce que je l'ai frappé, et que sir Lov.... lui.... le capitaine, m'a dit que j'étais fou.... Il est en cuivre rouge et a la forme d'une tête de dragon. Je m'en souviens parfaitement.

— Une tête de dragon est un modèle assez commun pour un marteau de porte, dit Darrell presque à bout d'espoir.

— C'est vrai; mais toutes les têtes de dragon ne sont pas aplaties d'un côté comme celle-ci, n'est-ce pas? s'écria Ringwood. Je me rappelle que le cuivre doit avoir été aplati par le bâton d'un constable ou par la lourde canne d'un mauvais sujet; mon cousin, je vous dis que c'est la maison, et si vous désirez voir George Duke, vous ferez bien de frapper à la porte; comme j'ai été l'ami de sir Lovel, j'aimerais mieux ne pas paraître dans cette affaire; alors je me cacherai au coin de la rue. »

Après avoir ainsi exprimé le sentiment d'un homme d'honneur, M. Ringwood Markham se retira, laissant son cousin et les deux constables sur le seuil de la porte. Il y avait longtemps qu'il faisait nuit, et la nuit était obscure; il n'y avait point de lune, et un brouillard épais s'élevait de la rivière.

Darrell Markham ordonna aux deux hommes de se cacher derrière une petite porte qui faisait saillie à quelque pas de cette maison, pendant qu'il frapperait à la porte et reconnaîtrait les lieux. Une servante l'ouvrit; elle avait une bougie à la main et elle lui dit que le baronnet avait jadis occupé, avec son domestique et deux ou trois amis, une portion de la maison, mais qu'il était parti depuis trois jours, et que les appartements qu'il habitait étaient maintenant à louer.

« Savez-vous où sir Lovel est allé? demanda Darrell à la servante.

— Je crois qu'il est retourné dans le Devonshire, mais, si monsieur désire le savoir exactement, je vais le demander à ma maîtresse. »

Darrell Markham ne le désirait pas. Il était si désappointé du résultat de son entreprise qu'il ne se souciait guère de tâcher d'en tirer le moindre parti.

Mais juste au moment où il allait quitter la maison, il s'arrêta pour adresser encore une question à la servante.

« Quelle espèce d'homme était-ce que le domestique de sir Lovel? dit-il.

— C'était un garçon peu aimable, désagréable, et grognon, reprit la fille.

— Savez-vous son nom?

— Son maître l'appelait toujours Jérémiah, monsieur; les autres messieurs l'appelaient « maussade Jérémiah, » car il grommelait et grondait toujours, excepté quand il était ivre.

— Pouvez-vous me dire quelle espèce d'homme c'était? demanda Darrell. Était-il beau garçon?

— Oh! quant à ça, reprit la domestique, c'était plaisir de le regarder, mais il était trop maussade pour vivre dans la compagnie de bonnes gens. »

Darrell glissa une pièce d'argent dans la main de la fille, et lui souhaita une bonne nuit. Les constables sortirent de leur cachette à l'instant même où le jeune homme quittait la maison.

« Est-ce bien la maison, monsieur? demanda l'un d'eux.

— Oui, reprit Darrell, nous avons trouvé le nid, c'est certain : mais les oiseaux sont envolés. Il faut nous consoler, mes amis, et retourner chez nous, car notre ordre pour l'arrestation n'est plus que du papier mort pour ce soir. »

Ils trouvèrent Ringwood qui les attendait assez patiemment au coin de la rue; il rit un peu malicieusement en apprenant le désappointement de son cousin.

« Mais vous me croirez tout de même une autre fois, puisque vous avez eu la certitude que c'était bien la maison.

— Oui, c'était la maison, répondit Darrell de fort mauvaise humeur, mais cela ne me satisfait guère. Comment puis-je savoir si ce maussade domestique du brigand était réellement George Duke, ou si vous n'avez pas été trompé par quelque ressemblance imaginaire? »

CHAPITRE XI.

SEPT ANS APRÈS.

L'étoile du jeune Ringwood Markham brilla encore d'une faible lueur pendant quelque temps dans l'hémisphère de la métropole. Sa bourse était vide, son crédit épuisé, sa santé perdue, son ardeur détruite, et lui-même tellement usé par les courtes années qu'il avait passées dans la vie de Londres, qu'il ne pouvait rien faire de mieux que de retourner à Compton-des-Bruyères et de demeurer au manoir, avec une vieille femme pour gouvernante et deux laboureurs de la ferme pour domestiques. Cette vieille femme était restée au manoir de Compton depuis que les volets des fenêtres principales avaient été fermés, que les lourds verrous des grandes portes avaient été tirés, et que la poussière, les toiles d'araignée et les ombres recouvraient les portraits des personnes mortes et enterrées de la famille Markham, qui, appendus aux boiseries, paraissaient tout regarder d'un sourire pâle et blême. La vieille femme de charge, dis-je, avait mené une vie très-commode dans la sombre et triste maison, pendant que Ringwood son maître festoyait dans les tavernes de Covent-Garden ; et elle ne fut nullement contente quand, par un soir brumeux du mois d'octobre, le jeune châtelain s'avança dans l'avenue solitaire, et qu'après être descendu de cheval dans la cour de l'écurie, il entra par la porte de derrière qui conduisait à la portion de la maison qu'habitaient les domestiques ; une fois là, il se tint debout devant la vaste cheminée de la cuisine, et il lui dit d'un air maussade qu'il était revenu pour habiter le manoir.

Son arrivée ne causa cependant que très-peu de changement dans la maison ; il s'établit dans le parloir de chêne, dans lequel son père avait fumé et bu, et où il s'était ainsi apprêté sans secousse à descendre dans le cercueil ; et, après avoir donné des ordres pour que les volets seuls des appartements qu'il occupait fussent ouverts, il résolut de ne pas visiter les habitants de Compton. Ces gens simples ne savaient pas que Ringwood Markham avait dépensé toute sa fortune : ils prirent donc naturellement de l'ombrage de la vie excentrique et solitaire qu'il menait, et sur-le-champ ils trouvèrent la solution de l'énigme en le traitant d'avare.

A l'heure du crépuscule, le châtelain sortait du manoir, et marchant lentement vers la maison hospitalière de la bonne Sally, il allait boire son verre de punch dans le meilleur parloir de l'auberge, où les habitants de Compton l'entouraient et lui rendaient hommage, comme ils avaient fait pour son père, quand il plaisait à ce vieux gentleman à l'humeur acariâtre de tenir sa cour à l'*Ours noir*. Ringwood sentit que, quoique les simples villageois fus-

sent très-modestes, ils étaient beaucoup plus sages
que les habitants de Londres, qui avaient vidé ses
poches et avaient ri sous cape de sa personne et de
ses prétentions. Oui, certainement, il était plus
heureux à Compton que dans ses appartements de
Bedfort-Street, ou avec ses anciens compagnons de
taverne. Il avait toujours mené une vie peu amu-
sante, et la triste monotonie de sa nouvelle existence ne lui causait point de peine.

Millicent ne voyait que rarement son frère. De
temps en temps il lui rendait visite vers le soir, en
allant à l'*Ours noir*, et il restait quelques minutes
avec elle à parler du village, de la ferme, ou de
quelque autre sujet de la vie ordinaire ; mais la
compagnie de sa sœur l'ennuyait, et après être resté
un quart d'heure avec elle, il commençait à bâiller
derrière sa main, puis il l'embrassait sur le front
et lui souhaitait une bonne nuit ; enfin il se rendait
lentement chez Sarah Pecker, brandissant sa légère
canne en marchant, et flatté par la sensation que
produisait son habit brodé sur les gamins du village
et les femmes paresseuses qui bavardaient sur leurs
portes. Il avait été convenu entre Darrell et Ringwood Markham que Millicent ne devait rien savoir
de la maison de Chelsea et de la rencontre mystérieuse du jeune châtelain avec George Duke ou avec
son ombre.

Les gens de Compton, — qui connaissaient la
rencontre de Darrell avec le brigand sur la lande,
et la rencontre de mistress Duke avec le fantôme
sur la jetée de Marley, — disaient que le capitaine

du *Vautour* avait son double, qui se montrait à ceux
qui lui étaient proches, et que son apparition était
un signe de peine et de malheur arrivés à George
Duke; — répétaient tout bas qu'on avait déjà entendu parler de choses pareilles, et que le ministre
de la paroisse pouvait dire le contraire tant qu'il
voudrait, mais qu'il y avait des fantômes que tout
le latin de ce vieux prêtre ne pourrait pas faire
rentrer dans la mer Rouge.

De tranquilles années s'écoulèrent sans changement, soit au manoir, soit à l'*Ours noir*, soit au
petit cottage où Millicent passait ses paisibles jours.
A Compton, on ne recevait de nouvelles ni du *Vautour* ni de son capitaine; et quoique Millicent ne
voulût pas prendre les habits de deuil, elle comprit peu à peu qu'elle était seule au monde, et que
le nœud que d'autres avaient formé pour elle avait
été brisé par la main puissante de la mort.

Pendant la première et la deuxième année qui
suivirent le retour de Ringwood Markham, on crut
assez généralement qu'un jour ou l'autre il se ma-
rierait et prendrait sa place dans le village, comme
son père avait fait avant lui. Dans les environs de
Compton, on considérait la propriété du manoir
comme une fortune considérable, et mainte fille de
riche fermier mettait ses plus jolis rubans, et posait
son chapeau le plus élégant un peu de travers et
d'une manière coquette sur son rouleau de cheveux, dans l'espoir de charmer le jeune squire.
Mais le cœur de Ringwood n'était pas une forteresse
facile à assiéger; l'égoïsme y tenait sa cour, et une

indifférence complète à tous les plaisirs simples, et un certain ennui de la vie, avaient succédé à la courte carrière de dissipation du jeune homme.

Comme sa fortune s'améliorait par la nouvelle vie qu'il menait, quelque chose ressemblant à l'avarice s'empara de sa froide nature. Il avait dépensé son argent avec d'ingrats compagnons qui s'étaient moqués de lui et qui, quand sa bourse avait été vide, n'avaient pas voulu lui donner une guinée. Il était averti par le passé, et il avait appris à être plus sage pour l'avenir.

Les petits fermiers de la propriété du manoir de Compton commençaient à se plaindre et à murmurer entre eux que M. Ringwood Markham était un propriétaire fort dur, que le temps actuel était pire pour les pauvres gens que ne l'était celui du vieux châtelain, et ils ne disaient rien que la vérité. A mesure que la bourse de Ringwood commençait à se remplir, le jeune homme sentait un besoin ardent d'économiser de l'argent sans guère se donner la peine de penser dans quel but. Quand il y pensait très-sérieusement, une crainte qui le faisait frissonner le saisissait; il croyait que sa santé abîmée ne serait pas si facilement raffermie, que l'air même du pays du Nord qui soufflait à travers les vastes étendues des marais et entrait par les fenêtres ouvertes du parloir de chêne ne pouvait ramener sur ses joues rougies par la fièvre les couleurs de la santé, et il pensait qu'avec la jolie figure de sa mère il avait hérité peut-être de la faiblesse de son tempérament. Mais c'était rare qu'il permît à son

esprit de penser à ces choses. Il était son propre
intendant, et il se promenait sans cesse sur un petit
cheval gris autour de la ferme, surveillant les hommes à leurs travaux; il couvait des yeux le progrès
des récoltes, tandis que les saisons faisaient leur
œuvre, et qu'il rencontrait partout la riante figure
de l'abondance.

Les récoltes du Nord ne se font que lorsque la
saison est un peu avancée, et la récolte dont nous
parlons fut surtout en retard dans le septième automne après que le vaisseau *le Vautour* eut quitté le
port de Marley. Septembre avait été pluvieux et
froid, et octobre commença avec un aspect sombre,
comme un hiver désagréable qui arrive prématurément. Dans les premiers jours de ce mois d'octobre
froid et sombre, on était en train de mettre le blé
en gerbes à la ferme du manoir de Compton, pendant que Ringwood se promenait sur son petit
poney de champs en champs, pour surveiller les
travaux des moissonneurs. Le jeune squire était
prudent et méfiant, et il pensait que l'ouvrage ne
pourrait jamais être bien fait, à moins qu'il ne fût
près de ceux qui le faisaient.

Il paya assez cher ce manque de confiance en ceux
qui le servaient, car ce fut pendant une de ces pro-
menades qu'il attrapa un rhume qui le rendit tellement malade qu'il fut obligé de garder le lit.

A la première nouvelle de sa maladie, Millicent
arriva près de lui, patiente et aimante, empressée
à le soulager et à l'apaiser, à le garder et à le guérir, si cela était possible. Comme toutes les per-

sonnes de son tempérament, il était également
faible de corps et d'esprit, et il sentait vivement le
danger de son état; il s'attacha donc à sa sœur
comme un enfant malade s'attache à sa mère. Au
milieu de la nuit, il s'éveillait avec des gouttes de
sueur froide sur le front et lui criait de venir tout
près de lui; puis, soulagé et rassuré en la trouvant
qui veillait à côté de son lit, il s'endormait tranquillement la main serrée dans celle de sa sœur,
et sa tête blonde posée sur son épaule.

Le médecin de Compton secoua la tête quand il
vit ses joues colorées par la fièvre, et quand il examina la poitrine étroite du jeune châtelain. Peu sa-
tisfaite de l'opinion du médecin du village, Millicent
envoya chercher à Marley un autre docteur pour
voir son frère qui succombait; mais le second médecin confirma ce que son collègue avait déjà dit :
il y avait peu d'espoir que Ringwood se rétablît. Peu
importe que l'on appelât sa maladie un gros rhume
ou une toux spasmodique, une inflammation des
poumons ou une fièvre lente. On aurait pu tout dire
beaucoup mieux en un seul mot — consomption. Sa
mère était morte avant lui de la même maladie;
elle avait décliné doucement, peu à peu, comme il
était en train de le faire à présent.

Dans le triste silence de ces longues nuits pendant lesquelles le malade s'éveillait si souvent, et
voyait toujours la belle figure de Millicent éclairée
par la faible lumière de la lampe de nuit ou par la
faible lueur des cendres du foyer, — Ringwood commençait à méditer sur sa vie passée, — une vie

courte, dans laquelle il n'avait rien fait d'utile, —
une vie égoïste qui s'était passée dans une indifférence parfaite du bien-être d'autrui ; — peut-être à
cause de cette terrible inutilité, était-ce presque une
vie coupable.

Quelques nuits avant celle dans laquelle il mourut, le jeune squire resta longtemps éveillé, et il
compta tous les quarts d'heure qui sonnèrent à la
tour de l'église de Compton ; il écouta le bruit que
faisaient les cendres en tombant sur le foyer de
pierre, et le bruit que faisaient les feuilles de lierre
qui bruissaient en frappant contre les carreaux de
la fenêtre, qui ressemblait un peu au bruit des
doigts d'un squelette qui y aurait frappé pour se
faire ouvrir. Après cela il regarda avec attention la
figure de sa sœur qui était assise dans une chaise
basse près du foyer, ses grands yeux bleus pensifs
fixés sur le feu, et un livre, qu'elle ne lisait pas,
tombant à moitié de sa main qui le tenait à peine.

« Comme elle est jolie !... pensa-t-il, mais quelle
beauté pensive ! Combien peu de joie a rayonné dans
ses yeux mélancoliques depuis les anciens jours,
quand elle et Darrell étaient des amis et des compagnons de jeu, avant que le capitaine George Duke
eût montré son beau visage au manoir ! »

En pensant à tout cela, il n'était que naturel qu'il
se souvînt de la part qu'il avait prise à conclure ce
malheureux mariage, et comment il avait persuadé
à son père de ne point écouter les supplications
d'une jeune fille, et de ne faire attention ni à ses
pleurs ni à ses lamentations.

En se rappelant tout cela, il ne pouvait s'empêcher de se souvenir aussi du vil motif qui l'avait
poussé à agir ainsi, et de la haine méprisable qu'il
avait pour son cousin Darrell, qui l'avait rendu ardent à s'opposer au bonheur de sa sœur, afin que
son amant en souffrît. Il mourait maintenant, et le
monde et tout ce qu'il contenait lui était si peu
utile, qu'il pardonnait facilement à son cousin toutes
les anciennes rancunes qui existaient entre eux, et
lui souhaitait du bien à l'avenir.

« Millicent!... Millicent!... dit-il tout à coup.

— Oui, mon frère, reprit celle-ci en se glissant à
côté de lui, je te croyais endormi.... Y a-t-il longtemps que tu es éveillé, Ringwood?

— Oui, très-longtemps.

— Il y a longtemps, mon pauvre frère!

— Peut-être vaut-il mieux s'éveiller quelquefois,
murmura le malade. Je ne désire pas glisser hors
de la vie dans un moment de sommeil. Je pensais,
Millicent....

— Tu pensais, mon cher frère?...

— Oui, je pensais quel mauvais frère j'ai été pour
toi.

— Un mauvais frère, Ringwood! Non!... non!...
non!... »

En parlant ainsi, elle tomba à genoux à côté du
lit et elle jeta ses bras aimants autour de son corps
amaigri.

« Oui, Millicent, j'ai été un mauvais frère pour
toi.... J'ai aidé à l'accomplissement de ton mariage
avec un homme que tu haïssais.... j'ai aidé à ta sé-

paration de l'homme que tu aimais.... j'ai aidé à
rendre ta jeunesse malheureuse.... Tu sais bien tout
cela, et cependant te voici qui me soignes nuit et
jour aussi tendrement que si je n'avais jamais pensé
à rien qu'à ton bonheur.

— Il y a longtemps que tout cela a été pardonné,
mon cher Ringwood, dit sa sœur sérieusement. Ce
serait bien mal, si l'affection entre un frère et une
sœur ne pouvait survivre à d'anciennes injures, et
si elle ne devenait plus grande et plus sincère après
d'anciens chagrins. Il y a longtemps que j'ai oublié
mon malheur. Cher Ringwood, j'ai mené une vie
tranquille depuis quelques années, et il me semble
qu'il a plu à Dieu de me délivrer des liens qui paraissaient si terribles à supporter.

— Après ma mort, tu seras presque riche, Milly,
dit son frère d'une voix plus gaie. Pendant les cinq
années qui viennent de s'écouler, j'ai fait beaucoup
pour améliorer la propriété, et tu trouveras un sac
plein de guinées dans le tiroir à la poignée de
cuivre où je mets tous mes papiers et tous mes
comptes. Je crois que tu peux te fier à John Martin,
le régisseur ; Lawson et Thomas prendront soin de
la ferme dans ton intérêt. Quand je serai mort, il
faudra que tu deviennes une femme d'affaires, Milly ;
ce sera un grand et beau changement pour toi de
quitter le cottage et la Grande-Rue de Compton, et
de venir ici, dans cette grande maison.

— Ringwood.... Ringwood.... ne parle pas de
cela !

— Mais il le faut, Millicent. Il est grand temps

de parler de ces choses quand un homme sent qu'il n'a pas une heure à passer avant de faire le grand voyage. Je veux que tu me promettes quelque chose, Millicent, avant que je meure, car une promesse faite à un moribond est toujours sacrée.

— Cher Ringwood, qu'y a-t-il au monde que je ne ferais pour toi?

— Je savais bien que tu ne me refuserais pas. Maintenant, écoute : combien y a-t-il de temps que le capitaine Duke est absent? »

A cette question subite sur son mari, elle pensa que Ringwood avait le délire.

« Il y aura sept ans au mois de janvier prochain, mon cher frère.

— C'est ce que je pensais. Maintenant, Milly, écoute-moi : quand le mois de janvier sera près de finir, je désire que tu fasses un voyage à Londres, et que tu portes une lettre de moi à Darrell Markham.

— Je le ferai, mon cher Ringwood, et je ferai davantage, si tu le désires. Mais pourquoi en janvier?... Pourquoi pas plus tôt que cela?...

— Parce que c'est une fantaisie que j'ai; la fantaisie d'un malade, peut-être. La lettre n'est pas encore écrite, mais je vais l'écrire avant de me rendormir. Donne-moi la plume et l'encre, Milly.

— Demain.... mon frère bien-aimé, pas ce soir, lui dit-elle d'un ton suppliant. Tu es déjà fatigué d'avoir tant parlé, écris la lettre demain.

— Non, ce soir, dit-il avec impatience, cette nuit, à cette heure même. J'aurai la fièvre d'inquiétude

si je ne l'écris pas à l'instant. Ce ne sera que quelques lignes. »

La pauvre garde-malade crut qu'il valait mieux
satisfaire ses désirs que de l'irriter par un refus ;
elle lui apporta du papier, des plumes, de l'encre,
la cire à cacheter, des cachets, et une bougie allumée, et les arrangea sur une petite table à côté de
son lit ; elle l'appuya ensuite sur des oreillers pour
lui rendre sa tâche aussi facile que possible, puis
elle se retira et alla s'asseoir auprès du foyer.

Le lecteur sait combien Ringwood Markham trouvait la calligraphie difficile, même quand il était en
bonne santé ; et ce soir plus que jamais c'était pour
lui une tâche extrêmement rude. Il écrivit longtemps et péniblement avec une mauvaise plume
d'oie ; mais, en fin de compte, il n'écrivit que quelques lignes. Il les lut et les relut avec une satisfaction évidente, puis il plia très-soigneusement la
grande feuille de papier, il la cacheta avec un grand
cachet de cire rouge aux armoiries de la famille de
Markham, et mit l'adresse avec de grands pâtés
d'encre :

« A DARRELL MARKHAM, ESQ.,
Pour être remis par Millicent Duke, à la fin
de janvier 17.... »

« J'ai fait bien du tort à Darrell, dit-il en donnant
la lettre à sa sœur, mais ceci peut tout réparer.
C'est ma dernière volonté et mon testament, Milly ;
je n'en ferai point d'autre, car il n'y a personne que
toi pour hériter de la propriété.

— Tu as donc légué quelque chose à Darrell? demanda-t-elle.

— Je ne lui lègue rien que cette lettre; je me fie à toi pour la lui remettre. »

. . . .

Mistress Sarah Pecker venait au manoir quand elle avait un moment de liberté pour assister Millicent dans sa tâche et soigner le mourant. Elle était avec elle au dernier et terrible moment, quand les dernières cordes qui retenaient le jeune châtelain s'échappèrent une à une de ses faibles mains, et le laissèrent à la merci de l'océan inexorable de la mort.

Des figures amicales et aimantes furent les dernières qui disparurent de la vue du moribond; de douces voix furent les dernières à s'affaiblir à ses oreilles; de douces mains soutinrent son corps affaibli; des doigts froids touchèrent son front brûlant. Il valait mieux mourir ainsi que de répandre son sang sur un parquet sablé, dans une querelle de taverne, quoiqu'il eût été le duelliste, le tapageur, le bravache le plus distingué qui eût jamais vécu entre Covent-Garden et Pall-Mall.

CHAPITRE XII.

LE CAPITAINE FANNY.

Six années s'étaient écoulées depuis la veille de
Noël, où le colporteur à l'air étranger avait volé
mistress Sarah Pecker, et avait produit un changement si merveilleux dans l'état social de son mari
Samuel. De nouveau, Betty était occupée à plumer
des oies et des dindons; de nouveau mistress Sarah
Pecker était debout devant son grand dressoir, rou-
lant la pâte pour les pâtés de Noël; de nouveau
l'immense feu de charbon de terre montait en hur-
lant dans la cheminée, et le four était rouge comme
un grand brasier, et l'on ne pouvait en approcher
sans précaution; — c'était une caverne glorieuse d'où
toutes espèces de bonnes choses paraissaient toujours prêtes à sortir; — de gros pains qui avaient
beaucoup de croûte dorée, des fournées de pâtés
tout chauds, des petits régiments de gâteaux plats,
dont on faisait si peu de cas qu'on les jetait sans
cérémonie sur le foyer pour refroidir à loisir; de
nouveau on attendait le messager retardataire avec
des épiceries du bourg voisin; de nouveau de douces
odeurs inconnues aux parfumeurs de la cour, et

connues ordinairement sous le nom de punch au
rhum, sortaient des portes à moitié ouvertes du parloir ou du sanctuaire du comptoir.

Mais, après tout, les préparatifs de Noël n'étaient
nullement différents de ceux de la Noël des six dernières années, quoiqu'il y eût de grands changements à l'*Ours noir*, — de grands changements dont
nous avons déjà parlé au lecteur. La voix et les manières de mistress Sarah Pecker étaient devenues
merveilleusement douces ; quelque chose de timide
se mélangeait aux allures de la majestueuse Sarah,
—une espèce d'inquiétude perpétuelle, —une crainte
continuelle dont personne ne savait le sujet. En effet, Sarah était tellement changée sous ce rapport,
que Samuel était quelquefois obligé de la distraire
et de la consoler quand elle était ce qu'il appelait
un peu triste, et de lui donner de modestes verres
de punch ou de bons petits soupers pour l'animer.

Pendant que les choses se passaient ainsi pour
Sarah, son digne mari s'était beaucoup amélioré
par la nouvelle manière dont son épouse le traitait.

Il n'avait plus peur de sa propre clientèle ni de
sa propre voix. Il ne tremblait ni ne rougissait plus
quand on l'engageait dans une conversation. Il osait
maintenant boire un gobelet de sa bière sans regarder
timidement par-dessus son épaule. Samuel Pecker
était un nouvel homme ; peut-être croyait-il toujours aux apparitions de fantômes, et était-il aussi
grave qu'autrefois quand les cendres en forme de
cercueil sortaient du feu. Il était toujours un peu
timide quand il s'agissait d'aller quelque part dans

10

l'obscurité; mais, malgré tout cela, c'était un lion
de courage et de hardiesse en comparaison de ce
qu'il était avant que le colporteur à l'air étranger
eût causé l'évanouissement de mistress Pecker.

L'*Ours noir* était particulièrement gai cette veille
de Noël, car une société de gentilshommes était arrivée d'York, et ils dînaient dans le parloir blanc,
appartement d'apparat dont on ne se servait que
rarement, et qui était situé au premier étage. Ces
gentilshommes devaient coucher cette nuit à l'auberge, y passer le jour de Noël, et le dindon qui reposait inerte sur les genoux de Betty leur était destiné.

« N'est-ce pas que l'un d'eux est beau? dit la
cuisinière en arrachant avec force une des plus
grosses plumes de son oie. Madame, il faut le voir;
quels yeux noirs il a.... comme ils vous pénètrent....
C'est un véritable éclair! Et de petites mains blanches, pareilles à celles de mistress Duke, et toutes
couvertes de diamants et d'autres bijoux. Ma foi!
n'est-ce pas qu'il est charmant?... N'est-ce pas que
les autres ont peur de lui?... Les deux autres dési-
raient partir d'ici après le dîner, et quand il a dit
qu'il allait rester, un d'eux lui a demandé si l'endroit était.... quelque chose; je n'ai pas pu saisir
le mot, mais il a éclaté de rire, et il a répondu à
l'autre qu'il était un lâche coquin, et peu fait pour
vivre dans la société de gentilshommes; quant à
l'autre, il fit beaucoup de bruit en posant son verre
sur la table, et il dit que le capitaine avait raison....
seulement il jura d'une manière affreuse, » ajouta
Betty avec une horreur pleine de majesté.

Pendant que la cuisinière amusait sa maîtresse avec ces détails, Samuel se présenta à la porte de la cuisine.

« Ces messieurs qui sont dans le parloir blanc sont des gens excessivement bruyants, dit-il; ils demandent une demi-douzaine de bouteilles de vieux vin de Porto et ils ne sont que trois, et ils ont déjà bu du madère et du bordeaux. Veux-tu monter, Sarah, et leur dire qu'il faut qu'ils soient plus tranquilles? Moi, je descendrai chercher le vin, pendant que tu arrangeras un peu ta toilette. »

Sarah y consentit; elle essuya la farine de ses mains, elle arrangea les rubans de son bonnet, elle mit ses mitaines, et elle eut tout fini juste au moment où Samuel sortit de la cave portant deux bouteilles couvertes de toiles d'araignée sous chacun de ses bras.

« J'en ai apporté quatre, Sally, dit-il en posant son précieux fardeau sur la table de la cuisine : je vais les monter pour toi ; toi, tu monteras quelques verres. »

Le trio de convives installé dans le parloir blanc était un peu turbulent. Deux grosses bougies brûlaient dans des chandeliers d'argent massif, sur la table en chêne poli, parsemée de noix, de figues, de raisins secs, d'oranges, de casse-noisettes, et littéralement garnie de bouteilles vides et de verres à vin étincelants et taillés à facettes. L'un des convives s'était enfoncé dans sa chaise et avait posé ses bottes éperonnées sur la table, pendant qu'il s'amusait à enlever la peau d'une orange et à la jeter à son vis-

à-vis, qui, plus qu'à moitié ivre, était assis, les coudes
sur la table, le menton posé sur ses mains, et regardait d'un œil fixe et abruti celui qui le tourmen-
tait. Le troisième membre de cette petite réunion
paraissait de beaucoup le plus sobre des trois ; il
bâillait le dos tourné du côté du feu et le coude appuyé sur la cheminée, et il était en train de raconter quelque anecdote grivoise juste au moment où
mistress Pecker entra. Ses yeux noirs et brillants,
ses petites dents blanches, qui étincelaient quand il
parlait, éclairaient un visage qui, malgré sa jeunesse évidente, était hagard et blême — une figure
d'un homme prématurément vieilli par les excès et
la débauche ; la main du temps, pendant les six dernières années, avait tracé maintes rides autour des
yeux inquiets et de la bouche déterminée de sir
Lovel Mortimer, baronnet, autrement dit le capitaine Fanny, brigand et quelquefois voleur avec
effraction. Dieu seul sait ce qu'il y avait sur la mine
des convives pour surprendre et émouvoir la bonne
maîtresse de l'*Ours noir* et pour lui causer quelque
crainte, mais certainement la figure de Sarah Pecker devint très-pâle lorsqu'elle posa le vin et les
verres sur la table ; elle paraissait nerveuse et inquiète à l'excès sous l'étrange regard des yeux noirs
du capitaine Fanny. J'ai déjà dit que ce n'étaient
pas des yeux ordinaires ; en effet, il y avait quelque
chose dans leur expression que les physionomistes
d'aujourd'hui auraient beaucoup de difficulté à expliquer et à définir. Ce n'étaient pas seulement des
yeux inquiets, mais il y avait dans leur regard

quelque chose qui ressemblait à de la terreur,—pas
à une terreur d'aujourd'hui ni d'hier, mais à une
terreur éprouvée depuis trop longtemps pour s'en
souvenir,—quelque choc reçu longtemps avant que
l'esprit eût eu le pouvoir de se rendre compte de sa
force, mais qui avait laissé une impression durable
sur un des traits de sa figure. Sous l'étrange influence de ses yeux perçants, Sarah laissa tomber
un de ses plus beaux verres, qui se brisa en morceaux. Ils fixèrent son regard comme s'ils avaient
une puissance magnétique; elle suivit chacun de
leurs mouvements avec ardeur et presque interrogativement jusqu'à ce que le brigand prît la parole :

« Nous avons le grand honneur d'être servis par
l'hôtesse de l'*Ours noir* en personne, n'est-ce pas? »
dit-il galamment en admirant ses petites mains
toutes couvertes de bijoux tandis qu'il parlait.

Ce superbe capitaine, après tout, n'était qu'un
jouvenceau chétif et fatigué, et ce n'était que son
extrême et continuelle vivacité qui l'empêchait
d'être insignifiant.

En tout autre moment Sarah Pecker eût fait une
révérence, elle eût arrangé les plis de son tablier
de mousseline, et elle eût demandé à ses convives
s'ils étaient contents de leur dîner, si leurs chambres étaient confortables, si le vin était de leur goût,
et quelques autres questions hospitalières; mais ce
soir elle paraissait avoir la langue liée, comme si
l'expression inquiète des yeux du capitaine l'avait
magnétisée et réduite au silence.

« Oui, murmura-t-elle, je suis Sarah Pecker.

— Mistress Pecker, vous paraissez être une créature très-aimable et très-avenante, répliqua le capitaine d'un air de superbe protection. Vous êtes par vous-même une recommandation suffisante pour l'*Ours noir*; eh, parbleu! Compton-des-Bruyères a besoin d'un endroit agréable pour le malheureux voyageur qui, par hasard, se trouve dans ses tristes parages. A-t-on jamais vu un pareil endroit, messieurs? » ajouta-t-il en se tournant vers ses deux camarades.

Mais mistress Sarah Pecker était née dans le village de Compton, et elle n'était nullement disposée à s'en tenir là et à laisser parler avec mépris de son village natal; détournant donc les yeux de la figure du superbe chevalier de grand chemin, comme si elle eût trouvé plus facile de parler quand elle était hors du regard de ces yeux inquisiteurs, elle dit avec dignité :

« Compton-des-Bruyères peut être un lieu solitaire, messieurs, étant éloigné de Londres presque d'une semaine de voyage, mais en été c'est un village très-agréable, et il y a bien des familles nobles qui demeurent dans les environs.

— Ah! à propos, reprit le capitaine Fanny, nous avons remarqué une grande maison carrée, en briques rouges, située au milieu d'un beau bois, sur une petite élévation, à un demi-mille de l'autre côté du village. Elle a assez l'air d'un triste et vieux donjon.... la moitié des fenêtres est fermée.... à qui appartient-elle?

— C'est le manoir de Compton, monsieur, ré-

pondit Sarah, et il appartient au jeune squire Ringwood Markham.

— Ringwood Markham !... un joli garçon qui a
les yeux bleus et la taille élancée ?...

— Lui-même, monsieur.

— Je l'ai connu à Londres, il y a six ans.

— C'est très-probable, monsieur. Le pauvre
master Ringwood a pris jadis sa part dans la vie de
Londres, et il y a très-peu gagné, le malheureux
garçon. Il n'y a que trois semaines qu'il a été enterré.

— Et le manoir de Compton lui appartenait ?

— Oui, monsieur, et aussi la ferme du manoir de
Compton, qui rapporte un revenu de quatre ou cinq
cents livres par an.

— Et qui est donc à présent le propriétaire du
manoir ? demanda le capitaine.

— Sa sœur, monsieur, miss Millicent. Mistress
Duke.

— Mistress Duke !.... La femme d'un marin.... un
certain George Duke ?...

— La veuve du capitaine George Duke, monsieur.

— Comment ! la veuve ?... George Duke est donc
mort !...

— Il n'y a pas de doute, monsieur. Il y aura sept
ans au mois de janvier prochain que le capitaine a
quitté Marley, et depuis on n'a jamais eu de nouvelles ni de lui ni de son vaisseau le *Vautour*.

— Et la veuve de George Duke a hérité d'une propriété de la valeur de quatre ou cinq cents livres
par an ?

— Oui, monsieur, elle rapporte cela ou je vous assure qu'elle ne rapporte pas un rouge liard.

— Et la seule preuve qu'elle ait jamais eue de la mort de George Duke est son absence de Compton depuis sept ans?

— On ne peut guère trouver une preuve plus convaincante que celle-là, je crois.

— N'est-ce pas? s'écria le jeune homme en riant. Mais, mistress Pecker, j'ai vu tant de choses et des hasards si étranges dans ce monde, que je crois rarement qu'un homme soit mort, à moins que je ne le voie dans son cercueil, avec le couvercle fermé à vis et la terre amoncelée sur son tombeau, et encore, après cela, il y a des gens si extraordinaires, que je ne serais guère surpris de les rencontrer à la grande porte du cimetière. Le monde en dehors de Compton-des-Bruyères est assez grand; qui sait si le capitaine Duke ne reviendra pas demain pour réclamer sa femme et sa fortune?

— A Dieu ne plaise, dit mistress Pecker sérieusement; j'aimerais mieux ne souhaiter de mal à personne; mais plutôt que de voir la pauvre miss Millicent malheureuse par le retour du capitaine qui dépensait tout son argent, je voudrais que le capitaine du *Vautour* fût noyé et mort dans les mers étrangères.

— Voilà un souhait pieux! s'écria le capitaine Fanny en riant. Cependant, puisque je ne connais pas ce monsieur, mistress Pecker, je ne vois pas d'objection à dire : Ainsi soit-il! Mais, quant à croire qu'une absence de sept ans soit une preuve suffisante pour rendre une femme veuve, c'est une erreur vulgaire et commune, mistress Sarah, que je ne m'attendais guère à entendre répéter par une femme de votre bon sens. Sept ans!... mais il y a des maris qui sont revenus après une absence de dix-sept ans ! »

Mistress Pecker ne répondit rien, mais sa figure devint plus pâle qu'elle n'était auparavant; seulement personne ne pouvait s'en apercevoir, car elle se pencha sur la table à dessert, et ramassa les verres sales qu'elle mit dans un panier.

Quand elle eut quitté la chambre, et que les trois jeunes hommes se trouvèrent encore seuls, le capitaine Fanny éclata en rires bruyants.

« Quelle nouvelle!... s'écria-t-il ; quelle plaisanterie, mes amis! George Duke est mort et enterré, et la veuve de George Duke a une belle propriété et une ferme qui rapporte cinq cents livres de rente! Si ce fou, si ce Jeremiah du diable ne s'était pas querellé avec ses meilleurs amis et ne nous avait pas quittés avec tant d'ingratitude, voici qui aurait été une fameuse chance pour lui! »

CHAPITRE XIII.

LA FIN DE JANVIER.

Le capitaine Fanny, autrement dit sir Lovel Mortimer, ne quitta l'*Ours noir* que dans la matinée du lendemain de Noël; lui et ses deux amis partirent gaiement par un soleil glacé de décembre, après avoir manifesté leur satisfaction de la bonne chère que mistress Pecker leur avait donnée; après avoir payé le compte sans même y jeter un coup d'œil; après avoir donné de généreuses gratifications aux garçons d'écurie, aux servantes et à tous les autres gens de cet établissement, qui n'avaient aucun droit à la générosité du baronnet.

Tous dirent dans la cuisine de l'*Ours noir* que c'était un homme noble, beau, et généreux comme un prince avec ses guinées d'or et ses couronnes d'argent; c'était de la monnaie solide et confortable, terriblement hors d'usage à l'heure qu'il est, mais autrefois elles étaient fort à la mode; c'était, disaient-ils, un gentleman parfait, avec des manières affectées, et par conséquent comme il faut, qui sans doute étaient les manières de la vraie noblesse; et que ses yeux, ses grands yeux brillants, noirs et

inquiets, étaient aussi immobiles que les étoiles de
minuit se reflétant dans une mer courroucée, et
presque aussi effrayants. Je ne veux pas dire qu'on
disait exactement ces mots dans la cuisine de l'*Ours
noir*, mais on disait plus ou moins de choses à propos des yeux brillants du capitaine Fanny. Betty la
cuisinière fit une remarque dont la complète ina-
nité fit tomber sur elle le ridicule et la réprobation
de ses camarades : cette folle déclara que les yeux
de sir Lovel Mortimer lui rappelaient la soirée où
le colporteur avait volé les cuillers ; elle devint
très-obscure et très-inintelligible, quand on lui demanda si ses yeux lui rappelaient les cuillers ou
le colporteur, et elle ne put que protester qu'ils lui
faisaient souvenir de tout ce qui s'était passé ce
soir-là.

Les domestiques de l'*Ours noir* étaient si occupés
à discuter les mérites du noble voyageur, que l'annonce d'un vol des plus audacieux, accompagné de
violence, qui avait eu lieu à un endroit près de
Carlisle, dans la nuit du 23 décembre, ne fit que
très-peu d'impression sur eux. Ils ne furent pas
non plus sérieusement affectés par le récit d'une
attaque sur la malle-poste d'York, dont ils entendirent parler deux jours après le départ de sir Lovel
Mortimer et de ses amis.

Le séjour d'un jeune et beau baronnet était un si
rare événement à l'*Ours noir*, qu'ils allaient certainement s'en souvenir et en parler pendant au
moins une année ; tandis qu'une attaque, un vol et
un meurtre sur un grand chemin du roi étaient des

événements qui arrivaient tous les jours. C'était fête à Londres le lundi matin, et tout le monde allait faire des pique-niques ou voir des spectacles à Tyburn. Des voleurs retirés des affaires faisaient de bonnes récoltes en cherchant de tous côtés leurs anciens camarades. Des enfants étaient pendus sans miséricorde pour avoir volé trois sous sur cette *via sacra*, le grand chemin du roi, parce que la pauvre loi, malgré de bonnes intentions, mais mal interprétée comme elle l'était, pouvait faire un statut, mais elle ne pouvait pas faire une distinction, et elle pouvait faire pendre, en suivant la lettre du statut, dans des cas où elle aurait pu pardonner en en suivant l'esprit.

Aussi dans la cuisine de l'*Ours noir* se passa le peu de soirées qui restaient de décembre à causer des jeunes et joyeux visiteurs qui avaient dernièrement égayé l'hôtellerie par leur présence, pendant que Millicent Duke, qui était encore plus pâle et plus jolie dans sa robe de deuil, restait assise seule dans le parloir de chêne du manoir de Compton, le bureau aux poignées de cuivre ouvert devant elle; son esprit travaillait patiemment, et elle essayait de comprendre quelques comptes de la ferme que son notaire lui avait donnés.

Mistress George Duke trouvait dans la fidèle Sarah Pecker une amie inestimable pour prendre part à son chagrin et se réjouir de son avénement à la fortune. Je crois que si elle n'avait pas eu l'assistance de cette vigoureuse créature, elle aurait certainement fait cadeau du manoir de Compton et de la ferme de Compton à son robuste receveur de rentes du Cumberland, et qu'elle serait retournée tranquillement à son cottage de la Grande-Rue, pour attendre sa mort ou l'arrivée du capitaine George Duke, ou pour toute autre calamité qui serait la fin de sa triste vie. Mais Sarah Pecker valait une douzaine de notaires et une demi-douzaine d'intendants. Elle assista à la lecture du testament, dans lequel son nom était inscrit pour... « cinquante guinées d'or, et une bague de deuil contenant de mes cheveux, comme souvenir de mon amitié et de sa bonté ; la bague devra coûter au moins dix guinées. » Elle pesa sur tous les points principaux de ce document compliqué, et elle le comprit mieux que le notaire qui l'avait rédigé. Elle parla tant à Millicent des quarts de froment, du foin, des navets, qu'à la fin le cerveau de la pauvre mistress Duke fut rempli d'une vague admiration pour le savoir prodigieux de Sarah. Le robuste receveur de rentes tremblait devant la maîtresse de l'*Ours noir*, il s'embrouillait en faisant les longues explications assez inintelligibles, pour rendre compte d'un quart de foin qui avait été employé à faire des attaches, tant il tremblait qu'on ne le soupçonnât de malhonnêteté.

Quand tout fut dûment arrangé et mis en ordre, Millicent Duke se trouva presque riche. Assez riche dans tous les cas pour être considérée comme une personne très-opulente par les simples habitants de Compton-des-Bruyères.

Le manoir lui appartenait. Ce massif édifice, bâti en briques rouges, avec ses belles fenêtres aux lourds

11

châssis qui dataient du temps des Tudors et qui
étaient éclairées par des vitres taillées en biseau et
encadrées dans des guirlandes de lierre flottant, —
lierre si vieux que les branches en étaient devenues aussi grandes et aussi massives que des troncs
d'arbre; ce noble bâtiment avec son vestibule pavé
de grandes dalles carrées, et son large escalier de
chêne, où l'on aurait pu faire monter une voiture
et une paire de chevaux, si l'on en avait eu la fantaisie, — les tableaux fanés, les tapisseries qui tombaient en poussière, — les pièces à panneaux de chêne
avec leurs plafonds bas, dont le chêne était noir
comme celui des lambris, et leurs larges foyers,
et leurs vastes cheminées carrées, bâties certainement pour que des traîtres pussent s'y cacher, — les
grandes écuries dévastées comme si elles allaient
tomber, couvertes de lierre, couronnées de gi-
rouettes et de colombiers, — les jardins et une sorte
de petit parc, avec des sentiers humides à moitié
couverts de mauvaises herbes, et habités par de
hardis lapins qui regardaient d'un œil fixe celui qui
osait se montrer sur leur domaine, comme s'il était
un intrus, — les nombreux arpents de terre labou-
rable qui, il faut le reconnaître, n'étaient pas trop
riches, mais après tout assez profitables : — tout
cela était la propriété de Millicent Duke, et elle
devait l'habiter et y vivre seule; seule, à moins que
le mari, le capitaine George Duke, du vaisseau *le
Vautour*, si longtemps absent, ne revînt réclamer
sa part dans la fortune nouvellement acquise de sa
femme.

La pensée qu'il y avait une possibilité élo gnée, une chance qu'il revînt, la faisait frissonner jusqu'au fond du cœur et paraissait presque en arrêter les battements.

S'il allait revenir à la maison!... Si après toutes ces terribles années où elle l'avait attendu, où elle avait tremblé à tous les pas d'homme et avait frémi à toutes les voix, — si, après tout, maintenant qu'elle avait cessé de l'attendre, — maintenant qu'elle était riche, et pouvait peut-être plus tard être heureuse, — si, à ce moment préférable à tout autre, ce fléau de sa jeunesse allait revenir et la réclamait encore une fois comme lui appartenant pour la tourmenter et la tenir par les lois de Dieu et des hommes!... Que ferait-elle? Quelquefois cette pensée la rendait presque folle. Elle se laissait aller à cette horrible idée, jusqu'au point de s'imaginer voir le capitaine du *Vautour* debout sur le seuil de la porte avec son regard fixé sur elle, et un faible parfum de l'Océan dans ses cheveux. Puis, se jetant à genoux, elle priait Dieu de lui épargner cette angoisse terrible et de la faire mourir plutôt que de faire revenir son terrible mari.

La boucle d'oreille en diamants, la pareille à celle que le capitaine Duke avait prise avec lui le soir de leur séparation à Marley, avait été gardée religieusement par elle dans une petite boîte à bijoux de maroquin rouge. Elle était trop naïve et trop honnête pour songer même à désobéir aux ordres de son mari. Elle regardait quelquefois le bijou solitaire; et elle le regardait rarement sans prier de

ne jamais revoir son pendant. Elle ne souhaitait
aucun mal à George Duke. Son seul désir était de
ne le rencontrer jamais. Elle aurait volontiers vendu
la propriété de Compton, et elle lui aurait envoyé
tout l'argent de la vente, si elle avait su qu'il vivait, pour qu'il ne revînt pas vers elle.

Millicent était la seule personne à Compton qui
doutât du trépas du capitaine Duke. Les sept ans
qui s'étaient écoulés depuis le jour de son départ, —
années d'absence non interrompues par un seul mot
de nouvelles d'aucune sorte; — les accidents com-
muns de naufrage et de désastre sur mer, les soupçons que bien des personnes entretenaient sur la
manière illicite dont le capitaine gagnait sa vie, tout
amenait à cette unique conclusion qu'il était mort,
et qu'il s'était enfoncé avec son vaisseau dans la
mer, ou qu'il avait été tué par le coutelas d'un Français ou par le cimeterre d'un corsaire maure. L'histoire de la rencontre de Millicent avec le fantôme
de son mari sur la jetée de Marley ne faisait que
confirmer l'opinion de la mort de George Duke.

Bien entendu, Millicent parla à sa fidèle amie de
la lettre écrite par Ringwood quelques moments
avant sa mort, et qui devait être remise par elle à
Darrell Markham.

Les deux femmes regardèrent longtemps et avec
curiosité cette feuille de papier avec son grand cachet rouge; elles se demandèrent souvent ce que
pouvaient contenir les lignes mystérieuses écrites
sur ce papier; mais les désirs du frère de Millicent
étaient sacrés, et, comme la première moitié de

janvier touchait à sa fin, mistress Duke pensa à son grand voyage à Londres.

Elle ne s'était jamais éloignée de la maison, excepté une fois qu'elle avait fait une courte visite à la ville d'York, et la pensée de ce voyage à la grande métropole la remplissait d'un sentiment qui était presque celui de la terreur. Je me demande si en cet an de grâce 1863 une Anglaise s'effrayerait autant d'un voyage à Calcutta que la pauvre Millicent s'effrayait de ce voyage formidable au sud de l'Angleterre; mais sa fidèle amie Sarah ne l'abandonnait pas dans cette crise de sa vie, pas plus que dans les autres crises, car elle ne l'avait jamais abandonnée.

« Vous ne pensez pas que vous irez trouver toute seule M. Darrell Markham, n'est-ce pas, mistress Millicent? lui demanda Sarah, un jour qu'elles parlaient de ce voyage.

— Mais qui irait avec moi, chère Sally?

— Ah! vraiment, qui?... reprit Sarah d'un air un peu moqueur, qui, si ce n'est Sally Pecker, de l'*Ours noir*, qui vous a soignée quand vous étiez un petit baby; j'aimerais assez à savoir quel autre que moi irait avec vous?

— Toi, Sally?

— Oui, moi... J'enverrais bien Samuel avec vous, chère mistress Millicent, car il y a quelque chose de respectable à voyager avec un homme, et nous pourrions lui mettre les vieilles livrées de la famille Markham, et nous l'appellerions votre domestique; mais Dieu vous en garde! Quel pauvre mouton égaré serait mon mari dans la ville de

Londres! Je ne peux pas l'envoyer chercher au bourg quelques épiceries, sans savoir d'avance qu'il m'apportera des raisins secs au lieu du sucre, ou qu'on fouillera dans ses poches pendant qu'il regardera un bateleur. Non, mistress Millicent, Samuel Pecker est le meilleur des hommes; mais il ne vous faut pas un enfant incapable de se conduire lui-même pour vous aider à trouver M. Darrell; de sorte qu'il faut m'emmener avec vous, et en tirer tout le parti possible.

— Ma chère, ma bonne, ma fidèle Sally! mais qu'est-ce qu'on fera sans toi à l'*Ours noir?* Cela nous prendra presque une quinzaine de jours pour aller à Londres et revenir ici, et il faut aussi calculer quelque retard dans le retour de la diligence; qu'est-ce qu'ils vont faire sans toi?

— Mais ils feront de leur mieux, mistress Millicent, sans doute, et peu importe après tout quel désordre je trouverai dans la maison quand je serai de retour; mais il ne faut pas que ça vous tracasse, je ne m'en soucie pas du tout; je crois quelquefois que les choses vont trop bien à l'*Ours noir*, et je pense que les domestiques travaillent si bien par pur défi. »

Sarah Pecker était tellement résolue à accompagner Millicent, qu'à la fin mistress George Duke céda avec bonne grâce, remercia sa robuste protectrice, et se mit à garnir un chapeau de deuil de ruches et de brides en crêpe noir. C'était Sarah qui avait imaginé la garniture de ce petit chapeau coquet, et c'était Sarah qui avait trouvé quelques ornements en jais dans un coffre plein des babioles

qui avaient appartenu à la mère de Millicent, pour
orner le cou et les bras blancs de mistress Duke.

« Il n'est pas nécessaire que M. Darrell vous
trouve changée en mal après ces sept ans, miss
Milly, remarqua Sarah en attachant le collier de
jais au cou élégant de Millicent. Ces vêtements noirs
vont très-bien à votre peau blanche; je ne pense
pas que notre Darrell aura honte de sa cousine de
province, malgré toutes les belles mesdames de Londres qu'il a pu voir depuis qu'il a quitté Compton. »

Mistress Sarah Pecker avait une horreur naturelle
et presque religieuse pour les jolies habitantes de
la métropole, qu'elle désignait sous le nom géné-
rique de *Mesdames de Londres*. Elle croyait ferme-
ment que la portion féminine de la population de
cette ville inconnue se composait, sans exception,
de créatures frivoles, dissipées, joueuses, allant au
bal masqué, fardées et toutes couvertes de belles
robes et de bijoux, dans le seul but d'attirer les honnêtes jeunes squires de province et de briser leurs
affections légitimes pour les parentes aux joues roses
qu'ils avaient laissées chez eux.

Ce fut par une triste et brumeuse matinée que
Millicent et sa robuste protectrice arrivèrent à la
grande métropole. Sarah Pecker mit la tête hors de
la portière de la diligence, dans le village d'Isling-
ton, et elle vit une masse épaisse de nuages obscurs
apparaître dans le lointain devant elle, et un compagnon de voyage lui dit que c'était Londres. Ce fut
à une grande et spacieuse auberge de Snow-hill
qu'on déposa Millicent Duke et Sarah Pecker, avec

la seule malle qui formait tout leur bagage. Mistress Pecker commença à parler à la femme de chambre qui avait apporté aux voyageurs un assemblage misérable de beaucoup de poterie et de très-peu de thé faible et de lait bleu qu'elle appelait plaisamment un déjeuner. Sarah Pecker tâcha de faire comprendre à cette servante que la pâle jeune dame en deuil qui s'était endormie sur un sofa dur, couvert d'une espèce de toile et garni de clous de cuivre jaune, était une des femmes les plus riches de tout le Cumberland, et qu'elle aurait pu voyager en poste de Compton à Snow-hill, si elle avait voulu dépenser son argent. Mistress Pecker, qui d'abord était assez disposée en faveur de la femme de chambre, croyant qu'elle était simple et franche, se fâcha ensuite du sang-froid avec lequel elle reçut cette confidence, et sur-le-champ la rangea parmi les *Mesdames de Londres*.

« Vous faites peu de cas ici, sans doute, de la bourgeoisie du Cumberland, dit Sarah d'un air ironique ; mais il y a bien des gens dans le Cumberland qui pourraient acheter tout ce que possèdent les belles dames de la ville, et après le marché il leur en resterait encore assez pour eux-mêmes. »

Ayant adressé avec dignité cette réprimande à la femme de chambre, qui, sans doute honteuse et humiliée, paraissait désireuse de quitter la chambre à la hâte, Sarah daigna lui demander de lui indiquer quel chemin il fallait prendre pour aller à Saint-James'-Square, qu'elle croyait être au coin de Fleet-Street ou de Hatton-Garden.

On lui dit qu'une voiture ou une chaise à por-
teurs la conduirait à la localité où elle désirait aller,
qui était à l'extrémité de Londres, où était la cour;
que c'était à une distance beaucoup trop grande pour
qu'elle pût y aller à pied, et que, surtout étant étrangère, elle s'égarerait probablement en route.

Mistress Pecker regarda fixement la femme de
chambre, comme si elle eût voulu l'accuser de lui
donner une fausse indication; mais, celle-ci étant
incapable de le faire, Sarah se décida à suivre le
conseil qu'on lui donnait, et elle ordonna qu'on
allât lui chercher une voiture dans une heure.

Les dames de Londres que mistress Pecker vit
passer, tandis qu'elle et la jolie personne qui lui
était confiée se promenaient dans la voiture de
Snow-hill à Saint-James, avaient l'air de souffrir
beaucoup du froid, et elles avaient le nez bleu par
cette froide matinée de janvier. La neige qui cachait
le pavé était une composition noire inconnue à
Compton, et l'obscurité de l'atmosphère brumeuse
rendait la bonne Sarah un peu inquiète relative-
ment aux chances qu'elle supposait exister d'un
tremblement de terre.

L'hôtesse de l'*Ours noir* n'avait lu ni la traduction
d'Horace par M. Creech, ni la citation du même Horace par M. Alexandre Pope, mais elle était ferme-
ment décidée à conserver sa dignité à Londres par
un maintien sérieux et impassible. Ne rien admirer
était le seul art qu'elle connût. Elle résolut que, depuis la galerie de la cathédrale de Saint-Paul jusqu'aux bouffons de la foire de Saint-Barthélemy,

tout ce qu'elle verrait n'arracherait aucune excla-
mation de surprise de ses lèvres fortement serrées.
Quoique la distance entre Holborn et Pall-Mall lui
parût presque sans bornes, elle conserva scrupuleusement son égalité d'âme, et elle regarda par
les portières de la voiture les rues encombrées
de Londres avec des yeux aussi calmes et aussi
moqueurs que ceux avec lesquels elle aurait
regardé un champ de blé dans son vieux Cumberland.

Tout le panorama affairé de la métropole passa
devant les yeux de Millicent comme un tableau
vague et couvert de nuages sombres, dans lequel
rien n'était distinct ni palpable. On aurait pu la
placer tout près d'un incendie furieux, et il eût été
possible qu'elle ne vît pas les flammes, ou au milieu d'une cataracte sans qu'elle entendît le mugis-
sement des eaux. Une pensée et une image remplis-
saient son cœur et son esprit, et elle n'avait ni yeux
ni oreilles pour le monde affairé qui passait devant
les glaces de la voiture, ni pour Sarah Pecker, qui
était assise sur le siége vis-à-vis d'elle.

Elle allait voir Darrell Markham.

Pour la première fois depuis sept ans, — pour la
première fois depuis qu'elle s'était tenue debout à
côté du lit sur lequel il gisait sans connaissance,
avec ses cheveux sanglants et ses lèvres pâles qui
avaient seulement prononcé quelques mots dans
son délire, elle allait le revoir — le revoir, et peut-
être elle le trouverait changé! tellement changé dans
ce laps de temps, que l'ancien Darrell semblerait

être mort et enterré, ne laissant à sa place qu'un étranger lui ressemblant fort peu....

Parmi tous les autres changements que le temps aurait opérés dans ce cher cousin, il se pouvait que l'ancien amour sans espoir fût passé, et qu'une autre image eût remplacé la pâle figure de Millicent dans le cœur de Darrell Markham. Il était toujours célibataire; elle savait cela par ses lettres à Sarah Pecker, qui arrivaient à peu près tous les trois mois pour lui dire où il demeurait, et pour demander des nouvelles de Compton. Peut-être était-ce la pauvreté qui l'avait tenu si longtemps célibataire. En pensant à cela, Mme Duke rougit subitement. S'il en était ainsi, ferait-elle plus que son devoir en partageant sa grande fortune avec son parent, et en le rendant heureux en lui permettant d'épouser la femme de son choix?

Elle se représentait, avec sa pâle figure et sa robe de deuil, donnant sa bénédiction et la moitié de sa fortune à Darrell et à une beauté brune, à l'air fier, aux joues roses, et aux yeux brillants, enfin, tout à fait différente d'elle-même. Elle jouait en imagination cette scène, et elle composait un joli petit discours convenable et plein d'abnégation d'elle-même. C'était un tableau si touchant, que mistress Duke pleura pendant cinq minutes, la figure tournée vers la portière vis-à-vis de celle par laquelle mistress Pecker regardait dans la rue.

Elle avait encore les larmes aux yeux lorsque la voiture s'arrêta devant la grande maison du protecteur de Darrell Markham. Le vieux sentiment de son cœur parut en arrêter les battements, lorsque

retentit le coup bruyant que le cocher frappa avec
le lourd marteau de cuivre de la porte. Les jalou-
sies étaient toutes fermées, et les marches de la
porte étaient jonchées de paille.

« Milord est peut-être à la campagne? dit mistress
Pecker, et M. Darrell est avec lui. Oh! miss Milly,
comme ce serait ennuyeux si nous avions fait notre
voyage pour rien! »

Millicent Duke se sentit incapable de lui répondre : la question maintenant était donc douteuse.
Elle était préparée à une mort soudaine, mais pas à
une douleur lente. Pendant sept ans, elle avait vécu
dans un contentement relatif, sans voir Darrell Markham, en comparaison du temps qu'elle avait passé
avec son mari; elle sentait maintenant qu'elle pouvait à peine exister sept minutes sans voir sa figure.
Une vieille femme ouvrit la porte. Milord était évidemment à la campagne. Mistress Pecker ordonna
au cocher de demander M. Darrell Markham. Le
portique sculpté, les éteignoirs sur une mince lampe
en fer, la figure de la vieille femme, tout cela va-
cillait devant les yeux de Millicent, et elle n'entendit
pas un seul mot de ce qu'on disait. Elle comprit seulement que la portière de la voiture était ouverte,
que Sarah Pecker lui disait de descendre; qu'elle
montait les marches en chancelant, qu'elle franchis-
sait le seuil de la porte, et passait dans le vestibule
pavé de dalles carrées, à l'extrémité duquel était un
peu de charbon de terre qui tâchait de ne pas s'é-
teindre, dans une grille assez large pour en contenir presque un demi-tonneau.

Un gros gentleman, enveloppé jusqu'au menton dans un habit couvert de fourrures, et portant de grosses bottes à l'écuyère, toutes souillées de boue et de neige, était debout devant ce feu, le dos tourné vers Millicent, et lisant une lettre. Son chapeau, ses gants, sa cravache, et une demi-douzaine de lettres non ouvertes étaient sur une table près de lui.

Millicent Duke ne vit que la forme indistincte d'un homme qui lui paraissait n'être qu'une masse d'habits et de bottes, et un feu qui ressemblait, rond et étincelant qu'il était, à l'œil rouge d'un démon. Sarah Pecker n'était pas descendue de la voiture; la vieille femme était debout dans le fiacre, et elle faisait des signes à mistress Duke en montrant le gentleman qui était auprès du feu. Millicent avait une idée confuse qu'elle devait demander à ce monsieur de la conduire vers Darrell Markham. La tête de l'homme était penchée sur la lettre, qu'il pouvait à peine déchiffrer à la faible lumière qui entrait par les sales carreaux, et que produisait le feu presque éteint. Millicent craignait de le déranger. Pendant qu'elle était debout, réfléchissant s'il fallait oui ou non se décider à lui parler, il froissa la lettre en la mettant dans sa poche, et se tournant tout d'un coup, il se trouva face à face avec elle.

Ce robuste gentleman, c'était Darrell Markham.

CHAPITRE XIV.

LE TESTAMENT DE RINGWOOD.

De tous les changements auxquels Millicent avait souvent songé, aucun n'avait eu lieu; mais il s'était opéré en son cousin un changement auquel elle n'avait certainement pas pensé. Darrell Markham était devenu plus fort dans ces sept années, mais cela ne lui allait pas mal, bien entendu : de jeune homme il était devenu homme robuste, à la poitrine large et à l'air martial, dont la présence même inspira un sentiment de sécurité à la faible nature de Millicent. Il serra sa pauvre petite cousine, qui était toute tremblante, sur sa poitrine, et il couvrit son front de baisers.

Cependant je doute que si le visage sinistre de George Duke se fût présenté à la porte du vestibule, à moitié ouverte à ce moment, le capitaine du *Vautour* eût eu une juste cause pour se fâcher ou pour craindre.

C'était un embrassement fraternel qui rapprochait la frêle Millicent de ce brave cœur ; — c'était l'affection protectrice d'un frère qui couvrait sa figure rougissante de nombreux baisers, et qui abîmait le

joli petit chapeau de deuil que mistress Pecker avait
si bien garni.

Pauvre Sally Pecker! si elle eût pu savoir combien peu d'attention Darrell Markham ferait aux
ruches, aux brides de crêpe, au collier de jais, aux
bracelets, et à toutes les autres petites coquetteries
qu'elle avait préparées pour son admiration!... Il
ne vit que les doux yeux bleus qui brillaient de leur
ancien regard suppliant, et il ne se souvint que du
temps déjà si éloigné où lui et Ringwood se querel-
laient dans le manoir de Compton, et où la timide
jeune fille interposait se médiation entre eux. Les
yeux de Millicent étaient secs, mais il y avait un tel
brouillard devant ceux de Darrell, qu'il pouvait à
peine voir la figure heureuse qui le regardait par-
dessous son chapeau de deuil.

« Que Dieu te bénisse! ma chère Milly, que Dieu
te bénisse! » dit-il à plusieurs reprises.

On eût dit qu'il n'avait rien autre chose à dire
que cela; mais au milieu des baisers il y avait beaucoup de paroles inarticulées, et cela faisait com-
pensation au peu de mots prononcés.

« Que Dieu te bénisse!... que Dieu te bénisse!...
ma chère Milly! »

Mistress Duke ne fit rien en cette occasion pour
se créer une réputation d'éloquence, car, après
avoir beaucoup rougi et tremblé, elle ne put que
regarder son cousin d'un air timide et lui dire :

« Mais, Darrell, comme tu es devenu gros! »

Un moment avant, M. Markham était très-disposé
à pleurer; mais, quand sa cousine laissa tomber de

ses lèvres ces paroles simples et entrecoupées, il éclata de rire, et ouvrant une porte qui se trouvait près d'eux, il la conduisit dans la bibliothèque de lord C..., où il y avait force poussière sur les meubles et les livres, et dont les volets étaient à moitié fermés.

« Ma Millicent, dit-il, mon enfant bien-aimée, quel heureux hasard que celui qui m'a fait venir en ville par cette matinée neigeuse pour chercher des lettres qui étaient trop importantes pour être confiées à un messager ordinaire. J'ai passé Noël avec monseigneur dans le comté de Buckingham, et ce n'est que le hasard qui m'a fait venir ici aujourd'hui. »

Il ôta le chapeau de Millicent et le jeta sans cérémonie à terre. Il caressa les boucles dorées de sa cousine avec ses mains douces et aimantes, et il la regarda longtemps sérieusement.

« Ma Milly, dit-il, toutes ces longues et ennuyeuses années n'ont pas fait en toi plus de changement qu'une heure n'en aurait fait.

— Et en toi, Darrell?

— Moi! mais tu dis que je suis devenu plus gros, Milly.

— Oui.... oui.... un peu plus gros : mais ce n'est pas là ce que je veux dire.... »

Elle hésita et joua avec un des boutons de son vêtement fourré ; sa tête était baissée et la faible lumière qui entrait par les volets à moitié fermés brillait sur les teintes claires et dorées de ses cheveux ; elle était innocente et confiante, cette pâle sainte couronnée d'une pâle auréole; elle paraissait une créature trop céleste pour les brumes épaisses de Londres et de Saint-James'-Square.

« Quoi donc, Millicent? dit Darrell.

— Je veux dire que tu dois être changé en d'autres choses! Tu es changé en toi-même. J'ai passé ma tranquille existence à Compton, et aucun événement n'est venu interrompre la monotonie de ces sept dernières années, excepté la mort de mon pauvre frère; mais toi, tu as vécu dans le monde, Darrell, dans le monde joyeux, dans le beau monde, où, comme je l'ai souvent lu, tout est surexcitation, et où les souffrances, où les plaisirs d'une vie entière ont quelquefois lieu dans quelques mois. Tu as vu tant de changements que tu as dû changer aussi. Je crois que nous autres provinciales nous arrivons à imiter la nature qui nous entoure. Nos âmes imitent la lente croissance des arbres qui nous ombragent, et nos cœurs ne changent jamais, comme les tranquilles rivières qui coulent en pensant devant nos maisons. Voilà la raison pour laquelle nous changeons si peu. Mais toi, dans ce Londres turbulent, toi qui as dû faire tant de connaissances, avoir tant d'amis.... des hommes nobles et brillants, des femmes belles et aimables.... »

De même que dans la lettre d'une femme quelques mots succincts mis dans le *post-scriptum* contiennent ordinairement le point principal de la lettre, de même aussi peut-être dans le long discours de mistress George Duke le point important était-il dans la dernière phrase.

Cependant ce fut à cette phrase que Darrell répondit :

« La plus belle femme de tout Londres n'a eu pour moi aucun charme, Millicent ; il n'y a qu'une figure au monde que Darrell Markham aime à regarder, et c'est celle qu'il voit à présent pour la première fois depuis sept ans.

— Darrell !... Darrell !... »

La joie qui montait à son cœur se montra en grosses larmes sous ses cils. Il était donc toujours le même, et il n'y avait point de brune beauté qui pût venir réclamer son ancien amant. Elle-même était mariée, et George Duke pouvait revenir le lendemain ; mais il lui semblait que c'était assez de bonheur que d'apprendre qu'elle ne devait pas encore entendre les cloches annoncer le mariage de Darrell Markham.

« J'avais l'intention d'aller te voir au commencement du mois prochain, Milly.

— Me voir ?

— Oui, pour te rappeler une ancienne promesse une fois brisée, mais non pas oubliée, et pour te réclamer pour ma femme.

— Moi.... Darrell.... moi.... mariée ?...

— Mariée !... s'écria-t-il avec passion ; non, Millicent, tu es veuve par toute l'évidence du sens commun, par la loi de notre pays ; tu es libre de te remarier. Mais dis-moi, ma chère Millicent, qui est-ce qui t'a fait venir à la ville ?

— Ceci, Darrell. »

Elle tira de sa poche la lettre de son frère, et la lui donna.

« Trois minutes avant sa mort, mon pauvre frère Ringwood a écrit cette lettre, dit-elle, et en même temps il m'a priée de te la remettre. J'espère, Darrell, qu'elle contient un legs; j'espère même qu'elle va anéantir le testament de Ringwood, et te laisser la meilleure partie de la fortune; ce serait beaucoup mieux, si tu étais le propriétaire de tout à ma place. »

Darrell Markham était debout, la lettre dans la main, et regardait l'adresse d'un air pensif.

Oui, c'était bien l'écriture incorrecte et tremblante dont il s'était si souvent moqué; c'étaient bien là, en effet, la même écriture, les mêmes lettres mal formées, et les mêmes mots mal orthographiés; mais la main qui avait tenu la plume était froide, et la sainteté de la mort entourait la lettre du pauvre Ringwood, et faisait de son griffonnage une relique sainte.

« Il me l'a écrite avant de mourir, Millicent !... Il avait donc oublié toutes nos anciennes querelles ?

— Oui, il a parlé de toi de la manière la plus touchante ; tu trouveras des mots tendres dans la lettre du pauvre garçon. Je sais, Darrell, et j'espère qu'il est fait mention d'un legs.

— Je ne le désire pas, Millicent, et je n'en ai pas besoin; mais je suis content que Ringwood se soit souvenu amicalement de moi. »

Darrell Markham brisa le cachet et lut la lettre. Pendant qu'il la lut, une expression joyeuse éclaira son beau visage.

« Millicent.... Millicent!... dit-il, connais-tu le contenu de cette lettre ?

— Je n'en connais pas un seul mot, Darrell.

— C'est noble et généreux de la part de mon cousin Ringwood de m'avoir écrit cette lettre.... Oh! Milly!... Milly!... il m'a fait le legs le plus précieux que jamais mortel ait reçu d'un autre homme.

— J'en suis bien contente, même s'il t'a laissé toute la propriété de Compton. Ma petite maison est assez grande pour moi, et je serais bien heureuse de te voir le maître du vieux manoir.

— Mais ce n'est pas la propriété de Compton, Milly, ma chérie. Le legs de Ringwood est quelque chose de beaucoup plus cher et d'une valeur plus grande que toutes les terres et que toutes les maisons d'Angleterre.

— Ce n'est pas la propriété de Compton !

— Non.... le legs.... c'est.... c'est.... toi!... »

Il la saisit dans ses bras et la serra encore une fois sur sa poitrine. Cette fois ce n'était pas tout à fait un embrassement fraternel, et cette fois, si le capitaine du *Vautour* avait regardé par la porte de la bibliothèque, il eût été obligé de s'interposer.

« Darrell!... Darrell!... que veux-tu dire?... » s'écria Millicent aussitôt qu'elle put se dégager des bras de son cousin.

Elle avait les joues rouges et les cheveux flottants.

« Ce que je veux dire!... lis la lettre du pauvre Ringwood, Milly!... »

Mistress George Duke ouvrit ses grands yeux bleus avec un regard fixe innocent, et plein d'étonnement. Elle commença réellement à craindre que son cousin ne fût devenu complétement fou.

« Lis, Milly.... lis! »

Ce griffonnage écrit par la main du malade n'était pas facile à déchiffrer, car il était plein de taches d'encre et de ratures, et les lettres étaient à moitié formées et indistinctes, mais aux yeux de Millicent Duke il semblait que chaque syllabe était gravée sur le papier en lettres de feu.

Voici ce que le pauvre Ringwood écrivait :

« Mon cousin Darrell,

« Quand vous recevrez cette lettre, le capitaine Duke sera absent depuis sept ans. Je ne pense pas vous laisser un legs, mais je vous lègue ma sœur Milly, qui après ma mort sera riche, et je vous la lègue comme une fidèle et aimante femme; oubliez toute la mésintelligence qui existait entre nous, et chérissez-la pour l'amour de

« RINGWOOD MARKHAM. »

La figure de mistress Duke était devenue extrêmement rouge; elle baissa les yeux sur le tapis de Turquie de la bibliothèque de lord C..., et elle demeura debout, tenant toujours la lettre de son frère dans ses mains tremblantes.

Darrell Markham se jeta à ses genoux.

« Tu ne peux pas me refuser maintenant, ma Millicent, dit-il, car, même si ton cœur était si cruel, je n'accepterais pas le dur mot *non* de tes lèvres bien-aimées. Tu es à moi, Millicent.... à moi de posséder et de tenir le legs que mon pauvre cousin m'a laissé.

— Suis-je libre de me remarier, Darrell? dit-elle d'un ton hésitant; suis-je libre?

— Aussi libre que tu l'étais, Millicent, avant que l'ombre de George Duke vînt obscurcir la porte de mon père. »

Pendant que Darrell Markham était encore à genoux et que Millicent le regardait d'un regard dans lequel étaient exprimés l'amour, la crainte et l'embarras, la porte de la bibliothèque s'ouvrit brusquement, et mistress Sarah Pecker entra à la hâte, et les vit tous deux.

« C'est bien, mistress George Duke et master Darrell Markham, dit-elle, voilà comme vous me traitez à ma première visite à Londres! Vous me laissez assise dans cette maudite voiture depuis une heure à toutes les horloges de la ville, et aucun de vous n'a eu la civilité de me demander d'entrer et de me réchauffer les doigts à vos pitoyables feux! »

Darrell Markham se releva lorsque mistress Pecker entra dans la chambre, et il faut mentionner ici que la discrète Sally ne témoigna aucune surprise de l'attitude dans laquelle elle vit le cousin de Millicent; et, en outre, quoiqu'elle exprimât beaucoup d'indignation du traitement qu'elle avait reçu, Sally paraissait très-joyeuse.

« Miss Milly, vous avez pris longtemps pour remettre la lettre à master Darrell, dit-elle d'un ton malin.

— Cela ne vous étonnera pas, Sally, quand vous saurez le contenu de la lettre, » répliqua Darrell.

Puis, plaçant mistress Pecker dans un fauteuil à dossier très-haut, il la mit près du feu, et il lu raconta toute l'histoire de la lettre de Ringwood.

Dieu seul sait si Millicent Duke aurait jamais donné son consentement à une démarche qui lui paraissait si affreuse; mais, entre Darrell Markham et mistress Pecker, elle était tout à fait impuissante, et, quand son cousin la reconduisit à la voiture qui les avait attendues si longtemps, elle lui avait promis de devenir sa femme dès le lendemain avant midi.

« Ma chérie, je me charge de tout arranger pour la cérémonie, dit Darrell, qui restait près de la portière de la voiture, tant il avait de répugnance à dire adieu à sa cousine; puis, quand cela sera fait, il faudra que j'aille dans le comté de Buckingham porter les lettres de monseigneur, et prendre congé de lui pour quelque temps. Je déjeunerai avec vous demain à l'hôtel, puis j'accompagnerai Sally et toi à l'église. Adieu, ma bien-aimée, que Dieu te bénisse! »

Le cocher, qui avait le nez bleu, fit claquer son fouet, et la voiture s'en alla, laissant Darrell Markham debout sur les marches du perron, et regardant toujours sa cousine.

« Ah! Sally.... Sally.... qu'ai-je fait?... s'écria Millicent aussitôt que la voiture eut quitté Saint-James'-Square.

— Qu'est-ce que vous avez fait, miss Milly? s'écria mistress Pecker; mais vous avez très-bien fait, et selon les désirs de votre pauvre frère. Vous n'auriez pas osé vous y opposer, car vous savez bien que c'est un grand péché de contrarier ceux qui sont morts et enterrés ! » dit Sarah avec une pieuse horreur.

Pendant le reste de la journée, Millicent fut comme une personne qui aurait rêvé. Elle semblait avoir perdu tout pouvoir de volonté, et elle se soumit doucement à être conduite au gré de la grosse Sarah Pecker. Quant à la digne maîtresse de l'*Ours noir*, ce mariage si soudainement arrangé entre ces deux êtres qu'elle avait connus tout jeunes était un ravissement si grand pour elle, qu'elle pouvait à peine se contenir dans les limites d'une voiture de place.

« Ordonnerai-je à l'homme d'arrêter devant un marchand de soieries, miss Milly? dit-elle comme le véhicule allait entrer dans Holborn.

— Pourquoi faire, Sally?

— Pour vous choisir une robe de noces, miss. Vous ne pouvez pas vous marier en deuil.

— Pourquoi pas, Sally? Crois-tu que je pleure moins mon frère parce que je vais épouser Darrell Markham? Ce serait avoir trop peu de respect pour sa mémoire que de jeter mes habits de deuil avant que trois mois se soient écoulés depuis sa mort.

— Mais demain, miss Millicent! Pensez donc quel mauvais augure ce serait de porter du noir le jour de votre mariage ! »

Mistress Duke sourit sérieusement.

« S'il plaît à Dieu de bénir mon mariage, Sally, dit-elle, je ne crois pas que la couleur de ma robe soit de quelque poids entre moi et la Providence. »

Sarah Pecker secoua la tête d'une manière qui annonçait quelque chose de mauvais.

« On a entendu parler de personnes qui ont tenté ainsi la Providence et qui ont insulté à la bonne fortune, miss Milly, » lui dit-elle.

Et sans attendre la permission de Millicent, elle ordonna au cocher de s'arrêter devant la boutique d'un marchand de soieries d'Holborn-hill.

Mistress Duke ne s'opposa pas au désir de sa protectrice ; mais, quand le commis apporta des rouleaux de soieries et des brocarts, et qu'il les arrangea en gros plis sur le comptoir étroit, Millicent eut bien soin de choisir une étoffe de couleur gris clair, bordée de noir.

« Vous paraissez bien résolue à inviter la mauvaise chance à vos noces, miss Duke, dit Sarah sévèrement en voyant le choix que Millicent avait fait. A-t-on jamais entendu parler de roses noires et de lis ? »

Mais Millicent était bien résolue, et elles retournèrent à la grande et triste hôtellerie de Snow-hill, où mistress Pecker s'occupa tout de suite de faire la robe de mariage.

CHAPITRE XV.

MARIAGE DE MILLICENT.

Les trois personnes qui étaient réunies le lendemain matin dans le triste salon de l'auberge de Snow-hill ne mangèrent que très-peu à leur déjeuner. Ce jour-là il ne tombait ni pluie ni grésil, mais il y avait dans l'air et dans les cieux cette obscurité qui indique l'approche d'une terrible neige. La boue de la veille était gelée dans les ruisseaux, et le pavé était dur et sec par cette matinée d'un froid aigu, — matinée si froide, que les doigts engourdis de mistress Pecker pouvaient à peine arranger la robe de noces; du reste, elle avait veillé la plus grande partie de la nuit pour la faire. C'était une gelée triste, noire, et sans espoir de la voir finir promptement; — également noire sur les vastes bruyères qui entouraient Compton, et dans les sombres rues de Londres, où l'haleine des piétons à moitié gelée et celle des chevaux qui tremblaient de froid entretenaient un brouillard perpétuel. C'était une sombre matinée pour un mariage, pour les secondes noces de Millicent Duke.

Sally Pecker était la seule personne de cette petite

société qui observât le temps avec attention. Les
joues de Darrell brûlaient des feux de l'amour et
de la joie, et si Millicent tremblait et pâlissait,
elle ne savait pas si c'était à cause du froid du dehors ou du frisson de son cœur qu'elle ne pouvait
réprimer.

La voiture les attendait dans la cour de l'auberge,
et mistress Pecker arrangeait pour la dernière fois
les nœuds de la robe de Millicent et les plis de sa
jupe de dessous, quand ce sentiment éclata en paroles. Mistress George Duke tomba aux pieds de Darrell, leva ses mains étroitement croisées, et lui dit :

« Oh! Darrell! Darrell!... il me semble que c'est
une très-mauvaise action que nous allons commettre.... Quelle preuve ai-je que Duke soit mort?... et
quel droit ai-je de te donner ma main, quand je ne
sais pas si peut-être elle n'appartient pas à un autre? Différons ce mariage, attendons, attendons, et
nous aurons peut-être des nouvelles plus certaines;
car quelque chose me dit que nous n'avons pas le
droit de former les vœux que nous allons prononcer
aujourd'hui. »

Elle parlait avec une ferveur si solennelle, dans
chacune de ses paroles il y avait tant de chaleur,
dans ses yeux bleus il y avait un éclat qui ressemblait tant à de l'inspiration, qu'elle aurait persuadé
à Darrell Markham de l'écouter aussi sérieusement
qu'elle avait parlé, si mistress Sarah Pecker ne s'é-
tait pas interposée. Cette matrone proférait cependant une volée d'exclamations telles que « bêtise »
et « sottise, » « enfant » et « a-t-on jamais entendu

un tel bruit pour rien, » et « cela après que j'ai travaillé toute la nuit à la robe de noces au point que mes doigts en sont encore gelés ! »

Elle poussa Millicent et Darrell et les fit descendre le grand escalier et monter dans la voiture avant qu'un d'eux eût eu le temps de faire des remontrances.

Darrell avait choisi l'église de Saint-Bride pour la cérémonie, et en chemin mistress Pecker s'occupa à pousser des lamentations sur le manque de solennité de ce mariage de Londres.

« On n'entend même pas une cloche, dit-elle. Ah ! si cela avait eu lieu à Compton, on aurait fait trembler la vieille tour par le carillon de l'église pour faire honneur à la fille du squire. »

C'était une courte promenade de Snow-hill à l'église Saint-Bride, située dans Fleet-Street. Le pavé de larges pierres devant le vieux bâtiment était rendu glissant par la boue et le verglas, et Darrell fut obligé de soutenir sa cousine ; il la porta à moitié de la voiture à la porte de l'église. Les bas côtés du temple étaient obscurs par cette matinée d'hiver ; et Roméo descendant dans le tombeau des Capulets aurait pu à peine se trouver dans un édifice plus sombre que celui où Darrell entra avec sa fiancée, pâle et tremblante.

Mistress Sarah Pecker donna quelques ordres au cocher, et, cela fait, elle allait suivre les deux jeunes gens, quand elle fut violemment bousculée par un gros commissionnaire chargé de paquets, qui se heurta contre elle et faillit la jeter à terre.

En effet, le pavé était si glissant qu'il fut un moment douteux si la majestueuse propriétaire de
l'*Ours noir* ne tomberait pas tout à fait; mais l'intervention amicale d'un bras vigoureux, quoique
délicat, et revêtu d'une manche de velours de couleur claire, la sauva, et une voix affectée et traînant
ses paroles en fit reproche au porteur.

La pauvre Sally Pecker, sauvée de cette collision,
faillit encore tomber par terre au son de cette voix
efféminée : car c'était la même qu'elle avait entendue il y avait un mois dans la plus belle chambre
de l'*Ours noir*, et le bras qui l'avait sauvée était celui de sir Lovel Mortimer.

Mistress Pecker aurait eu de la peine à le reconnaître, si elle n'avait pas entendu sa voix, car il était
enveloppé d'un grand cache-nez de laine qui cachait
presque la partie inférieure de sa figure, et au lieu
de la perruque blonde et longue qu'il portait ordinairement, il avait sur la tête un grand chapeau
qui était loin de lui aller aussi bien; mais sous ce
chapeau rabattu et au-dessus des nombreux plis de
son cache-nez de laine brillaient ces yeux noirs et
inquiets qui, lorsqu'on les avait vus une fois, ne
s'oubliaient pas facilement.

« Sir Lovel Mortimer !... s'écria mistress Pecker,
serrant de ses larges mains les bras du jeune
homme et le regardant comme si elle eût été épouvantée.

— Chut !... ma bonne femme; il n'est pas nécessaire de dire si haut mon nom; mais, ma brave
dame, qu'avez-vous ? dit-il, tandis que Sarah se

tenait tranquillement debout, regardant d'un œil fixe la figure de son sauveur, de ce même regard inquiet, troublé et plein d'étonnement qu'elle avait eu à sa première visite à Compton.

— Oh! monsieur, pardonnez à une pauvre femme sans enfants, si elle vous regarde trop fixement. Je n'ai jamais pu oublier la figure de Votre Honneur depuis la nuit de Noël dernière. »

Le capitaine Fanny rit gaiement.

« Je suis habitué à faire une bonne impression sur le beau sexe, dit-il, et il y a maintes personnes qui ont pris la peine d'apprendre par cœur la forme de ma figure. Mais, mon Dieu! c'est la digne hôtesse du village du Cumberland où nous avons mangé un si fameux dîner de Noël; maintenant, au nom de Dieu, dites-moi, qu'est-ce qui vous a amenée à Londres, madame?

— Un mariage, Votre Honneur.

— Un mariage!... le vôtre, sans doute; je suis donc arrivé juste à temps pour saluer la fiancée.

— Non, c'est le mariage de mistress George Duke avec son cousin germain, M. Darrell Markham.

— Mistress George Duke, la veuve dont le mari est en mer?

— Elle-même, Votre Honneur. »

Le capitaine Fanny plissa ses lèvres et siffla bas et longtemps.

« Ha!... Ha!... mistress Pecker, voici l'affaire qui vous a amenée du Cumberland à Fleet-Street; je vous prie de faire mes compliments au marié et à la mariée, et je vous souhaite le bonjour. »

Il salua d'un air galant la femme de l'aubergiste, puis il la quitta à la hâte; sa taille élancée fut
bientôt hors de vue, et se perdit dans la foule des
piétons.

Un pasteur qui frissonnait de froid, et qui était
vêtu d'un surplis chiffonné, lut le service du mariage; et un bedeau affreux, en considération d'une
couronne qu'il avait reçue, donna Millicent à cet
homme. La pauvre jeune femme ne put que regarder
derrière elle quand le pasteur lut la phrase préli-
minaire où il est dit :

« Si quelqu'un connaît quelque juste raison ou
« un empêchement quelconque à ce que ces deux
« personnes puissent être unies, qu'il approche et
« le déclare. »

Une des lourdes portes de l'église était à moitié
ouverte, et un vent violent et froid entrait en souf-
flant par les cours et les passages du quartier où
John Milton avait demeuré si longtemps; mais il
n'y avait point de capitaine George Duke qui fût aux
aguets dans l'ombre de la porte, ou se cachât derrière un pilier, prêt à en sortir et à protester contre
le mariage.

Quand bien même le capitaine du *Vautour* eût attendu là dans ce but, il n'aurait pas dû perdre de
temps pour le mettre à exécution, car le pasteur,
qui frissonnait, ne fit qu'une courte pause, et il dit
si vite le service du mariage que Darrell et Millicent étaient mariés avant que mistress Pecker fût
remise de sa rencontre inattendue avec le capitaine
Fanny.

La neige tombait à gros flocons quand Millicent, Darrell et Sarah prirent leurs places, le soir de ce même jour, dans l'intérieur de la diligence d'York, et l'aube du lendemain matin commençait à luire faiblement sur les champs et les haies blanches, et à des distances éloignées, le sommet des collines brillait d'une blancheur éclatante sur l'obscurité du ciel lorsqu'ils furent arrivés au terme de leur voyage. Tout l'horizon semblait plein de flocons de neige pendant leur voyage vers Compton ; mais Darrell et Millicent auraient pu voyager dans une atmosphère de saphirs fondus et sous le ciel azuré de l'Italie, sans qu'ils se fussent aperçus du contraire. La femme de George Duke et sa veuve depuis peu de temps avait oublié tous ses anciens chagrins dans la pensée consolante que désormais elle et Darrell allaient faire ensemble à côté l'un de l'autre le voyage de la vie. Cela étant ainsi, il lui importait peu d'aller vers le nord par ce temps froid et âpre de janvier, ou de voyager sur un chemin tout parsemé de roses sous le ciel le plus pur qui ait jamais été peint sur des écrans ou sur des plateaux à thé.

Ils arrivèrent à York le troisième jour après le mariage, et là ils décidèrent de finir leur voyage dans une chaise de poste, au lieu d'attendre la pesante diligence de correspondance qui faisait le service entre York et Compton.

Le crépuscule était venu quand les quatre chevaux du dernier relais franchirent les bruyères blanches, et entrèrent dans la grande rue étroite de Compton. Ils passèrent devant la forge, et devant le petit cottage où Millicent avait demeuré si longtemps ; — ils passèrent devant la boutique du village, le seul entrepôt pour tous les besoins de la civilisation de Compton ; — ils passèrent devant des groupes d'enfants paresseux qui les huèrent et les encouragèrent, non quand la chaise de poste passait devant une maison particulière, mais seulement parce qu'ils avaient une conviction vague que les personnages qui voyageaient dans un pareil véhicule devaient être nécessairement des grands du pays, et qu'ils étaient un indice de fête et de plaisir ; — ils passèrent devant chaque objet familier du même village jusqu'à ce que les chevaux s'arrêtassent si brusquement, que la lourde chaise de poste balança de droite à gauche devant la porte de l'*Ours noir*, et sous les fenêtres mêmes de la chambre où Darrell Markham avait été obligé de garder si longtemps le lit.

La raison de cet arrêt était que mistress Pecker, connaissant bien le peu de confortable qui existait au manoir de Compton, avait envoyé un exprès de York pour ordonner à Samuel de faire préparer le meilleur dîner qu'on eût jamais mangé à l'*Ours noir*, pour faire honneur à master et à mistress Darrell Markham.

Dans son ardeur de savoir si cette commission avait été exécutée, elle descendit la première de voiture, laissant Darrell et Millicent mettre pied à terre à leur loisir.

Elle ne trouva pas le Samuel si à son aise, si vif, si confiant en lui-même, et si gai des dernières an-

nées, mais l'être pâle, à l'esprit faible et vacillant
de l'ancien temps ; une malheureuse créature qui
regardäit sa majestueuse moitié d'un regard suppliant qui semblait dire :

« Ne sois pas violente, Sarah, ce n'est pas ma faute. »

Mais mistress Pecker était beaucoup trop pressée
pour observer ces changements. Elle passa brusquement devant son mari et entra dans le grand
vestibule ; elle jeta un coup d'œil sur une porte ouverte, au travers de laquelle elle pouvait voir le
parloir en bois de chêne, où, sur une nappe d'une
blancheur de neige, brillait la vaisselle d'argent bien
polie de la famille Pecker, à la lumière d'une demi-
douzaine de bougies.

« Le dîner est-il prêt, Samuel ? demanda-t-elle.

— Parfaitement, Sarah, reprit-il tristement : un
dindon plus gros que celui que nous avons fait cuire
à Noël ; un aloyau, une paire de chapons bouillis,
un pudding de raisins secs, et un pâté de Noël. J'espère que les pauvres créatures pourront y faire
honneur ! »

Mistress Sarah Pecker se tourna subitement vers
son mari, et regarda presque avec son ancien regard de mépris sa figure pâle et effarée.

« Y faire honneur !... dit-elle, je pense bien qu'ils
en mangeront avec appétit, après ce voyage par le
froid, depuis le déjeuner de ce matin. Mais, Samuel
Pecker, qu'as-tu donc ? ajouta-t-elle en le regardant
plus attentivement qu'elle ne l'avait fait jusque-là ;
mais qu'est-ce que tu as donc ? Quand je veux que
tu sois plus vif, plus gai qu'à l'ordinaire, et que tout

soit plus gai et plus joyeux en l'honneur de miss Millicent et de son mari, mon cher et beau master Darrell, te voilà tout tremblant et tout effaré, et tu
sembles avoir un de tes anciens accès de vapeurs.
Qu'est-ce que tu as, mon vieux?... Et pourquoi ne
sors-tu pas pour faire entrer mistress Markham et
son mari?... pourquoi ne leur présentes-tu pas tes
félicitations ? »

Samuel secoua la tête tristement.

« Attends un peu, Sarah, dit-il à voix basse, attends un peu, cela arrivera en son temps, et sans
doute tout est pour le mieux; mais d'abord j'en ai
été très-étonné, et il m'a fait perdre mon temps à la
cuisine; car après, ni moi ni Betty n'avons eu le
courage d'arroser les viandes ou de faire les sauces.
Il paraissait difficile, tu sais, Sarah, et il paraît encore cruel.

— Qu'est-ce qui paraît cruel?... Quoi!... Quoi!...
s'écria Sarah, qui sentait une vague terreur glacer
son sang; qu'est-ce qu'il y a, Samuel.... es-tu devenu
muet? »

En effet, pendant un moment, M. Samuel Pecker
parut avoir été soudainement privé de tout pouvoir
de parler. Il secoua la tête de côté et d'autre, avala
quelque chose d'invisible, ouvrit la bouche pour
respirer, puis il saisit le bras de Sarah, et avec
l'autre main il fit un signe pour lui montrer une
autre porte à moitié ouverte qui était vis-à-vis de
celle où le couvert était mis.

« Regarde là-bas ! » dit-il d'une voix basse et
rauque à l'oreille de Sarah.

Mistress Pecker suivit des yeux la direction que la main étendue de Samuel indiquait. C'était une chambre qui était ordinairement occupée par les pratiques de l'*Ours noir*, mais ce soir-là il n'y avait qu'une seule personne.

Cet individu portait un habit bleu foncé tout taché, de fortes bottes, et des cheveux bruns bouclés attachés avec un ruban. Il avait le dos tourné vers Sarah et son mari, et il se penchait sur le feu de charbon de terre; il avait les coudes sur ses genoux, et le menton posé sur ses mains. Pendant que mistress Sarah Pecker restait comme une personne transfigurée, regardant d'un œil fixe le voyageur, Darrell suivit Millicent dans le vestibule, et de là dans le parloir de chêne; puis il ferma la porte derrière lui.

« Oh! Samuel!... Samuel!... comment pourrai-je jamais le lui dire!... » s'écria mistress Pecker.

CHAPITRE XVI.

LA TROISIÈME APPARITION DU FANTÔME.

Pendant que Darrell et Millicent dînaient dans le parloir en chêne, mistress Sarah Pecker et Samuel Pecker, son mari, étaient assis, et ils se regardaient avec des figures pâles et anxieuses dans l'enceinte du comptoir.

C'était en vain que Millicent et Darrell avaient prié leur vieille et fidèle amie de s'asseoir avec eux, et de partager la bonne chère qui leur avait été préparée par ses ordres.

« Non, ma chère miss Millicent, ce ne serait pas convenable à moi de m'asseoir à la même table que la fille du squire Markham, et.... et.... son cousin. Dans la douleur et le chagrin, ma chérie, car certainement douleur et chagrin semblent être le sort de nous tous, je vous serai fidèle jusqu'à la mort, et si je pouvais vous épargner un chagrin en me tuant, je le ferais. »

En parlant, elle prit Millicent dans ses bras, et couvrit sa tête blonde de larmes et de baisers passionnés.

« Oh! miss Milly!... miss Milly!... s'écria-t-elle, il me semble que je suis assez forte pour vous sauver de quoi que ce soit, et cependant je ne le suis pas, ma chérie.... je ne le suis pas! »

C'était au tour de Millicent de réprimander et de consoler la courageuse Sarah; elle commençait à être plus habituée à la singularité de sa nouvelle position, l'horizon lui semblait plus brillant, et elle était surprise de voir l'émotion inaccoutumée de Sarah Pecker.

« Comment, ma chère Sally! dit-elle; mais tu parais triste ce soir!...

— Je suis un peu fatiguée et tourmentée, miss Milly; mais n'y faites pas attention.... Ne pensez pas

13

à moi, ma chérie; seulement rappelez-vous que, si je pouvais vous épargner un chagrin ou une peine, je donnerais volontiers ma vie pour le faire. »

C'est sous le coup d'une vague appréhension de malheur, causée par le changement qu'elle remarquait dans l'esprit de Sarah Pecker, que Millicent s'était assise avec Darrell à la table que Samuel avait fait charger de tant de mets qu'on aurait pu donner à dîner à une compagnie de robustes fermiers.

Le voyageur qui était assis auprès du feu dans le parloir commun, avait commandé un bol de punch au rhum; mais M. Samuel Pecker ne le lui avait pas servi lui-même.

« Tu ne lui as donc pas parlé, Samuel? demanda mistress Pecker.

— Non, Sarah, non, et il ne m'a pas parlé non plus. Je l'ai vu entrer par la porte comme le malin esprit, et je crois que c'est lui ; mais je n'ai pas eu le courage de le questionner, de sorte que j'ai glissé doucement dans le corridor, et j'ai écouté à la porte pendant qu'il faisait toutes espèces de questions sur le Manoir de Compton, sur la pauvre miss Milly et sur d'autres choses. J'ai d'abord espéré que mon esprit était un peu dérangé, que j'étais dans un rêve, et enfin que ce n'était pas lui qui était de retour; mais il a commandé un bol de punch, et alors j'ai bien vu que c'était lui, car tu sais, Sarah, le punch au rhum a toujours été sa boisson favorite.

— Combien de temps était-ce avant que nous arrivions à la maison, Samuel?

—Qu'il est venu ?

— Oui.

— Presque une heure.

— Seulement une heure !... seulement une heure ! gémissait Sarah ; s'il avait plu à la Providence de lui ôter la vie avant cette heure-là, quelle heureuse délivrance cela aurait été pour les deux innocentes créatures qui sont dans la chambre là-bas !

— Ah ! oui, quelle délivrance en effet, répéta Samuel. Il est assis le dos tourné vers la porte, et si quelqu'un venait derrière lui avec le poker de la cuisine... ajouta-t-il, en regardant d'un air pensif le vigoureux bras de Sarah ; mais alors, poursuivit-il, il y aurait un cadavre, et cela serait incommode. Quand on y pense, l'inconvénient principal qu'il y a à commettre un meurtre, c'est qu'il y a ordinairement un cadavre. Sans cela, les meurtres seraient très-communs. »

Sarah Pecker ne paraissait pas particulièrement frappée du brillant discours de son mari ; elle s'assit les mains croisées sur les genoux, et elle se balança de droite à gauche, en répétant tristement :

« Oh ! s'il avait plu à la Providence de le faire mourir avant cette heure-là.... s'il avait plu à la Providence.... »

Elle se souvint après que, tandis qu'elle disait ces mots, il y avait dans son cœur un sentiment équivalent à une prière inarticulée qu'une mort soudaine vînt atteindre le voyageur dans le parloir commun.

Ni Sarah ni son mari ne servirent les nouveaux

mariés. La femme de chambre leur apporta les plats, et les rapporta presque intacts. M. et mistress Pecker étaient assis dans le comptoir, et le peu de pratiques qui vinrent ce soir-là furent reléguées dans le petit salon à côté du parloir en bois de chêne, de l'autre côté du vestibule où était cette pièce dans laquelle le voyageur solitaire buvait son punch au rhum.

Huit heures sonnaient à l'église de Compton et à la célèbre pendule en chêne qui avait appartenu à la mère de Samuel Pecker, juste au moment où ce voyageur sortit du parloir commun, et qu'après avoir payé son compte il enveloppa son cou d'un épais châle de cachemire, et marcha à grands pas dans l'obscurité et dans la neige.

Il avait payé son compte à la fille qui lui avait apporté le punch, et il ne s'approcha pas du comptoir où mistress Sarah Pecker était assise dans la niche la plus retirée, son travail de tricot posé nonchalamment sur ses genoux. Son mari était de l'autre côté du foyer, et la regardait d'un air désespéré.

« Il va au Manoir, Samuel, dit mistress Pecker, lorsque la porte de l'auberge se ferma avec un bruit sonore sur le voyageur. Qui va le lui dire?... la pauvre chérie.... qui va le lui dire? »

Samuel secoua la tête d'un air vague.

« Qu'il s'égare dans la neige d'ici au Manoir de Compton! dit-il. J'ai lu quelque part, dans un livre de voyages dans les pays étrangers, qu'il y a un certain pays où il y a des voyageurs et des chiens, et que ces voyageurs se perdent toujours dans la

neige, mais que les chiens les sauvent ; en outre, il
y a une vieille femme qui était partie du marché de
Winstell très-tard, par la nuit de Noël de l'année
où nous avons eu tant d'orages et de neige, et on n'a
jamais entendu parler d'elle depuis.

Comme mistress Pecker ne paraissait pas très-
soulagée par ces remarques un peu obscures, Samuel retomba dans un silence mélancolique.

Sarah était toujours assise dans son ancienne
position, se balançant et murmurant de temps en
temps :

« Qui va le lui dire ?... La pauvre innocente enfant, elle s'était refusée à épouser master Darrell dès
le commencement, et c'est moi qui l'ai poussée à
l'épouser ! »

Une demi-heure après le départ du voyageur,
Darrell Markham ouvrit la porte du parloir, et Millicent entra dans le vestibule tout équipée pour sortir.

Son nouveau mari avait arrangé les vêtements
qui devaient la protéger contre le froid âpre et piquant de la soirée. Le bras de Darrell allait la soutenir dans leur trajet vers la maison, et guider ses
pas dans la neige : plus de solitude, plus de souffrances patientes, plus de vie triste et sans joie ; un
avenir heureux s'ouvrait devant elle, aussi radieux
à contempler qu'une longue perspective parsemée
de fleurs, vue par un jour d'été resplendissant de
soleil.

Sarah prit ses aiguilles à tricoter, et fit semblant
d'en être bien occupée, mais elle n'allait pas échapper si facilement à Millicent.

« Ma chère Sally, tu me souhaiteras une bonne nuit, n'est-ce pas? » dit Millicent tendrement.

Mistress Pecker sortit de la niche de son comptoir, et prit encore une fois la fille de son feu maître dans ses bras.

« Oh! miss Milly!... miss Milly!.. s'écria-t-elle, je suis un peu triste et abattue ce soir, et je suis toute tremblante, ma chérie, et je n'ai pas la force de vous parler; mais rappelez-vous dans n'importe quelle peine, ma chérie, souvenez-vous toujours d'envoyer chercher Sally Pecker, et qu'elle sera votre amie jusqu'à son dernier soupir.

— Sally.... Sally.... qu'est-ce que tu as? demanda Millicent d'un air tendre, je sens que quelque malheur est arrivé. Est-ce qu'il t'est arrivé quelque chose, Sally?

— Non! non! non! ma chérie.

— Est-ce que quelque chose est arrivé à un de tes parents?

— Non! non!

— Alors, qu'est-ce donc, Sally?

— Oh! ne me le demandez pas.... ne me le demandez pas.... pour l'amour de Dieu, miss Millicent.... »

Et sans dire un seul mot, Sarah Pecker se dégagea de l'embrassement des deux bras qui serraient si tendrement son cou, et elle courut au comptoir pour s'y réfugier.

« Je n'ai pas pu le lui dire, Samuel, dit-elle tout bas à l'oreille de son mari. Je n'ai pas pu le lui dire, quoi que j'aie essayé. Les mots étaient sur mes lè-

vres, mais quelque chose m'est monté à la gorge, et
a étouffé ma voix. Maintenant regarde ici, Samuel,
et fais bien attention de faire tout ce que je vais te
dire fidèlement et sans aucune erreur stupide.

— Je le ferai, Sarah ; je le ferai bien exactement,
quand même ce serait de marcher sur l'eau et dans
le feu, mais cela n'est pas très-probable, car, selon
moi, on ne trouve pas l'eau et le feu ensemble.

— Tu vas aller chercher la lanterne, Samuel, et
tu iras avec M. Darrell et miss Milly au Manoir pour
les éclairer ; quand tu y seras, tu ne t'en iras pas
tout de suite, mais tu attendras, pour voir ce qui se
passera, et tu me rapporteras tout fidèlement, surtout.....

— Surtout quoi, Sarah ?...

— S'ils le trouvent, *lui !*

— Je le ferai fidèlement, Sarah ; je t'apporte souvent du marché des épiceries que tu n'as pas com-
mandées, mais je ferai ceci fidèlement, car mon
cœur est de la partie. »

Millicent et Darrell partirent par la nuit neigeuse,
comme le voyageur avait fait avant eux.

Samuel Pecker les accompagna avec la lanterne,
et il parvint toujours à diriger adroitement les
rayons de lumière exactement sur l'endroit du chemin, où il était le plus improbable qu'ils marchas-
sent. La lumière de la lanterne de Samuel était un
vrai feu follet ; elle brillait tantôt sur le sommet
d'une haie sans feuillage, tantôt au fond d'un fossé,
tantôt beaucoup en avant d'eux, tantôt à gauche,
tantôt à droite ; mais elle ne laissait jamais tomber

un rayon sur le chemin que Darrell et Millicent suivaient. Les légers flocons de neige qui flottaient à travers les bruyères cachaient le ciel d'hiver, tout était neige, jusqu'à l'atmosphère obscure et épaisse qui ressemblait à un nuage de laine. L'épaisseur de la neige était très-grande — sur les toits des maisons, sur les appuis des fenêtres, sur les cheminées, sur les portiques, sur les haies, et dans les fossés, sur les arbres, sur les poteaux des grandes routes, dans les rues du village et dans les chemins de la campagne, tout n'était qu'une masse blanche sans tache, de sorte que chaque lieu familier paraissait changé, et un nouveau monde sorti du chaos aurait été à peine plus péniblement étranger aux habitants du vieux monde que n'était celui-ci aux yeux de Milly et de Darrell.

Le Manoir de Compton était à près d'un demi mille de la grande rue du village, et il était situé à côté du grand chemin, avec des terres incultes, négligées et boisées devant. Le chemin par lequel les voitures s'approchaient du Manoir, qui allait de la grande porte de l'entrée au fond du parc jusqu'à la maison, était presque couvert de chaque côté par des arbrisseaux; il n'y avait que très-peu de personnes à Compton qui avaient des voitures, et ce chemin n'était fréquenté que par les piétons.

A la porte, Darrell Markham s'arrêta et prit la lanterne de M. Pecker.

« Le chemin est un peu désagréable ici, dit-il, et peut-être ferais-je mieux de porter moi-même la lanterne, Samuel? »

La lumière de la lanterne tomba directement devant eux, et Millicent aperçut sur la neige des traces de pas.

Ces pas étaient ceux d'un homme, et on pouvait en suivre les traces depuis la porte jusqu'à la maison.

« Qui est-ce qui peut être venu si tard au manoir? » s'écria Millicent.

En parlant, elle regarda par hasard Samuel Pecker. L'aubergiste était debout et presque défaillant; il la regarda d'un œil fixe, et on entendait ses dents claquer, dans le silence de la nuit.

Darrell Markham rit de son effroi.

« Mais, Milly, dit-il, la pauvre petite main qui repose sur mon bras tremble, comme si tu regardais les pas d'un fantôme, quoique je suppose que les pas d'un revenant ne laissent point de traces après eux. Viens, Milly, viens. Je vois une lumière dans le parloir favori de ton père. Viens, ma chérie, cette nuit froide te glace presque jusqu'au cœur. »

C'est vrai que quelque chose l'avait glacée presque jusqu'au cœur, mais ce n'était pas l'influence extérieure du mauvais temps de janvier. Une terreur indéfinissable et instinctive l'avait saisie en voyant dans la neige les traces des pas d'un homme. Darrell la conduisit à la maison. Une terrasse bâtie en bonnes briques rouges et flanquée de vases en pierre régnait tout le long de la façade en face des fenêtres du rez-de-chaussée. Darrell et Millicent montèrent un escalier de côté, qui conduisait à cette terrasse, suivis de M. Pecker.

Pour arriver à la porte de devant, ils étaient obligés de passer devant plusieurs fenêtres parmi lesquelles se trouvait celle où brillait la lumière du feu. En passant, il était naturel qu'ils regardassent un instant dans cette chambre.

La lumière d'un feu qu'on venait d'allumer brillait d'une lueur incertaine sur les sombres panneaux de chêne. Auprès du foyer, le dos tourné à la fenêtre, était assis le même voyageur que Samuel Pecker avait vu sous son propre toit. La flamme incertaine, qui remontait par moments en langues brillantes, puis s'éteignait laissant tout dans l'ombre, ne révélait rien que la forme d'un homme, et encore ne la révélait-elle que très-indistinctement; mais au premier coup d'œil que Millicent Duke jeta à travers le rideau de la fenêtre, elle poussa un cri et, tombant à genoux dans la neige, elle s'écria en sanglotant :

« Mon mari !... mon mari est revenu vivant pour me rendre à la fois la femme la plus coupable et la plus malheureuse de toutes les femmes ! »

Elle se traînait sur la terre couverte de neige, cachant sa figure dans ses mains, et elle se lamentait de façon à exciter la pitié des plus insensibles.

Darrell la souleva dans ses bras et la porta dans la maison. Le voyageur avait entendu le cri ; il était debout devant le foyer, le dos tourné au feu, vis-à-vis de la porte ouverte.

Dans l'ombre de cette chambre, éclairée par la lueur rougeâtre du feu, on ne pouvait voir que très-peu de changement dans la figure et dans l'ex-

térieur de George Duke. Les mêmes boucles, d'un
blond ardent et un peu roux, tombaient sur ses
épaules : elles s'étaient échappées du nœud de ruban
qui les attachait; le même regard ferme brillait dans
ses yeux, menaçants comme autrefois. A cette demi-
lumière, les sept ans passés ne paraissaient avoir produit aucun changement dans le capitaine du *Vautour*.

« Qu'est-ce que c'est que cela.... qu'est-ce que tout
ceci veut dire ? dit-il, lorsque Darrell Markham porta
dans le vestibule la créature affligée qu'il avait
épousée trois jours auparavant. Qu'est-ce que cela
signifie? »

Darrell plaça sa cousine sur le canapé qui était
près du foyer avant de répondre à cette question.

« Cela veut dire ceci, George Duke, dit-il enfin,
cela veut dire que, si vous n'avez jamais eu de compassion dans votre vie, il faut que vous en ayez ce
soir pour cette pauvre femme. »

Le capitaine du *Vautour* éclata de rire.

« De la compassion !... s'écria-t-il, je n'ai jamais
entendu parler d'une femme qui eût besoin de compassion, lorsque son mari lui est rendu après une
séparation de sept années. »

Darrell le regarda d'un air à moitié dédaigneux
et à moitié compatissant.

« Ne pouvez-vous donc rien deviner? dit-il.

— Non !

— Ne pouvez-vous pas imaginer le résultat fatal
causé par votre longue absence ?... bien des personnes.... tout le monde.... enfin vous croyait mort.

— Non !

— Ne pouvez-vous pas penser à quelque chose de probable qui a dû arriver.... surtout si vous vous souvenez que cette pauvre jeune fille vous a épousé par obéissance aux ordres de son père, et contre ses propres désirs?

— Non !

— Ne pouvez-vous rien deviner?

— Mais, supposons que je ne désire pas deviner, master Darrell Markham, comment voulez-vous que je sache la moindre chose de ce que vous voulez dire? Si vous voulez m'apprendre quelque chose, il faut que vous me le disiez mot à mot, quelque honte que vous et madame ayez à le dire. Je ne veux pas vous aider par des suppositions, je vous le répète.... Parlez, qu'est-ce que c'est? »

Il remua le feu avec le bout de sa botte, pour que le charbon de terre montât en une flamme étincelante, et que la lumière brillât sur la figure de son rival, afin qu'il ne perdît pas la moindre peine ou la moindre humiliation que Darrell Markham pourrait subir.

« Qu'est-ce que c'est? répéta-t-il d'un air furieux.

— Voilà ce que c'est, George Duke,... mais avant que je vous dise un seul mot de plus, rappelez-vous que ce qui a été fait a été fait.... malgré votre femme. »

La douleur qu'il éprouvait d'appeler la femme qu'il aimait de ce nom n'échappa pas au capitaine Duke; Darrell put le voir à la méchanceté de ses yeux cruels, et il se contint pour ne pas donner encore un triomphe à son rival.

« Rappelez-vous toujours, dit-il, qu'elle est innocente.

— Laissons-la de côté, elle et son innocence, reprit le capitaine, jusqu'à ce que vous m'ayez dit ce qui a été fait.

— Millicent Duke m'a épousé, il y a trois jours, dans l'église de Saint-Bride à Londres; c'est son frère qui l'a engagée à le faire dans une lettre qu'il a écrite à son lit de mort; elle a été engagée à le faire par toutes les personnes d'ici, elle a été engagée à le faire par sa vieille nourrice et par moi; moi, je me suis servi de toutes les prières que je connais pour obtenir son consentement, malgré son propre désir, malgré ses idées les meilleures.

— Ah! voilà ce que vous désiriez que je devinasse, n'est-ce pas? s'écria le capitaine; par le ciel qui est au-dessus de nous, je le pensais bien! Maintenant, venez ici et écoutez-moi, miss Millicent Markham, mistress George Duke, mistress Darrell Markham, ou comme il vous plaira de vous nommer, venez ici. »

Elle était tombée sur le sofa, elle n'avait pas eu le bonheur d'un seul moment de défaillance; mais elle était vivement impressionnée par tout ce qu'ils avaient dit. Son mari la saisit par le poignet avec une violente secousse, et la leva du sofa.

« Écoutez-moi, lui dit-il, ma femme très-innocente et très-dévouée; je vais vous faire quelques questions,... m'entendez-vous?

— Oui. »

Elle ne l'appela pas par son nom, et elle ne le

regarda pas. Douce, tendre, et aimante comme elle
était envers toute personne aimée, elle ne tâchait
cependant pas de cacher l'aversion qu'elle ressentait
pour lui, et qui la faisait frissonner.

« Quand votre frère mourut, il vous a laissé cette
propriété, n'est-ce pas?

— Oui.

— Et il n'a rien laissé à votre cousin, M. Darrell?

— Rien que son amitié.

— Peu importe son amitié.... Il ne lui a laissé
ni un arpent de terre, ni une guinée, n'est-ce
pas?

— Non.

— Bien! maintenant, comme je ne veux pas
parler à un homme qui a persuadé à la femme d'un
autre homme de l'épouser, pendant l'absence de
son mari, malgré son propre désir et malgré ses
idées les meilleures, je me sers de ses propres
expressions, faites-y bien attention, et soyez assez
bonne pour le lui dire, dites-lui que, comme votre
mari, j'ai une part dans votre fortune, quelle qu'elle
soit; et quant à cette petite affaire de mariage où
vous avez été si innocente, je saurai arranger tout
cela avec vous, sans son aide. Dites-lui cela, et dites-
lui aussi que plus tôt il s'en ira, plus agréable ce
sera pour nous tous. »

Elle se tenait debout les deux mains étroitement
serrées; elle regardait d'un œil fixe sans rien voir
pendant qu'il parlait, et il semblait qu'elle ne l'entendait, ni ne le comprenait. Quand il cessa de
parler, elle se tourna et le regardant en face, elle dit :

« George Duke, pourquoi êtes-vous resté absent ces sept dernières années pour revenir tuer, et mon corps et mon âme ?

— Je suis resté absent sept années parce que, dix mois après que j'ai quitté Marley, j'ai fait naufrage sur une île du Pacifique, reprit-il d'un air brutal.

— Capitaine Duke, dit Darrell, puisque ma présence ici ne peut que causer de la peine à votre malheureuse femme, je vais quitter cette maison. Je viendrai vous rendre visite demain, pour vous demander de me rendre compte de vos paroles d'aujourd'hui ; mais rappelez-vous que je suis le seul parent vivant de cette pauvre fille, et que je jure par le ciel qui est au-dessus de moi que si vous touchez à un seul cheveu de sa tête, vous auriez mieux fait de mourir sur une des îles du Pacifique que de revenir ici pour en rendre compte à Darrell Markham.

— Je ne vous crains point, monsieur Markham. Je sais comment il faut traiter cette femme innocente, sans prendre avis de vous ou de qui que ce soit. Je vous souhaite le bonsoir. »

Il lui fit un signe de tête d'un air insolent et lui montra la direction de la porte.

« A demain ! dit Darrell.

— Demain, à votre service, répliqua le capitaine.

— Attends ! s'écria Millicent, au moment où son cousin allait quitter la chambre ; quand nous nous séparâmes à Marley, mon mari a pris une de mes boucles d'oreilles et m'a dit de la lui demander à son retour. Avez-vous ce bijou? »

Elle le regarda en face, d'un œil attentif, à moitié effaré, en se souvenant de l'ombre de George Duke qu'elle avait vue sur la jetée de Marley par le clair de lune.

Le marin prit dans sa poche de gilet un petit sac en toile. Ce sac contenait quelques pièces d'or et d'argent et la boucle d'oreille en diamants que Millicent avait donnée à George Duke le soir de leur séparation.

« Est-ce que cela vous contentera, madame? demanda-t-il en lui donnant le bijou.

— Oui, » reprit-elle avec un long et triste soupir.

Puis allant droit à son cousin, elle mit ses deux mains glacées dans les siennes et lui adressa les paroles suivantes :

« Adieu, Darrell Markham, nous ne devons plus nous revoir. Que le ciel nous pardonne à tous les deux notre péché, car Dieu sait que nous étions innocents de toute méchante intention. J'obéirai à cet homme en toutes choses et je remplirai mes devoirs envers lui jusqu'à mon dernier soupir ; mais je ne pourrai jamais être pour lui ce que j'étais avant qu'il ait quitté Compton il y a sept ans. »

Elle le repoussa doucement avec un geste solennel qui, avec les paroles qu'elle venait de prononcer, lui semblait comme une annulation de leur mariage.

Il la prit dans ses bras et pressa ses lèvres sur son front, puis, la reconduisant à George Duke, il lui dit :

« Soyez clément envers elle, si vous espérez en la miséricorde de Dieu. »

Darrell Markham trouva M. Samuel Pecker dans le vestibule : Samuel se penchait vers la porte à moitié ouverte ; il avait écouté patiemment tout ce qui s'était passé dans la scène que nous venons de raconter.

« C'est par les ordres de Sarah, dit-il en se justifiant, lorsque Darrell sortit du parloir et surprit le coupable ; elle m'a dit de lui raconter fidèlement tout ce qui arriverait. La pauvre jeune créature.... la pauvre jeune créature !... C'est grand dommage, quand la Providence jette des personnes sur les îles désertes, et qu'elle ne les laisse pas bien établies là où elles ne seraient d'aucun inconvénient pour elles-mêmes et pour d'autres. »

Il semblait que ce soir-là M. Pecker était destiné à ne parler qu'à des personnes qui ne l'écoutaient pas. Darrell Markham marcha à grands pas sur la terrasse, et passa devant lui : de la terrasse il alla au petit sentier qui conduisait au grand chemin.

Le jeune homme marchait si vite que Samuel avait de la peine à le suivre.

« Pardonnez-moi la liberté que je prends, monsieur Markham, mais où avez-vous l'intention d'aller, dit-il, quand à la fin il rattrapa Darrell au moment même où celui-ci s'élançait sur le grand chemin et s'arrêtait un moment, incertain, de quel côté il tournerait ; je vous demande très-humblement pardon, monsieur, mais où avez-vous l'intention d'aller ?

— Ah !... où.... C'est vrai,... où ?... dit Darrell en

regardant en arrière la fenêtre illuminée. Je n'ai pas envie de quitter le voisinage de cette maison cette nuit. Je veux être près d'elle. La pauvre enfant!... la pauvre enfant!...

— Mais vous voyez, monsieur Darrell, protesta Samuel en s'interrompant de temps en temps pour passer la lanterne de sa main droite à sa main gauche, et pour souffler sur ses doigts qui étaient glacés ; comme le temps n'est pas très-doux, je ne vois pas trop comment vous pourriez passer la nuit dans ce lieu, de sorte que j'espère, monsieur, que vous serez assez bon pour faire votre chez vous de l'*Ours noir* tout le temps qu'il vous plaira de rester à Compton ; je n'ajouterai que ceci : plus longtemps vous y resterez, plus agréable cela sera pour Sarah et pour moi. »

Il y avait une sincérité affectueuse dans la prière de Samuel, qui ne pouvait manquer de toucher Darrell, malgré la préoccupation de son esprit en ce moment.

« Vous êtes un brave homme, Pecker, lui dit-il, et je suivrai votre avis. Je resterai à l'*Ours noir* cette nuit, et j'y resterai jusqu'à ce que je voie comment cet homme va traiter ma malheureuse cousine. »

Samuel lui montrait le chemin, et l'éclairait avec la lanterne qu'il avait dans la main. Il était près de onze heures, et il n'y avait pas une fenêtre éclairée dans la rue solitaire du village : mais, à mi-chemin entre le Manoir et l'*Ours noir*, les deux piétons rencontrèrent un homme qui portait une redingote, et

qui était enveloppé jusqu'au menton; de blancs
flocons de neige couvraient son chapeau et ses
épaules.

Samuel souhaita amicalement, mais faiblement,
le bonsoir à cet homme, mais celui-ci paraissait être
assez grossier et assez bourru, et il ne fit point de
réponse. La neige était très-épaisse sur la terre, et
les trois hommes se croisèrent sans bruit comme
des ombres.

« Avez-vous jamais fait attention, monsieur Darrell, dit Samuel peu de temps après, que par des
temps neigeux, les gens ressemblent beaucoup à des
revenants; ils sont tranquilles et solennels? »

. . . .

On avait laissé mistress Pecker seule dans le
comptoir, et elle s'était presque perdue dans une
méditation rêveuse, elle avait presque laissé le feu
s'éteindre, les chandelles n'avaient pas été mou-
chées, et les longues mèches étaient devenues rouges
et lourdes au sommet, elles brûlaient lentement sans
flamme, et c'est à peine si elles répandaient une
faible lumière dans la pièce.

Quelques clients, qui avaient bu et causé ensemble depuis six ou sept heures, sortaient lentement dans la neige et partaient tous à la fois, car la
société et les affaires de l'auberge étaient finies pour
ce soir-là. Le garçon se préparait à fermer la maison; et justement comme il allait commencer, il
regarda quelle espèce de temps il faisait cette nuit.

Un vent piquant d'hiver souffla sur lui, et éteignit
la bougie qu'il portait à la main.

« Que faites-vous là, Joseph? demanda mistress Pecker sévèrement. Rentrez et fermez la maison. »

Joseph allait obéir lorsqu'un cavalier s'approcha au galop de la porte, et, descendant de son cheval, il regarda dans le comptoir faiblement éclairé.

« Mais vous êtes tous dans l'obscurité ici, mes bonnes gens, dit-il en frappant du pied contre le parquet, en faisant tomber la neige de ses épaules à force de se secouer. Qu'est-ce qu'il y a? »

Mistress Sarah Pecker se penchait en ce moment vers les cendres rouges et chaudes, tâchant de rallumer une des bougies.

« Pouvez-vous m'indiquer quel chemin il faut prendre pour aller au manoir de Compton, mon bon ami? dit le voyageur à Joseph le garçon.

— Au manoir qui appartenait autrefois à Ringwood Markham?

— Au manoir qui appartenait autrefois au squire Markham. »

Le garçon lui donna les indications nécessaires qui étaient assez simples.

« Bon! dit l'étranger, j'irai à pied; de sorte que vous pouvez aller chercher le valet d'écurie, et lui donner mon cheval à soigner. Le pauvre animal est fatigué, et il a besoin de repos et d'une bonne ration de foin. »

Le garçon s'empressa d'aller trouver le valet d'écurie, qui dormait dans un grenier au-dessus des chevaux. L'étranger marcha à grands pas vers le comptoir dans l'intérieur duquel mistress Pecker luttait toujours avec la mèche obstinée de la chandelle de suif.

« Vous paraissez avoir une tâche difficile avec cette lumière-là, madame, lui dit-il : rallumez-la aussi vite que possible, s'il vous plaît, et après vous me donnerez un verre de cognac, car je suis morfondu et glacé par une course de vingt-quatre milles au milieu de cette épouvantable neige. »

Il y avait quelque chose dans la voix de l'étranger qui lui rappelait une autre voix qu'elle connaissait, celle-ci était cependant plus sourde et plus rauque.

Enfin Sarah Pecker vint à bout d'allumer la chandelle, et la plaçant devant le comptoir entre elle et le voyageur, elle prit un verre ordinaire pour le cognac.

« Un verre sans pied, un verre sans pied, madame, il ne fait pas un temps à boire dans un dé à coudre. »

La figure de l'homme était tellement couverte par son grand chapeau, qu'il était tout à fait impossible de le reconnaître à la faible lumière de la seule bougie de Sarah Pecker ; mais lorsqu'il prit le verre de la main de Sarah, il leva un peu son chapeau sur son front, et baissa le mouchoir, afin de boire plus facilement.

Il jeta la tête en arrière pour avaler la dernière goutte de liqueur, puis il donna à mistress Pecker le prix du cognac, lui souhaita le bonsoir, et sortit à grands pas de la maison

Sarah laissa tomber le verre vide sur le parquet, où il se brisa en mille morceaux. Sa figure pâle et frappée de crainte fit peur au garçon quand il revint après avoir fait sa commission à l'écurie.

L'homme à qui elle avait donné le cognac ne pouvait certainement pas être George Duke, car il n'y avait pas une heure que le capitaine était parti pour le manoir, mais cet homme était sans doute une ombre qui n'était pas de ce monde ou un double du capitaine du *Vautour*.

Sarah Pecker était une femme de beaucoup de bon sens, mais quand on l'interrogea sur la cause de sa pâleur, elle raconta à Joseph, à Betty la cuisinière, à la jolie femme de chambre, l'histoire entière du mariage de Millicent, celle du retour du capitaine Duke et du revenant qui l'avait suivi à Compton-des-Bruyères.

« Quand miss Millicent s'est séparée de son mari, il y a sept ans, elle a vu la même ombre sur la jetée de Marley, et aujourd'hui qu'il est revenu, l'ombre est aussi revenue. Il y a plus que de la chair et du sang dans tout cela, croyez-moi sur ma parole. »

Les domestiques de l'*Ours noir* avaient de quoi parler cette nuit-là. L'émotion qu'avait causée la visite du jeune baronnet si généreux et si bon n'était rien en comparaison de celle causée par la visite d'un revenant qui avait demandé un verre de cognac, l'avait bu, et l'avait payé comme un chrétien.

Samuel et Sarah veillèrent tard, ils causèrent de l'apparition du fantôme, mais ils gardèrent sagement le secret vis-à-vis de Darrell Markham, pensant qu'il avait assez de chagrin sans y ajouter celui-là.

CHAPITRE XVII.

LE CAPITAINE DUKE CHEZ LUI.

George Duke était assis auprès du feu regardant
d'un air sombre le charbon de terre qui brûlait,
mais il ne jetait pas même un regard vers la pâle figure de sa malheureuse femme, qui était toujours
à l'endroit où Darrell l'avait laissée; ses mains pressaient son cœur, et ses yeux bleus avaient un regard
fixe et morne, effrayant à voir.

Le seul domestique du manoir était la même
vieille femme qui avait remplacé Sally Masterton
comme femme de charge chez le vieux squire, et
qui depuis avait gardé la maison pour Ringwood
et sa sœur. Elle était presque aveugle et sourde,
et elle n'était pas plus surprise du retour du capitaine Duke que s'il n'avait pas été absent pendant
sept ans.

Combien de temps Millicent resta-t-elle dans la
même attitude, ne voyant rien, ne pensant à rien?
Combien de temps le capitaine George Duke resta-
t-il assis en méditant auprès du foyer avec la réver-
bération de la lumière sur sa figure cruelle? Millicent n'en sut jamais rien. Elle savait seulement

qu'après très-peu de temps il lui adressa la parole sans même la regarder.

« Y a-t-il quelque chose à boire, y a-t-il du vin ou de la liqueur dans cette triste et vieille maison? » demanda-t-il.

Elle lui dit qu'elle ne savait pas, mais qu'elle irait chercher mistress Meggis, la vieille femme sourde, pour le lui demander.

Dans l'état d'accablement où se trouvait son esprit, c'était un soulagement de remplir cette commission pour son mari; c'était un soulagement pour elle d'aller dans le vestibule froid, et de respirer une autre atmosphère que celle qu'elle respirait.

Il se passa longtemps avant qu'elle pût faire comprendre à mistress Meggis ce qu'elle désirait; mais quand enfin l'état réel des choses commença à frapper l'esprit de la vieille femme, elle fit plusieurs signes de tête d'un air de triomphe, prit une clef dans un grand trousseau qui pendait au-dessous du dressoir, puis elle ouvrit une porte étroite dans un coin de la grande cuisine dallée, elle descendit l'escalier avec une bougie à la main, et entra dans la cave.

Elle en sortit longtemps après avec une bouteille sous chaque bras. Elle tenait chacune de ces bouteilles devant la lumière afin que Millicent pût voir la liqueur qu'elle contenait. L'une des bouteilles était de couleur d'améthiste brillante, l'autre était de couleur brune dorée. La première était du vin de Bordeaux, la dernière du cognac.

Millicent se préparait à quitter la cuisine, suivie de la vieille gouvernante, qui portait les bouteilles et deux verres, lorsqu'elle fut étonnée d'entendre quelqu'un frapper à la porte. Quand mistress Meggis l'entendit, elle posa le plateau sur lequel étaient les bouteilles et les verres, et alla encore une fois au trousseau de clefs, car la porte avait été fermée pour la nuit après le départ de Darrell et de Samuel Pecker. Il était alors onze heures passées.

C'était une heure étrange pour que des visiteurs vinssent de n'importe quel endroit frapper à cette maison solitaire du Cumberland. Millicent n'avait qu'une seule pensée. C'était sans doute Darrell Markham.

Elle prit elle-même le plateau et suivit mistress Meggis, qui portait la lumière et les clefs. Quand elles arrivèrent au vestibule, Millicent laissa la vieille femme ouvrir la porte, et alla directement dans le parloir pour donner à George Duke la liqueur qu'il avait demandée.

« C'est bien, dit-il, ma gorge est sèche comme un four. Là.... là.... point de tire-bouchon ! Bon Dieu ! ces jolies femmes qui ne font rien que de lire des romans sont très-propres à prendre soin d'un homme ! »

Il prit un pistolet à sa ceinture, et d'un coup de crosse il fit sauter les goulots des deux bouteilles, et renversa du vin et du cognac sur la table du parloir.

Il versa un verre de chaque bouteille, et les vida l'un après l'autre.

« Bon ! dit-il, le bordeaux d'abord, puis le cognac, nous n'avions pas de liqueur comme celle-ci dans.... dans le Pacifique. Qu'est-ce que c'est que cela ? »

14

Il leva les yeux du troisième verre qu'il avait vidé pour faire cette question.

Ce qui avait attiré son attention était un bruit de voix dans le vestibule, l'organe perçant de mistress Meggis et la voix basse d'un homme.

« Qu'est-ce? répéta George Duke; allez voir ce que c'est. »

Millicent ouvrit la porte du parloir et regarda dans le vestibule. Mistress Meggis était debout tenant la porte d'une main; elle parlait à un étranger qui restait dans la neige sur le seuil de la porte.

Le même vent d'hiver qui avait éteint les lumières à l'*Ours noir* avait aussi éteint la chandelle que mistress Meggis portait, et le vestibule était tout à fait obscur.

« Qu'est-ce que c'est? demanda Millicent.

— Mais ce n'est que ceci, madame, répliqua l'homme qui se tenait sur le seuil : cette bonne femme est un peu sourde, et ce n'est pas trop facile de se faire comprendre d'elle; mais, d'après ce qu'elle me dit, il paraît que le capitaine Duke est revenu chez lui. Est-ce vrai?... »

L'homme parlait à travers les plis épais d'un fichu de laine qui l'enveloppait, et déguisait sa voix autant qu'il cachait sa figure. Même dans l'obscurité, il paraissait avoir peur d'être vu, car il se retira encore plus loin dans l'ombre de la porte pendant qu'il parlait à mistress Duke.

« C'est bien vrai, lui répondit Millicent; le capitaine Duke est de retour. »

L'homme grommela un juron de colère.

« Il est revenu, dit l'homme ; sans doute il est revenu tout récemment ?

— Il est revenu ce soir même.

— Ce soir !... ce soir !... je suppose qu'il n'y a pas six heures de cela ?

— Il n'y a pas trois heures.

— C'est bon, grommela l'homme avec une autre imprécation ; cela ressemble à la chance que j'ai toujours. Bonsoir, madame ! »

Il quitta le seuil de la porte sans dire un mot, et il s'en alla en marchant sans bruit sur la neige.

« Qui était-ce ? demanda George Duke quand Millicent revint au parloir.

— C'était un homme qui désirait savoir si vous étiez de retour.

— Où est-il ? s'écria le capitaine en s'élançant de sa chaise, et en allant vers le vestibule.

— Il est parti.

— Il est parti sans me voir ?

— Il n'a pas demandé à vous voir. »

Le capitaine du *Vautour* tenait son poing fermé, et il fronça les sourcils en regardant Millicent, comme si, dans cet éclat de colère, sans raison il allait la battre.

« Il est parti !... il est parti !... dit-il ; qu'il soit maudit, n'importe qui ce puisse être ! Le soir même de mon retour, c'est trop fort ! »

Il marcha çà et là à pas mesurés dans la chambre, les bras croisés sur la poitrine, la tête penchée d'un air sombre vers la terre.

« La chambre qui donne sur le jardin a été préparée pour vous, capitaine Duke, dit Millicent se dirigeant vers la porte, et s'arrêtant sur le seuil pour lui parler; c'est la meilleure chambre de la maison, et elle a été bien aérée, car c'était la chambre favorite du pauvre Ringwood. Mistress Meggis va allumer un bon feu.

— Ah!... » dit le capitaine.

Et levant sa tête, il la regarda en souriant malicieusement; puis il ajouta :

« Cela serait adroit de me faire coucher dans des draps mouillés, et de me tuer ainsi la nuit même de mon retour. »

Elle ne daigna pas faire attention à ce qu'il venait de dire.

« Bonsoir! capitaine Duke, dit-elle.

— Bonsoir! ma bonne et dévouée femme, je me coucherai dans la chambre qui donne sur le jardin, n'est-ce pas? C'est bien; et vous, puis-je vous demander sans indiscrétion où il plaira à votre seigneurie de se coucher?

— Je vais me coucher dans la chambre de ma pauvre mère, dit-elle, bonsoir! »

Une fois seul, le capitaine du *Vautour* tira la table près du foyer, et s'asseyant dans le vieux fauteuil du squire Markham, il étendit les jambes devant le feu, il remplit son verre, et se mit tout à fait à son aise.

La lumière du feu qui brillait en plein sur sa figure faisait voir tous les changements que son absence de sept ans avait produits. Des rides et des lignes dures, qui étaient invisibles jadis, parais-

saient croître et multiplier autour de ses yeux et de
sa bouche, tandis qu'il était assis et qu'il couvait
des yeux le feu, la boisson, et le bien être qui ré-
gnaient autour de lui. Avec son ombre défigurée,
reflétée sur les panneaux derrière sa chaise, et qui
assombrissait le mur, il avait l'air d'un malin esprit méditant devant ce foyer solitaire et conspirant
contre ce toit qui l'abritait.

De temps en temps il portait les yeux de la
flamme aux bouteilles qui étaient sur la table, sur
les murs éclairés par le feu, sur l'antique bureau,
sur le buffet de chêne chargé de grands pots à cou-
vercles en argent massif terni, de bols en porcelaine, et sur d'autres preuves d'une vraie prospérité
provinciale qui se trouvaient autour de lui, et se
frottant les mains doucement, il partit d'un petit
éclat de rire de triomphe.

« On est mieux ici que là-bas, dit-il en faisant un
geste avec sa tête qu'il rejeta en arrière, mieux ici
que là-bas. Diable! on est mieux ici que là-bas.
George Duke, mon ami, tu as changé admirable-
ment tes quartiers depuis que tu as dit adieu à tes
anciens camarades de là-bas. »

Il remplit encore son verre et commença à chan-
ter un couplet d'une vieille chanson française avec
un refrain formé de syllabes n'ayant aucune signification.

« C'est étonnant, dit-il, et je puis à peine me
figurer que ce Ringwood Markham, qui était plus
jeune que moi, soit mort quelques mois avant que
je revienne chez moi. Parbleu! on a toujours dit

que George Duke est un de ces hommes qui retombent toujours sur leurs pieds. J'ai beaucoup souffert pendant ces sept années, mais après tout j'ai eu de la chance.... ma bonne chance d'autrefois, une fortune et une pauvre femme qui n'a jamais le moindre mot à dire en compagnie.... une pauvre enfant au visage pâle.... qui est toujours tremblante, qui ne fait rien que lire des romans, qui.... »

Il s'arrêta pour remplir encore une fois son verre de vin de Bordeaux. Il avait alors presque fini la bouteille, et sa voix devenait rauque et incertaine. Bientôt il s'assoupit, les coudes sur ses genoux, et la tête penchée sur le feu. Pendant le temps qu'il demeura ainsi assis, de temps à autre sa tête s'inclinait en avant comme s'il allait tomber sur les charbons enflammés, puis il s'éveilla en sursaut.

« La chaîne!... s'écria-t-il, la chaîne!... soyez tous maudits, chiens de Français! et vous, supportez votre part du poids. »

Il regarda à ses pieds. Une des garnitures du feu était tombée sur le bout de sa botte. Le capitaine Duke rit à haute voix et regarda autour de la chambre; cette fois c'était le regard d'un ivrogne.

« Il y a eu du changement, dit-il, du changement en mieux. »

Les bouteilles étaient toutes les deux vides, et le feu était presque éteint. Minuit avait sonné quelque temps auparavant à l'horloge de l'église lointaine — les coups étaient indistincts et sourds par ce temps neigeux. Le capitaine du *Vautour* se frotta les yeux d'un air assoupi.

« Ma tête est aussi légère qu'une plume, grommela-t-il indistinctement. Il y a longtemps que j'ai perdu l'habitude de boire une bouteille de bon vin. De plus, je suis fatigué et ennuyé, après avoir voyagé trois jours dans une diligence et une semaine sur mer par un temps orageux. Maintenant, je vais à la chambre qui donne sur le jardin, et demain je m'occuperai de vous, mistress George Duke, et de vous aussi, monsieur Darrell Markham. »

Il montra le poing au petit feu tout en parlant ainsi, puis se levant avec effort, il saisit une bougie, souffla l'autre, et prit en chancelant le chemin de la chambre où il devait coucher.

La maison lui avait été si familière pendant la vie du vieux squire, que, tout ivre qu'il fût, il ne craignit pas de s'égarer dans les sombres corridors du rez-de-chaussée.

La chambre qui donnait sur le jardin était grande ; elle avait été ajoutée à la maison une centaine d'années auparavant, pour la commodité d'une certaine dame fantasque qui avait une belle fortune, et qui avait épousé le grand-père du vieux squire Markham. C'était une grande pièce avec une fenêtre arrondie qui donnait sur un jardin d'agrément aux bordures de buis proprement taillées, aux arbrisseaux de formes originales, et orné d'une fontaine desséchée depuis longtemps. Une porte à moitié vitrée ouvrait sur un escalier qui conduisait à ce jardin ; cet avantage, ajouté à la grandeur et au riche ameublement de cette chambre, en avait fait depuis longtemps la pièce d'honneur du manoir de Compton-des-Bruyères. Un grand lit carré, dont le bois était doré et dont les rideaux en tapisserie tombaient en poussière, était vis-à-vis de la fenêtre et de la porte vitrée qui, en hiver, était masquée par une portière de tapisserie pareille à la tenture du lit.

George Duke posa la bougie sur la table près du feu, et regarda autour de lui.

Millicent avait dit la vérité quand elle avait dit que mistress Meggis avait fait un bon feu dans cette chambre, car, quoiqu'il fût très-tard, le bois et le charbon de terre brûlaient très-bien et d'une manière agréable à voir derrière les barres de la vaste grille. Le capitaine mit encore du charbon sur le feu, et se jetant dans un fauteuil, il frappa violemment contre le plancher ses bottes usées et mouillées pour les retirer.

« Je n'ai pas un seul vêtement qui puisse durer encore une semaine, dit-il en regardant son habit bleu qui montrait la corde, et qui était rapiécé, et les broderies qui pendaient éraillées çà et là. De sorte que ce n'est pas une mauvaise chance qui m'a fait revenir pour chercher mistress Millicent. »

Même dans son ivresse, il prenait un plaisir malin à penser qu'il était revenu pour tourmenter et faire souffrir sa femme : cette idée lui causait une expression de triomphe, et illuminait encore ses yeux alourdis par le vin et le sommeil.

Il ôta ses bottes, son habit et son gilet, mit une paire de pistolets sous son oreiller, et levant la couverture, il se jeta sur le lit avec sa chemise, son pantalon, et ses bas.

« Je voudrais bien savoir si cette porte vitrée, là-bas, est fermée au verrou, murmura-t-il en s'endormant; sans doute elle l'est, quoique..., peu importe qu'elle le soit ou ne le soit pas.... je ne crains pas les bons villageois de Compton-des-Bruyères, car les gens qui viennent de l'endroit que je viens de quitter ne portent pas grand'chose qui vaille la peine d'être volé. »

Machinalement sa main droite chercha la crosse du pistolet qui était sous l'oreiller, et George Duke s'endormit la main appuyée sur son arme familière.

Je ne crois pas que de sa vie il eût jamais dit une prière, mais je sais, à n'en pas douter, que cette nuit-là il n'en dit aucune.

CHAPITRE XVIII.

CE QUI ARRIVA DANS LA CHAMBRE QUI DONNAIT SUR LE JARDIN.

Millicent Duke ne dormit point pendant cette triste nuit, car elle n'avait plus d'espoir ; elle ne se déshabilla pas, mais elle s'assit immobile et glacée ; ses mains étaient convulsivement serrées, et ses yeux regardaient directement et fixement devant elle ; elle pensait, elle pensait.... à quoi ?

Qu'était-elle? Voilà la question qu'un sentiment lourd et monotone de son esprit lui posait toujours, et à laquelle rien ne répondait jamais. Qu'était-elle, et qu'avait-elle fait? Quelle était l'étendue de son crime dans ce fatal mariage, et de quelle part de crime était-elle responsable?

Elle s'était opposée au mariage, il est vrai, et elle avait tâché d'étouffer les tendres conseils que lui apportaient les souvenirs de sa jeunesse et sa seule affection, mais elle avait cédé.... Elle avait cédé, comme Darrell l'avait dit avec vérité, elle avait cédé contre son propre jugement instinctif et raisonnable, qui lui avait dit tout bas à l'oreille qu'elle n'était pas libre de se remarier.

Quelle était l'étendue de sa culpabilité?

Elle avait été élevée simplement et pieusement. Elle avait été instruite par des personnes dont les esprits simples et honnêtes ne connaissaient aucun degré dans le bien et le mal, dont la profession de foi consistait en doctrines sévères qu'on ne pouvait pas attaquer, et qui regardaient les dix commandements comme autant de limites infranchissables élevées devant les pieds de tout chrétien, et ne lui laissant ni aucune ouverture ni aucun échappatoire par où il pût s'évader.

Que lui dirait le curé de Compton, le lendemain, quand elle s'en irait à lui, et tomberait à ses pieds? Puis une frayeur panique la saisit, elle se jeta par terre, se traîna çà et là, arracha ses cheveux dorés, et s'écria plusieurs fois qu'elle était une créature coupable et malheureuse.

Puis, au-dessus même de la pensée de son péché, plus horrible même que cette conscience intérieure de son crime, s'éleva l'ombre de son avenir — de son avenir qui devait se passer avec lui — avec cet être qu'elle haïssait, qu'elle craignait, et qui avait maintenant une bonne excuse pour son ressentiment jaloux contre elle, qui avait été autrefois réprimé, mais qui n'avait jamais été caché. Elle essaya de penser à ce que sa vie serait maintenant que la lumière de l'autre monde ne luirait plus pour elle, que la main sévère de la Providence offensée était étendue au-dessus de sa tête, et que George Duke regardait avec plaisir et couvait des yeux son angoisse, jusqu'à ce qu'elle descendît au tombeau pour subir le supplice éternel mérité par ses péchés.

La pensée de toutes ces choses la rendait presque folle. Elle ouvrit un tiroir du bureau vis-à-vis du foyer. Elle était dans la chambre qui avait été occupée par sa mère et son père, qui n'étaient plus, et elle se rappelait que dans ce tiroir il y avait plusieurs rasoirs qui avaient appartenu au vieux squire. Elle trouva l'étui, elle en prit un, et le tint dans sa main, regardant pendant longtemps la lame étincelante.

« Oh non ! s'écria-t-elle d'un air désespéré ; non…. non…. non !… je ne puis pas mourir avant de m'être repentie de mes péchés. »

Dans sa terreur d'elle-même, et dans son ardeur d'échapper à la tentation en fermant le rasoir, elle fit un mouvement maladroit ; si maladroit qu'avant qu'elle l'eût fermé la lame glissa entre le vieux

manche, et la blessa à la paume de la main. Ce n'é-
tait pas une blessure dangereuse, et elle n'était pas
non plus très-profonde, mais cependant elle était
assez sérieuse pour faire couler le sang sur la lame
et sur le manche du rasoir, sur le parquet en chêne,
dans le tiroir ouvert du bureau, et sur la jupe de la
robe de deuil de Millicent.

Elle remit promptement le rasoir dans l'étui, et
l'étui dans le tiroir, puis, enveloppant sa main dans
un mouchoir de batiste, elle se rassit auprès du foyer
solitaire.

« Oh! si Sally était ici, ma bonne et fidèle Sally,
quelle consolation ce serait pour moi! » dit mistress Duke.

La tranquillité et la solitude de la maison l'étouf-
faient. Elle ouvrit la fenêtre et regarda le jardin
tout couvert de neige. Les légers flocons tombaient
toujours, ils tombaient toujours silencieusement, et
dans un ciel sans étoiles d'épais nuages couvraient le
monde et entouraient la vieille maison comme un
vaste linceul blanc. La fenêtre d'où Millicent regardait était à l'angle de la maison le plus éloigné de la
chambre du jardin, mais elle pouvait voir à l'extrémité de la terrasse la lueur de la fenêtre arrondie
qui se projetait sur la neige.

Cette lueur rouge faisait une petite tache lumineuse sur la terre, et était d'autant plus brillante
que l'obscurité qui l'environnait était plus profonde.

Tandis que Millicent regardait ce petit espace
éclairé, un objet noir le traversa rapidement, et lui
cacha pendant un instant la lumière.

C'était une telle nuit de désolation et de malheur, que cette circonstance, qui, en toute autre occasion, l'aurait alarmée et lui aurait fait supposer qu'il y avait quelqu'un qui rôdait autour de la maison, ne fit aucune impression sur l'esprit effrayé de mistress Duke. Elle ferma la fenêtre, et retournant au foyer elle s'assit de nouveau.

Mais elle trouva la solitude et le silence tout à fait insupportables; elle prit la bougie dans sa main, ouvrit la porte de sa chambre à coucher et, sortant sur le palier de l'escalier, elle écouta.... Elle écouta sans savoir ce qu'elle écoutait.... Elle écouta, espérant peut-être qu'elle entendrait quelque bruit qui romprait ce calme morne et désolant.

Elle pouvait entendre le tic-tac monotome de la pendule dans le vestibule; elle ne pouvait rien entendre, excepté cela.... pas un son, pas un souffle, pas un murmure, pas le plus faible bruit dans la maison.

Tout à coup — jusqu'à son dernier soupir elle ne sut pas comment cette idée lui était venue — elle pensa qu'elle devait aller directement à la chambre du jardin, éveiller George Duke, lui offrir tout l'or qu'elle possédait au monde, et aussi celui qu'elle devait recevoir dans l'avenir, puis le prier de la quitter et Compton aussi pour toujours.

Elle pensa faire appel à sa miséricorde, — ou plutôt à son propre intérêt et à sa cupidité, mais elle savait depuis longtemps combien peu de pitié elle avait à attendre de lui. C'est sous cette impression qu'elle traversa le long corridor qui conduisait à

15

l'autre extrémité de la maison. La porte de la chambre du jardin était fermée; la main droite de Millicent était blessée et enveloppée dans un mouchoir : quelque temps se passa donc avant qu'elle pût venir à bout de tourner le bouton de la porte. Le sang qui avait coulé de la blessure avait traversé le bandage, et laissa des taches rouges sur l'antique bouton de cuivre.

Millicent essaya vainement, peut-être pendant plus de deux minutes, d'ouvrir la porte.

Tout était tranquille dans la chambre du jardin. La lueur du feu brillait en flammes intermittentes qui éclairaient la tapisserie fanée et les tableaux enfumés qui étaient accrochés aux murs. Millicent glissa doucement vers le lit sur lequel le capitaine Duke s'était jeté. Le dormeur reposait la figure tournée vers le feu, et sa main tenait toujours la crosse de son pistolet, — précisément comme il s'était couché une heure auparavant, quand il s'était endormi.

Millicent se rappela comment elle avait vu son frère Ringwood mort et tranquillement étendu dans cette chambre il n'y avait que trois mois. Frappée de respect et de crainte par le souvenir de ce qu'elle allait dire, Millicent s'arrêta entre le chevet du lit et le foyer, se demandant comment elle devait éveiller son mari.

La lueur capricieuse brillait alors sur les cheveux du capitaine, qui flottaient épars sur l'oreiller ; de temps en temps elle brillait sur les doigts blancs qui reposaient sur le pistolet ; de temps en temps elle brillait d'un éclat passager sur la dorure ternie des colonnes du lit ; tantôt elle brillait faiblement sur le plafond, tantôt elle brillait sur le mur. Les yeux fatigués de Millicent suivaient la lumière comme un voyageur égaré, par une nuit sombre, suit un feu follet.

Elle suivit des yeux la lumière partout où elle voulut la conduire, des boucles dorées qui étaient sur l'oreiller à la main qui était sur le pistolet, des colonnes du lit au plafond et au mur, sur le parquet en chêne à côté du lit, et sur une mare noire et liquide qui était là, et qui filtrait lentement à travers le bois noirci par le temps.

La mare noire était du sang, — cette mare devenait à chaque instant plus large, car elle était alimentée par un ruisseau qui coulait silencieusement d'une blessure hideuse qui traversait la gorge du capitaine George Duke, du bon vaisseau le *Vautour*.

Millicent poussa un cri d'horreur, elle détourna la tête, et s'enfuit.

Même dans sa terreur insensée et aveugle, elle se rappela qu'il était plus facile de sortir de cette horrible maison par la porte vitrée qui conduisait au jardin que par l'escalier et le vestibule. Cette porte était dans un enfoncement, devant lequel pendaient des rideaux de tapisserie. Millicent mit vite de côté la tapisserie, ouvrit la porte qui n'était fermée que par un verrou, et descendit rapidement les marches en pierre ; elle marcha dans les allées solitaires, puis après sur le grand chemin.

Elle eut de la neige jusqu'aux genoux tout le temps qu'elle se dirigea en chancelant vers la rue du village ; elle ne sut jamais comment elle avait traîné ses membres durant toute cette longue distance ; mais elle se rappela cependant que les pendules sonnaient trois heures qnand elle frappa à la porte de l'*Ours noir*.

Samuel Pecker, épouvanté par les événements du jour, et encore plus effrayé de ce bruit à cette heure de la nuit, entr'ouvrit la porte, et tenant une bougie à la main, il regarda au dehors.

Il avait ouvert ainsi la même porte à la même visiteuse, plus de sept ans auparavant, par une certaine nuit d'automne, quand Darrell Markham était couché malade et en délire dans la chambre bleue.

« Qui est là ? demanda-t-il en frissonnant de tous ses membres.

— C'est moi.... Millicent.... Laissez-moi entrer.... laissez-moi entrer.... pour l'amour de Dieu, laissez-moi entrer.... »

Il y avait une telle terreur dans la voix de Millicent, qu'elle fit oublier à Pecker sa propre alarme. L'aubergiste céda à cette femme éperdue, comme tous les hommes doivent céder à la puissance d'une forte émotion, et ouvrant tout à fait la porte, il la laissa passer devant lui sans la questionner.

Le vestibule était étincelant de lumière. Darrell Markham, mistress Pecker, et les domestiques étaient descendus à moitié déshabillés ; chacun portait une bougie allumée. La soirée avait été pleine d'agitation et de trouble, personne n'était bien endormi, et tous avaient été réveillés par les coups frappés à la porte.

Aucune ombre qui n'est pas de ce monde, aucun fantôme, aucun revenant nouvellement ressuscité dans les draps mortuaires d'un mort, n'auraient pu frapper de plus d'horreur l'esprit de ces personnes que la figure de Millicent Duke, debout au milieu d'eux, la chevelure en désordre, mouillée par la neige fondue, les vêtements mal attachés, traînant derrière elle, souillés et tachés de sang. Ses yeux étaient ouverts avec la même expression d'étonnement et d'effroi qu'ils avaient quand elle avait regardé l'homme assassiné, et sa main blessée, dont le mouchoir était tombé, était rougie par des taches hideuses.

Elle se tint debout au milieu d'eux pendant quelques moments sans les regarder et sans leur parler ; mais ses yeux avaient toujours ce regard fixe de crainte et d'horreur, et sa main blessée tâtait son front, de sorte que son front et ses cheveux étaient souillés par des taches sanglantes pareilles aux autres.

La figure pâle, d'une pâleur aussi livide et aussi affreuse que celle de Millicent, Darrell Markham la regarda, tout à fait incapable de lui parler ou de la questionner. Sarah Pecker fut la première à retrouver sa présence d'esprit.

« Miss Milly, dit-elle en essayant de prendre dans ses bras la pauvre femme, presque folle, qu'est-ce qu'il y a ?... qu'est-ce qui est arrivé ?... dites-le-moi, ma chère enfant !... »

Au son de cette voix familière, les yeux fixes de Millicent se tournèrent vers celle qui avait parlé, et Millicent éclata d'un rire long et histérique.

« Grand Dieu! s'écria Darrell, cet homme l'a rendue folle!

— Oui, folle! répliqua Millicent, folle!... Qui peut s'étonner de cela?... Il est assassiné.... Je l'ai vu de mes propres yeux.... Sa gorge était coupée depuis une oreille jusqu'à l'autre, et le sang coulait lentement de la blessure pour agrandir la mare noire sur le parquet.... Oh!... Darrell!... Sarah!... ayez pitié de moi.... avez pitié de moi.... »

Elle tomba à genoux en levant ses mains jointes.

« Calmez-vous, ma chère, calmez-vous, dit mistress Pecker en essayant de la relever. Vous voyez, ma chérie, que vous êtes avec ceux qui vous aiment.... avec master Darrell et avec votre fidèle vieille Sally.... et tous ceux qui sont ici sont vos amis. Qu'est-ce que c'est?... Qu'est-ce qu'il y a?... Qui est assassiné?...

— George Duke.

— Le capitaine a été assassiné?... Mais qui l'a assassiné?... Qui aurait pu faire une chose si affreuse? »

Elle remua la tête, mais ne fit aucune réponse.

Darrell prit alors la parole pour la première fois.

« Emmenez-la en haut, dit-il à mistress Pecker à voix basse. Pour l'amour de Dieu, emmenez-la en haut! Ne lui faites point de questions, mais séparez-la de toutes ces personnes, si vous l'aimez. »

Sarah obéit, et ils la portèrent tous les deux en haut dans la chambre où Darrell s'était couché. Quelques cendres chaudes brûlaient toujours dans la grille, et le lit était à peine dérangé, car le jeune homme s'était jeté tout habillé sur la couverture. Sarah Pecker posa Millicent sur le lit, pendant que Darrell ralluma le feu de ses propres mains.

En entrant dans la chambre, il avait pris la précaution de fermer la porte à clef, de sorte qu'ils étaient certains de ne pas être dérangés, mais ils pouvaient entendre les voix confuses des domestiques de l'aubergiste.

Mistress Pecker s'occupa d'ôter les souliers mouillés de Millicent, et de baigner son front.

« Il y a du sang sur son front! dit-elle, et du sang sur ses habits! la pauvre chérie! qu'a-t-on pu lui faire? »

Darrell Markham posa sa main sur son épaule, et la femme de l'aubergiste s'aperçut que cet homme si fort tremblait violemment.

« Écoutez-moi, Sarah, lui dit-il, quelque chose d'horrible est arrivé au manoir. Dieu seul sait ce que c'est, car cette pauvre fille, qui est à présent presque folle, n'en peut presque rien dire. Il faut que j'aille avec Samuel voir ce que c'est…. Rappelez-vous qu'il ne faut permettre à personne d'entrer dans cette chambre, excepté à vous, pendant que je serai absent. Vous comprenez, n'est-ce pas?

— Oui!… oui!…

— Vous veillerez vous-même sur ma malheureuse cousine, et vous ne permettrez à aucun être humain de la voir?

— Non, master Darrell.

— Et vous-même, vous ne la questionnerez pas, et si elle essaye de parler, vous l'empêcherez de parler.

— Oui, oui, la pauvre chérie, » dit Sarah se penchant tendrement sur Millicent qui reposait sur le lit.

Darrell Markham resta encore un instant pour regarder sa cousine. C'était difficile de dire si elle avait sa connaissance ou non; ses yeux étaient à demi-ouverts, mais ils regardaient sans voir, et elle paraissait ne rien comprendre à ce qui se passait autour d'elle; sa tête reposait sur l'oreiller, ses bras pendaient impuissants à ses côtés, et elle ne faisait aucun effort pour se remuer quand Darrell se détourna du lit pour quitter la chambre.

« Vous reviendrez quand vous aurez découvert...?

— Ce qui est arrivé là-bas?... Oui, Sarah, je reviendrai tout de suite. »

Il descendit l'escalier, et dans le vestibule il trouva un des constables du village, qui demeurait à côté de l'*Ours noir*, et qui avait été éveillé par un valet d'écurie officieux, qui était désireux de se distinguer dans cette affaire.

« Savez-vous quelque chose, master Darrell? demanda cet homme.

— Je ne sais rien de plus que ce que ces gens peuvent vous en dire, répliqua Darrell; j'allais justement au manoir pour voir ce qui est arrivé.

— Bien ! j'irai avec Votre Honneur, si cela ne vous dérange pas.... Quelqu'un veut-il aller me chercher une lanterne ? »

Cette demande étant un peu vague, tout le monde y répondit, et toutes les lanternes qu'on put trouver dans l'établissement furent immédiatement mises à la disposition du constable.

Ce fonctionnaire en choisit une pour lui, et en donna une autre à Darrell.

« Maintenant, master Markham, dit-il, plus tôt nous partirons, mieux cela sera. »

Mais l'officieux garçon d'écurie qui avait éveillé le constable, et les autres domestiques de l'*Ours noir*, n'avaient aucune envie d'être privés de leur part dans l'affaire, et ils se formèrent en une espèce de cortége improvisé, armés de deux espingoles rouillées et du tisonnier de la cuisine, dans l'intention de suivre Darrell et le constable, quand celui-ci se tourna brusquement vers eux et leur adressa la parole en ces termes :

« Maintenant, voyons, dit-il, nous n'avons pas besoin que vous vous traîniez derrière nous dans le village avec vos armes à feu, en désobéissant à la loi sur les émeutes. Quel que soit le malheur qui puisse être arrivé là-bas, moi et M. Markham nous sommes assez grands et assez forts pour l'examiner sans votre aide. »

Sur ces observations peu cérémonieuses, le constable ferma la porte de l'*Ours noir* sur le maître de l'auberge et sur ses domestiques, et marcha à grands pas dans la neige, suivi par Darrell Markham.

Aucun des deux hommes ne prononça une seule parole en allant au manoir; une fois seulement le constable demanda de nouveau à Darrell s'il savait quelque chose sur cette affaire, et Darrell répondit encore, comme il avait déjà répondu, qu'il n'en savait pas le premier mot. La lumière de la fenêtre ronde et sans volets de la chambre du jardin leur indiqua de loin la maison. Cette lumière était celle de la bougie de Millicent, qui brillait toujours où elle l'avait posée avant de découvrir le meurtre.

« Nous aurons de la peine à entrer, dit Darrell, lorsqu'ils marchèrent à tâtons vers la terrasse, car le seul domestique que j'aie vu dans la maison était une vieille femme sourde, et je doute que mistress Duke l'ait réveillée.

— Mistress Duke est alors sortie de la maison quand le crime a été commis, et elle est accourue directement à l'*Ours noir?*...

— Je le crois.

— C'est extraordinaire qu'elle n'ait pas couru chez ses voisins les plus proches pour demander du secours. L'*Ours noir* est éloigné de plus d'un mille et demi d'ici, et il y a des maisons qui ne sont qu'à un quart de mille. »

Darrell Markham ne fit aucune réponse.

« Regardez là-bas, dit le constable; nous n'aurons point de difficulté pour entrer.... il y a une porte au haut de cet escalier. »

Et il indiqua de sa main la porte vitrée de la chambre du jardin, que Millicent avait laissée à moitié ouverte quand elle s'était enfuie. La lumière qui brillait à travers l'ouverture projetait une raie lumineuse sur les marches couvertes de neige.

La neige tombait toujours, et en tombant toujours dans cette longue nuit, elle effaçait les traces des pas aussitôt qu'elles étaient faites.

« Savez-vous dans quelle chambre le meurtre a été commis, master Darrell ? demanda le constable, pendant qu'ils montaient l'escalier.

— Je n'en sais pas davantage que vous. »

Le constable poussa la porte, et les deux hommes entrèrent dans la chambre.

La bougie avait brûlé, et elle était au même endroit où Millicent l'avait laissée, sur une table près de la fenêtre. Le rideau en tapisserie était tiré à côté de la porte, comme elle l'avait tiré dans sa terreur, et il retombait en plis épais. La mare noire entre le lit et le foyer s'était élargie, mais le foyer était froid et sombre, et le lit où George Duke s'était couché était vide.

Il était vide. L'oreiller sur lequel sa tête avait reposé était là, taché de son sang. La crosse de pistolet sur laquelle ses doigts avaient reposé était toujours visible sous l'oreiller. Des taches de sang souillaient les draps du lit; mais excepté cela il n'y avait rien.

« Il est sans doute descendu de son lit et s'est traîné dans une autre chambre, » dit le constable.

Et, prenant la bougie de sa lanterne, il la mit dans le chandelier que Millicent avait laissé.

« Il faut que nous examinions la maison, monsieur Markham, » ajouta-t-il ensuite.

Avant de quitter la chambre du jardin, il ferma la porte vitrée au verrou, puis, suivi de Darrell, il entra dans le corridor.

Ils examinèrent toutes les pièces de cette grande et triste maison, mais ils ne trouvèrent nulle trace du capitaine du *Vautour*. Les yeux perçants du constable observèrent tout, et, parmi d'autres choses, il prit note du tiroir à moitié ouvert dans le bureau de la chambre que Millicent avait récemment occupée. Dans ce tiroir, à moitié ouvert, il ne trouva rien que l'étui et les rasoirs qu'il mit dans sa poche.

« Qu'avez-vous besoin de ces rasoirs? demanda Darrell.

— Il y a des taches de sang sur l'un d'eux, monsieur Markham. On en aura besoin quand cette affaire sera examinée. »

Dans une des chambres, ils trouvèrent la vieille femme de charge, mistress Meggis, qui ronflait paisiblement, ignorante de ce qui s'était passé; et, comme il leur sembla qu'ils ne pourraient rien apprendre d'elle, ils ne l'éveillèrent pas, mais la laissèrent à son repos.

Les bouteilles vides, avec leurs goulots cassés, et le grand chandelier en argent, étaient sur la table de chêne dans le parloir, tels que le capitaine Duke les avait laissés quand il était allé se coucher. La porte du vestibule était fermée par les verrous massifs exactement comme après le départ de la femme de charge. Nulle part il n'y avait le moindre signe de vol ni de violence, si ce n'est la mare de sang dans la chambre du jardin

« Qui que ce soit qui ait fait le coup, dit le constable, cet assassinat n'a pas eu le vol pour mobile. Il y a plus qu'un brigandage au fond de tout
ceci. »

Ils allèrent encore une fois à la chambre du jardin, et le constable en fit lentement le tour en regardant toutes choses.

« Je voudrais bien savoir ce que sont devenus les
habits du capitaine? » dit-il en s'enveloppant dans
son manteau et en regardant le lit d'un air pensif.

On pouvait, en effet, observer qu'aucune trace
des vêtements du capitaine George Duke ne paraissait dans la chambre.

CHAPITRE XIX.

APRÈS LE MEURTRE.

L'aube froide et obscure de janvier commençait à
paraître à Compton-des-Bruyères. La neige tombait
toujours, et, en tombant pendant toute la nuit, elle
avait fait des choses étranges dans l'obscurité. Elle
avait enseveli le vieux village et en avait laissé
un nouveau à sa place; un monceau indistinct de
bâtiments dont les toits et les pignons étaient
tellement couverts de neige, que les habitants de

Compton reconnaissaient à peine les contours de leurs propres maisons.

La diligence qui passait par Compton en allant vers Marley avait été arrêtée par la neige à quelques milles de distance. Les chariots et les fourgons des voituriers qui avaient l'habitude de venir au village étaient obligés, par le mauvais temps qu'il faisait, de rester dans les bourgs éloignés. Il n'y avait qu'un petit nombre de cavaliers sur les chemins, et ceux qui étaient assez hardis pour braver les dangers du voyage payaient très-cher leur témérité. Il n'y avait point de communication entre Compton et le monde extérieur, et Compton devait vivre de ses propres ressources, ce matin froid et clair qui succéda à cette nuit où il avait neigé sans interruption : mais Compton avait de quoi causer et à quoi penser dans ses propres limites, — tant, en vérité, qu'on s'aperçut à peine que la diligence n'était pas arrivée, ni que c'eût été une espèce de plaisir solennel et triste de raconter l'événement terrible aux voyageurs, et de regarder avec attention les figures effarées lorsqu'ils auraient entendu la nouvelle! Un meurtre avait été commis à Compton-des-Bruyères. A ce simple village du Cumberland, dont les annales, jusqu'à présent, n'avaient jamais été souillées ainsi par le crime le plus odieux de tous les crimes, — un meurtre avait été commis dans le silence d'une longue nuit d'hiver, sous ce rideau blanc et semblable à un linceul de neige un meurtre tellement enveloppé de mystère, que les personnes les plus sages de Compton étaient

confondues dans les efforts qu'elles faisaient pour
en comprendre la signification.

Dès que ce matin d'hiver commença à paraître,
tous les habitants de Compton connaissaient le crime
qui avait été commis. Personne ne savait comment
on en avait entendu parler ni qui l'avait dit; mais
toutes les bouches étaient occupées à faire des
conjectures et toute figure était chargée d'une importance solennelle, comme si elle eût voulu
dire :

« Je suis le seul individu dans le village qui connaisse la vraie histoire; mais j'ai reçu des ordres
d'une autorité supérieure, et je serai muet. »

Tous les habitants de Compton, à l'exception d'une
vieille femme alitée depuis l'enfance de Millicent
Duke, et la femme du curé, qui ne pouvait pas
quitter ses sept enfants, vinrent contempler le Manoir dans la matinée. Il semblait que l'idée dominante était qu'il devait s'être produit un grand
changement même dans le bâtiment, et les jeunes
gens avides d'horreurs furent très-désappointés
quand ils trouvèrent les briques et le mortier dans
leur état normal. De plus, tout le monde allait au
Manoir avec l'intention d'examiner l'intérieur de
la maison et de chercher le cadavre du capitaine
Duke; ils pensaient tous être individuellement des-
tinés à le trouver. Ce n'était donc pas ensuite une
petite mortification de découvrir que la maison et
les portes mêmes qui conduisaient au parc et au
jardin étaient complétement barricadées, et que
personne, excepté quelques heureuses connaissances

du constable, cet être privilégié, n'obtenait la permission d'entrer.

Le constable avait installé son quartier général
au manoir pour quelque temps, et il s'était assis
dans le petit parloir en chêne avec une dignité so-
ennelle, parlant de temps en temps aux agents
subalternes qui étaient occupés, selon l'opinion générale de Compton, à chercher le cadavre.

A cause de cette idée dominante, ces dignes agents
avaient assez de peine à faire leur ouvrage, car,
lorsqu'ils sortaient des grandes portes, quelque ha-
bitant du Cumberland leur dressait des embûches
et les arrêtait, empressé de savoir s'ils avaient enfin
trouvé l'objet de leurs recherches.

L'anxiété causée par l'impossibilité de trouver le
cadavre était la circonstance la plus intéressante
pour les habitants de Compton. Quantité de ces gens
pleins de zèle qui se mêlent de tout faisaient des
recherches non autorisées dans toutes les directions
les plus invraisemblables : dans les cheminées et
dans les armoires des maisons non habitées, dans
les appentis, dans les étables à cochons, dans les
écuries et dans les champs éloignés, où la neige
leur montait jusqu'à la ceinture, et ils couraient
risque à chaque instant de tomber subitement dans
des trous imprévus; ils allaient aussi dans le cimetière; de plus quelques-uns des plus ardents allèrent
même jusqu'à demander les clefs de l'église, afin
de chercher le capitaine Duke dans l'armoire de
la sacristie, où un assassin adroit aurait pu le cacher derrière le surplis du curé.

Mistress Meggis, la femme de charge sourde, était peut-être la seule personne de Compton qui fût tout à fait indifférente à l'événement funeste qui était arrivé. Le constable fit quelque faible tentative de lui dire ce qui s'était passé, quand il l'éveilla au point du jour; mais il était évident que les nouvelles ne pénétraient pas la stupide obscurité de son intelligence, car elle répliqua seulement :

« Ce n'est pas étonnant à cette époque de l'année, et c'est de saison, monsieur, c'est bien de saison, quoique ce soit très-mauvais pour les vieillards qui ont des engelures et qui sont sujets aux rhumatismes. »

Le constable conclut d'après cela qu'elle s'imaginait qu'il parlait du temps neigeux. Quelque espérance qu'il eût pu avoir d'arriver à la vérité fut vite dissipée, de sorte qu'ayant fermé à clef la porte de cette chambre du jardin où la mare sanglante était à peine sèche, il ordonna à mistress Meggis de reprendre ses occupations journalières et de lui allumer du feu dans le parloir en chêne.

Il alla de bonne heure à l'*Ours noir* pour demander un moment d'entretien à mistress George Duke, et pour entendre sa déposition sur le meurtre, mais Sarah veillait sur Millicent; et elle, Darrell, et le chirurgien du village protestèrent tous et s'opposèrent à ce qu'on questionnât la malheureuse femme avant qu'elle se fût un peu remise du choc qui l'avait abattue, de sorte que le constable fut obligé de se retirer après avoir donné quelques ordres bien bas à l'oreille des agents qui, le nez rouge, les

lèvres bleues et frissonnant de froid, flânèrent autour de l'*Ours noir* pendant tout ce jour.

Millicent n'était vraiment pas en état d'être interrogée : elle était toujours dans le même engourdis-
sement et le même abattement qui l'avait saisie
entre trois et quatre heures du matin. Sarah Pecker
et Darrell Markham la veillèrent tendrement toute
la journée, et ils ne pouvaient pas dire si elle savait
qu'ils étaient là : elle ne disait rien, mais quelquefois elle remuait la tête de côté et d'autre en gé-
missant. Ce fut un jour de supplice cruel et amer
pour Darrell Markham. Il ne quittait pas sa place
à côté de son lit, il levait la tête de temps en temps,
quand Sarah revenait après avoir quitté la chambre,
et lui demandait ce qui se passait en bas, et il s'in-
formait aussi avec anxiété si l'on avait découvert
quelque chose du meurtre.... si l'on avait trouvé
l'assassin ou le cadavre.

Quelque triste pensée qu'il eût dans l'esprit, pendant qu'il resta pâle et anxieux, à côté du lit, depuis
la première faible lueur grise de l'aube jusqu'aux
ombres noires qui, s'accumulant sur la vaste étendue des marais, cachaient la campagne dénudée qui
était devant les fenêtres et glissaient dans les coins
de la chambre, — quelque pensée qu'il eût dans
l'esprit pendant sa veille patiente, il la garda se-
crète, et ne prit pas même pour confidente la bonne
et dévouée maîtresse de l'*Ours noir*. L'absence du
corps de l'homme qu'on supposait avoir été assassiné était une source inépuisable d'étonnements
et d'embarras pour l'honnête Samuel Pecker. Il

demanda plusieurs fois à des pratiques curieuses
qui vinrent à l'*Ours noir* prendre un verre de bière
et apprendre tous les détails qu'ils pouvaient y
trouver, — car, après le manoir de Compton, l'*Ours
noir* était certainement le quartier général du
meurtre, — il demanda à tous ces clients comment
il pouvait y avoir un meurtre sans un cadavre, quand
le signe principal d'un meurtre est toujours le cadavre?

Ceci menait à une grande discussion d'une opinion dominante à Compton, à savoir que le capitaine Duke s'était coupé la gorge, et qu'il avait
marché lentement jusqu'à un certain chemin de
traverse où l'on pouvait rencontrer tous les matins,
à trois heures et demie, la malle-poste de Carlisle.
D'autres affirmaient que c'était plus que probable
que le capitaine, avec une grande balafre dans la
gorge, et rendu muet par la perte de son sang, se
cachait quelque part près de Compton; et des personnes timides avaient peur d'aller dans les chambres solitaires, de crainte d'y rencontrer soudain la
figure hideuse du capitaine George Duke se baissant
dans quelque coin obscur.

Les ombres s'accumulaient noires et épaisses sur
les landes, et le manoir de Compton, couvert de
neige depuis la base jusqu'au faîte du toit du pi-
gnon, avait l'air de quelque demeure fantastique
qu'on ne pouvait que faiblement distinguer à travers l'obscurité. Les agents rendaient compte de
leurs recherches dans le parloir de chêne où le
constable était assis auprès d'un feu flamboyant

de charbon de terre prenant au crayon des notes sur un portefeuille gras et pléthorique, mais ils ne pouvaient fournir nul indice de l'endroit où était le capitaine du *Vautour*, ni donner aucune preuve qu'il fût mort ou vivant.

Il faisait tout à fait nuit quand le constable, après avoir fermé les portes des principales chambres de la vieille maison et mis les clefs dans sa poche, donna des ordres sévères à mistress Meggis de ne laisser entrer personne, et de tenir la maison bien barricadée. A force de persévérance, il vint à bout de lui faire comprendre cela, puis, lui faisant un signe de tête d'un air aimable, il la quitta pour la nuit. Elle était heureusement ignorante de ce qui s'était passé récemment sous le toit qui l'abritait, car sans cela sa nuit n'eût été qu'une longue veille.

Du manoir, Hugh Martin, le constable, se rendit directement à une maison éloignée d'un demi-mille, qui était habitée par un digne gentleman, magistrat de la province, appelé Montague Bowers. C'était un homme tout différent du magistrat devant lequel, sept années auparavant, Darrell Markham avait accusé le capitaine Duke d'un vol de grand chemin.

Dans le salon particulier, le cabinet, ou le *sanctum sanctorum*, de M. Bowers, Hugh Martin, rendait ses comptes, et il entrait dans tous les détails de ce qu'il avait fait dans la journée.

» J'ai fait tout ce que vous m'avez dit ce matin, monsieur, disait-il. J'ai attendu pendant tout le jour et j'ai tout gardé secret, en même temps je les ai guettés là-bas : mais je ne vois qu'un moyen, et je ne pense pas que nous en ayons un autre que de faire ce que nous avons dit ce matin. »

Hugh Martin resta enfermé avec le magistrat. Quelque temps après cela, et quand il quitta la demeure de M. Bowers, il se dirigea en grande hâte vers le village dont il suivit la grande rue jusqu'à ce qu'il arriva à la porte de l'*Ours noir*. Dans le large espace qui était devant l'hôtellerie, il rencontra un homme qui flânait par cette froide soirée comme si c'était une soirée d'été, dont l'atmosphère même fut une tentation à la paresse. Cet homme n'était nul autre que l'agent au nez rouge et aux lèvres bleues qui avait rôdé toute la journée dans le voisinage de l'*Ours noir*. Il était constable lui-même, mais dans une position si inférieure qu'on le regardait seulement comme un aide ou un satellite de l'autre. Il était néanmoins fort utile dans un combat avec les braconniers pour être jeté par terre avec la crosse d'un fusil avant que la véritable affaire ne commençât; il était assez propre à chasser un jeune étourdi rebelle qui avait jeté des pierres aux oies dans l'étang du village, ou à emmener un âne errant à la fourrière pour y être gardé jusqu'à ce qu'on vînt le réclamer, ou pour conduire un ivrogne au poste, mais il n'était propre à rien de plus important.

« Est-ce que tout va bien, Bob? demanda M. Hugh Martin à cet individu.

— A merveille!

— Quelqu'un a-t-il quitté l'auberge?

— Mais Pecker lui-même est entré et sorti, il a
marché çà et là, de côté et d'autre, en babillant et
en caquetant comme une vieille pie, mais voilà tout ;
et, à présent, il est bien installé dans son comptoir.

— Personne que lui n'a quitté la maison?

— Personne!

— C'est très-bien. Il faut que vous ayez l'œil au
guet, et, si j'ouvre une des fenêtres du premier et
si je siffle, vous saurez que j'ai besoin de vous. »

L'apparition du constable causa une grande agitation parmi les flâneurs du comptoir de l'*Ours
noir*. Ils l'entourèrent, et ils étaient si désireux de
savoir les nouvelles qu'ils le jetèrent presque par
terre.

Qu'avait-il découvert? Qui avait commis le crime?
Quel avait été le motif? Avait-il trouvé l'arme?
Avait-il trouvé le cadavre? Avait-il trouvé l'as-
sassin ? »

M. Hugh Martin poussa tous ces ardents ques-
tionneurs de côté sans la moindre cérémonie et,
allant directement au comptoir, il adressa la parole
à Samuel Pecker.

« M. Markham est en haut, n'est-ce pas? demanda-t-il.

— Il est dans la chambre bleue, le pauvre cher
monsieur.

— Il est avec sa cousine ?

— Oui!

— Je m'en vais monter en haut, Pecker, car j'ai
quelques mots à lui dire sur cette affaire. »

Les spectateurs s'étaient approchés si près de

M. Hugh Martin qu'ils avaient entendu chaque syllabe de ce petit entretien.

« Il a tout découvert, dirent-ils, quand le constable fut monté en haut : et il est allé le dire à M. Markham.... très-bien.... il a bien raison, sans aucun doute. »

Pensant que ce n'était pas improbable qu'ils eussent un intérêt quelconque dans les nouvelles que le constable venait d'apporter à la chambre bleue, ils attendirent avec patience au bas de l'escalier le retour de Hugh Martin.

Dans la chambre bleue, la tête blonde de Millicent reposait sur la large épaule de Sarah Pecker. Millicent était étendue sur un grand sopha qui avait été tiré près du feu ; à côté d'elle il y avait une table sur laquelle était un plateau où il y avait des tasses et des soucoupes en porcelaine avec le vieux dessin du dragon. Darrell Markham était assis de l'autre côté de la cheminée ; il regardait sa cousine toujours avec l'œil fixe et le même regard attentif qu'on avait pu observer sur sa figure pendant tout ce jour. Millicent les avait reconnus, et elle avait causé avec eux durant cette dernière demi-heure ; elle leur avait raconté en peu de mots les événements de la nuit passée, comment elle était allée dans la chambre à coucher de George Duke avec l'intention de s'en remettre à sa miséricorde, et comment elle l'avait trouvé mort, la gorge coupée depuis une oreille jusqu'à l'autre !

Sarah avait ôté la robe tachée de sang que mistress Duke portait, et elle l'avait enveloppée dans quelques-uns de ses propres vêtements qui tombaient autour de sa taille si mince en plis épais et grossiers; mais on avait ôté de ses mains et de son front les horribles taches de sang, et il ne restait rien maintenant sur elle pour indiquer les horreurs par lesquelles elle avait passé.

Mistress Pecker tenait une tasse aux lèvres de Millicent, et la suppliait de boire, quand Darrell s'élança de sa chaise, et courut à la porte pour écouter quelque bruit venant du dehors.

« Qu'est-ce que cela? » s'écria-t-il.

C'était le bruit des pas d'un homme qui montait l'escalier; c'était les pas de M. Hugh Martin, le constable.

La figure de Darrell devint encore plus pâle qu'elle ne l'avait été pendant toute cette journée; il se retira en retenant son haleine, et terriblement calme et effrayant à voir. Le constable frappa à la porte, et, sans attendre une réponse, il entra dans la chambre.

Hugh Martin portait à la main un certain document à aspect officiel; ainsi armé, il traversa tout droit la chambre; et, s'arrêtant devant le sopha où Millicent était assise, il lui dit:

« Mistress Millicent Duke, vous êtes ma prisonnière, au nom du Roi; vous êtes accusée de meurtre prémédité sur la personne de votre mari, le capitaine George Duke, du vaisseau le *Vautour*. »

Darrell Markham se jeta entre sa cousine et le constable.

« Vous l'arrêtez !... s'écria-t-il. Vous allez arrêter

cette faible enfant qui a été la première à apporter les nouvelles du meurtre?...

— Doucement, monsieur Markham, doucement, monsieur, reprit le constable, qui, ouvrant la fenêtre la plus voisine, siffla celui qui veillait au-dessous. Je suis très-fâché que cette mission soit tombée sur moi, mais il faut que je fasse mon devoir. Mes ordres m'obligent à vous arrêter aussi bien que mistress Duke. »

CHAPITRE XX.

AVANT LE JUGEMENT.

On conduisit Millicent et Darrell à un bâtiment triste et délabré qu'on appelait la prison; ce bâtiment n'était habité que très-rarement, par quelque vagabond qu'on avait trouvé coupable du crime de n'avoir rien à manger, ou par quelque autre délinquant plus commun, tel qu'un braconnier qui avait été pris sur le fait, tuant des lièvres et des faisans sur une propriété du voisinage.

C'est à ce triste endroit que Hugh Martin, le constable, et son agent Bob, conduisirent la douce mistress George Duke, qui avait été élevée avec tant de soin, et le seul privilége que les supplications

16

de Darrell et de Sarah Pecker purent obtenir pour elle fut la permission que le constable accorda à Sally de rester toute la nuit dans le cachot avec la prisonnière.

Darrell pria Hugh Martin de les mener directement à la maison de M. Montague Bowers, afin que, s'ils étaient obligés de subir un examen, cela pût avoir lieu cette nuit même. Mais le constable secoua la tête sérieusement, et dit que M. Bowers avait décidé d'attendre jusqu'au lendemain. Millicent et Sarah passèrent cette longue et triste nuit dans une chambre dévastée qu'on avait divisée en deux au moyen d'une mince cloison de bois pour le bien-être des prisonniers, quand il y en avait beaucoup. Une fenêtre garnie de barres de fer rouillé les séparait seulement de la rue du village. Elles pouvaient voir les faibles lueurs des fenêtres des chaumières qui paraissaient indistinctement à travers les carreaux malpropres, et elles pouvaient entendre de temps en temps les pas d'un piéton qui faisaient craquer la neige sous ses pieds.

Millicent était couchée sur un grabat devant cette fenêtre ; elle écoutait le bruit des pas des allants et des venants, en se rappelant combien de fois elle avait passé devant ce bâtiment sombre sans penser à ceux qui étaient dedans. Elle frissonnait en regardant les taches humides et difformes qui se voyaient sur les murs et qui, à la faible lueur d'une chandelle, ressemblaient à de laides figures ; elle se rappelait combien de pauvres créatures s'étaient couchées là pendant de longues nuits d'hiver sem-

blables à celle-ci, et elle se figurait voir des visages
affreux dans ces taches et ces lignes tortues, et elle
comptait les toiles d'araignées qui pendaient du
plafond.

C'était extraordinaire de voir combien depuis son
arrestation, et depuis qu'elle avait été mise dans
cette étroite prison, Millicent Duke paraissait retrouver la douceur qui lui semblait si naturelle.
Avant cela elle avait été surexcitée, mais alors elle
était tout à fait calme, et elle s'était recueillie.

J'ai déjà dit que sa nature était une de ces na-
tures qui s'élèvent avec l'occasion ; quoiqu'elle fût
timide et concentrée, elle aurait pu dans certain cas
devenir une héroïne. Non certainement une Jeanne
d'Arc, ni une Charlotte Corday, ni aucun être aussi
énergique, mais une martyre douce et sainte du
vieux temps des guerres de religion, et prête à subir
la mort sans murmurer.

Elle mit ses bras autour du cou de mistress Pecker, et embrassa tendrement cette excellente femme.

« Tout sera éclairci à la fin, ma chère Sarah, dit-
elle. On ne pourra jamais me croire coupable de ce
crime, jamais.... jamais.... On cherche le véritable
assassin, peut-être cette nuit même, pendant que je
suis couchée ici. Le bon Dieu, qui sait que je suis
innocente, ne me laissera jamais souffrir.

— Il ne vous laissera pas souffrir. Non.... non....
non.... ma chérie, non !... » s'écria Sarah fondant
en larmes, et serrant Millicent sur son cœur.

Sarah se rappela avec un frisson combien de
pauvres malheureux souffraient à cette époque, et

qu'il se passait à peine une semaine sans qu'il y eût
une exécution à Carlisle. Comment pouvait-elle
savoir si tous ceux qui mouraient de cette mort
ignominieuse étaient coupables des crimes pour
lesquels ils étaient mis à mort? Elle n'y avait jamais
pensé jusqu'alors ; elle avait toujours cru que les
juges ou les jurés savaient bien ce qui devait être
fait et que ces exécutions étaient faites pour le bien
de la nation.

« Oh ! miss Milly !... miss Milly !... pourquoi n'é-
tais-je pas avec vous la nuit passée? dit-elle. L'idée
m'était venue d'aller au Manoir après que M. Darrell vous avait quittée; mais je savais que je n'étais
pas une des favorites du capitaine Duke, et j'ai
pensé que, si je venais, cela le mettrait encore plus
en colère contre vous. »

On entendit le dernier pas sur la neige; les dernières lumières vacillantes disparurent dans la rue
du village. La longue nuit d'hiver, qui semblait
presque éternelle aux deux femmes, se passa, et
l'aube triste du jour se présenta pâle et blême à
travers les fenêtres grillées de la geôle de Compton.

Une voiture qu'on avait louée à l'*Ours noir* conduisit les deux prisonniers à la maison du magistrat. La famille déjeunait quand ils arrivèrent,
et ils entendirent les voix et le babil des enfants
quand ils traversèrent le vestibule, avant d'entrer
dans le cabinet du magistrat. La salle d'audience
était une pièce sombre éclairée par deux fenêtres
étroites, et les meubles consistaient en chaises en
chêne à dossiers élevés, entourant une table, et en

une pendule solennelle qui naturellement devait glacer de terreur le cœur d'un criminel.

Millicent et Darrell avec Hugh Martin, le constable, et Sarah Pecker, attendirent là l'arrivée de M. Montague Bowers, le magistrat.

Il y avait plusieurs personnes qui flanaient dans le vestibule, et qui se rassemblaient autour de la porte de cette chambre; elles étaient persuadées qu'elles savaient quelque chose sur la disparition du capitaine Duke, et qu'elles étaient appelées à servir l'État en cette circonstance. Le valet d'écurie qui avait éveillé le constable, une demi-douzaine d'hommes qui avaient aidé dans les inutiles recherches faites pour trouver le cadavre, une femme qui avait amené mistress Meggis, la gouvernante sourde, et bien d'autres qui n'y avaient également rien à faire, étaient là. Il y eut un sentiment général de désappointement, et l'on parla d'injustice quand M. Bowers, laissant son déjeuner, choisit parmi la foule des gens qui étaient dehors, et ordonna à l'aubergiste de le suivre. Il entra dans la chambre de justice et ferma la porte sur tous les autres.

« Voyons, monsieur Pecker, dit le juge en s'asseyant à la table en chêne et en trempant sa plume dans l'encre, qu'avez-vous à dire sur cette affaire? »

Ainsi soudainement et brusquement interpellé, Samuel Pecker n'avait que très-peu de choses à dire; tout ce qu'il put faire fut de respirer avec peine et de tortiller ses manchettes plissées — il

avait mis ses habits du dimanche en l'honneur de
l'occasion — et de regarder d'un œil fixe le greffier
du juge qui était assis la plume à la main, prêt à
écrire la déposition de l'aubergiste.

« Voyons, monsieur Pecker, dit le juge, qu'avez-
vous à dire sur cette affaire de l'homme qu'on ne
peut pas retrouver? »

Samuel se gratta la tête d'une manière vague et
regarda d'un air de supplication sa femme, qui était
assise à côté de mistress Duke, pleurant à chaudes
larmes.

« Vous voulez dire celui qui a été assassiné? in-
sinua mistress Pecker.

— Je veux dire le capitaine George Duke, répliqua le juge.

— Ah! voilà ce que c'est, s'écria l'homme embarrassé, voilà justement ce que c'est. Le capitaine
George Duke.... très-bien.... mais lequel des
deux?... Celui qui m'a demandé de lui indiquer
quel chemin il fallait prendre pour aller à Marley....
Il était à cheval, il y a eu sept ans de cela le mois
d'octobre passé, vous vous en souvenez, master
Darrell, car vous étiez là à ce moment-là, dit l'aubergiste adressant la parole à un des accusés. Celui
que miss Millicent a vu sur la jetée de Marley par le
clair de la lune quand minuit sonnait aux horloges?... celui qui est venu avant-hier à l'*Ours noir*
à trois heures après midi, ou celui qui a bu et payé
un verre de cognac entre huit et neuf heures du
soir, et qui a laissé dans nos écuries un cheval
qu'on n'a jamais réclamé depuis. »

M. Montague Bowers regarda le témoin d'un air
désespéré.

« Qu'est-ce que c'est que cela?... demanda-t-il; et
dans son étonnement il regarda Sarah et les prisonniers; au nom de Dieu, qu'est-ce que cela veut dire? »

Sur ce M. Samuel Pecker donna tous les détails
de ce qui était arrivé à Compton-des-Bruyères depuis sept ans; il n'oublia pas même de faire mention du colporteur étranger qui avait volé les cuillers, et il alla jusqu'à insinuer que cela pourrait
bien avoir quelque rapport avec le meurtre du capitaine George Duke. Quand on le pressa de venir
au fait, après avoir erré de manière à remplir presque trois des feuilles du greffier, il devint si obscur
et si embrouillé, que ce fut seulement par des questions captieuses, par des interrogations brèves et di-
rectes, que le juge approcha le plus près de l'objet
de son examen.

« Maintenant, supposons que vous me disiez,
M. Pecker, à quelle heure le capitaine Duke a quitté
votre maison avant hier soir.

— Entre huit et neuf heures.

— Bon, et vous l'avez revu après?...

— Entre neuf et dix heures, quand je suis allé
au manoir avec miss Millicent et M. Darrell.

— Mistress Duke et son mari vous semblèrent-ils
être bien ensemble? »

A cette question, Samuel Pecker fit une réponse
évasive : il commença par déclarer que rien ne pouvait être plus affectueux que les manières de Millicent et du capitaine; puis il affirma que mistress

Duke était tombée prosternée sur la neige, se lamentant sur son triste sort; puis il dit qu'elle n'avait pas adressé la parole à son mari une seule fois, mais qu'elle s'était écriée presque subitement : « Pourquoi est-il revenu pour me rendre la plus coupable et la plus malheureuse des femmes? »

Ici l'aubergiste finit brusquement, n'étant pas du tout encouragé par la mine terrible de sa femme Sarah, qui secouait la tête d'un air féroce derrière son tablier.

L'interrogatoire de Samuel Pecker prit donc longtemps avant d'être fini, et avant que toutes les informations que ce témoin un peu difficile à gouverner pouvait donner fussent épuisées. Cependant, de son discours diffus on avait tiré assez de lumière pour établir l'innocence de Darrell Markham, parce qu'il avait quitté le manoir de Compton avec Samuel Pecker, laissant le capitaine Duke vivant et bien portant à dix heures. Entre cette heure et la disparition de George Duke, Millicent et la gouvernante avaient été seules avec l'homme qu'on ne pouvait pas trouver. Montague Bowers félicita le jeune homme d'être si bien sorti de l'affaire, mais Darrell ne l'écoutait ni ne l'entendait; il était debout auprès de la chaise où sa cousine était assise, il regardait cette figure pâle et souffrante, il pensait avec angoisse et terreur que chaque mot qui le justifiait ne faisait qu'augmenter les soupçons qui pesaient sur elle.

Darrell Markham fut le premier témoin qu'on interrogea après Samuel. Tout fut révélé dans ce cruel examen : le mariage à l'église de Saint-Bride, la lettre de Ringwood, le retour à Compton, la surprise de l'apparition du capitaine Duke, les paroles dures échangées entre les deux hommes, le désespoir de Millicent, son horreur pour son mari, puis le long intervalle de plusieurs heures, après lequel mistress George Duke arriva, pâle et presque folle, à l'*Ours noir* pour dire qu'un meurtre avait été commis au manoir.

Le greffier écrivit tout cela, et Darrell Markham signa l'interrogatoire en témoignage de la vérité de sa déposition.

Hugh Martin, le constable, décrivit l'aspect de la maison, l'absence d'aucun signe de vol ou de violence, les fermetures complètes de la lourde porte de chêne, l'argenterie sur le buffet, qui n'avait pas été touchée, et enfin le rasoir taché de sang qu'il avait trouvé dans le bureau.

On ne put tirer que très-peu de renseignements de mistress Meggis, la vieille gouvernante sourde. Elle se souvint d'avoir ouvert la porte au capitaine Duke, mais elle ne put pas dire exactement à quelle heure. Peut-être était-ce entre sept et huit heures, ou entre huit et neuf. Elle se rappela qu'il avait marché à grands pas dans le parloir en chêne, qu'il lui avait commandé d'allumer du feu. C'était un homme insolent et parlant très-haut, et il lui avait dit beaucoup de sottises parce que le bois était vert et ne brûlait pas. Elle se souvint d'avoir arrangé pour lui la chambre qui donnait sur le jardin, d'après les ordres de mistress

Duke; elle n'avait arrangé aucune autre chambre pour mistress Duke, et elle ne savait pas où elle avait l'intention de se coucher. Elle se souvint d'avoir cherché le vin et le cognac que mistress Duke avait apportés de ses propres mains au capitaine. Cela doit être arrivé, pensait-elle, à peu près vers onze heures, et immédiatement après cela mistress Meggis était allée se coucher, et elle ne se souvenait de rien de plus jusqu'à ce qu'elle eût été réveillée, le lendemain matin, par le constable, qui avait terrifié la pauvre vieille créature en se présentant à côté de son lit.

Voilà tout ce que mistress Meggis avait à dire, et, comme Samuel Pecker, elle donna beaucoup de peine à ceux qui l'interrogeaient, avant que l'on pût arriver à lui persuader de dire ce qu'elle savait.

Sarak Pecker fut aussi interrogée, mais elle ne pouvait rien dire de plus que ce que son mari avait déjà dit, et elle éclata si souvent en sanglots et en lamentations pour la fille de son ancien maître, que M. Bowers fut obligé de faire l'interrogatoire aussi court que possible.

Quand toutes ces personnes eurent été interrogées, quand on leur eut lu leurs dépositions, et quand elles eurent été signées par chacune d'elles, il n'y avait plus rien à faire que de demander à l'accusée ce qu'elle avait à dire.

Millicent Duke raconta son histoire avec un grand calme, qu'aucune de toutes les personnes qui étaient là n'attendaient d'elle. Elle décrivit l'horreur qu'elle avait ressentie au retour du capitaine, et le trouble

de son esprit, qu'elle avait presque perdu pendant
cette terrible nuit. Elle dit, aussi bien qu'elle le put,
l'heure à laquelle elle avait souhaité une bonne nuit
au capitaine, et quand elle s'était retirée dans la
pièce la plus éloignée de la chambre du jardin, —
c'était la chambre que sa mère avait habitée.
Elle devint un peu embarrassée ici quand on lui
demanda ce qu'elle avait fait entre cette heure —
un peu plus de onze heures — et la découverte du
meurtre. Elle dit qu'elle pensait qu'elle était restée
assise peut-être pendant plusieurs heures en son-
geant à ses chagrins, et qu'elle n'avait pas en ce
moment conscience de la fuite du temps. Elle
raconta bientôt comment, dans un violent accès
de désespoir, elle avait pensé aux vieux rasoirs
de son père, qui étaient dans cette chambre à portée de ses mains, et elle se rappela qu'elle avait
songé que, si elle se faisait une profonde entaille à
la gorge, cela terminerait tous ses chagrins dans ce
monde. Mais la vue de l'acier sanguinaire, et la
pensée qu'un tel acte serait un grand péché, avaient
changé son projet aussitôt qu'elle l'avait conçu, et
elle avait remis le rasoir dans l'étui avec une grande
terreur et un sincère remords. Puis, après quelques questions et avec beaucoup de sang-froid, elle
raconta l'autre dessein, presque aussi désespéré que
le premier qui lui était venu à l'esprit, et comment
elle avait résolu de s'en rapporter à George Duke,
de le supplier de la quitter et de la laisser finir ses
jours en paix; comment, pressée de savoir le sort
de cette dernière espérance, elle était allée directe-

ment à sa chambre, et que là elle l'avait trouvé gisant sur son lit. Quand le juge lui demanda si elle s'était approchée du lit pour se convaincre que le capitaine était réellement assassiné, elle répondit négativement, mais elle ajouta qu'elle avait vu l'horrible blessure de sa gorge; que le sang coulait de la blessure ouverte, et qu'elle savait qu'il était mort.

Elle parlait lentement, hésitant quelquefois un peu, mais elle n'était jamais embarrassée ni confuse, quoique la plume du greffier suivît chaque mot qu'elle disait aussi inexorablement que s'il eut été un ange enregistrant l'histoire de ses péchés. Un silence semblable à celui de la mort avait régné dans la salle pendant qu'elle racontait son histoire, interrompu seulement par le grattement de la plume du greffier, et par le bruit du balancier de la pendule.

« Je ne vous ferai qu'une autre question, mistress Duke, dit M. Montague Bowers, et je vous prierai, pour votre propre considération, d'être prudente en y répondant. Connaissez-vous quelqu'un qui entretînt un sentiment de haine contre votre mari? »

Elle aurait pu dire qu'elle ne savait rien des habitudes de son mari, qu'elle ne connaissait aucun de ses compagnons, et qu'il aurait pu avoir une douzaine d'ennemis dont elle n'eût jamais entendu prononcer les noms; mais elle avait l'esprit trop franc pour agir ainsi, et elle fit la réponse la plus simple à cette question :

« Non, je ne connais personne.

— Pensez-y encore, mistress Duke, c'est une ter-

rible affaire pour vous, et je ne voudrais pas pour
tout au monde vous faire vous hâter. Connaissez-
vous quelqu'un qui eut un motif pour vouloir la
mort de votre mari?

— Non, personne! répondit Millicent.

— Pardon! M. Bowers, interposa Darrell, mais ma
cousine oublie de vous dire que, pour n'en rien
dire de mal, le capitaine du *Vautour* n'était qu'un
individu mystérieux. Il n'aurait jamais été admis
dans notre famille, si mon pauvre oncle n'en avait
eu la fantaisie, et, au moment du mariage de sa fille,
il était à peine responsable de ses actes les plus
simples. Personne à Compton ne connaissait ce que
George Duke était, ni d'où il venait, et personne que
le feu squire ne croyait qu'il était ce qu'il disait
être, c'est-à-dire un capitaine de la marine de Sa Majesté. Il y a six ans, je me chargeai de découvrir la
vérité, et j'ai découvert qu'à l'Amirauté on ne savait
rien sur le compte de celui qui se faisait appeler le
capitaine George Duke. Ni ma cousine ni ses parents ne connaissaient rien de sa vie passée. Ma
cousine Millicent n'est donc pas en position de répondre à votre question.

— Pouvez-vous y répondre, vous, M. Markham?

— Pas plus que ne le peut mistress Duke!

— J'en suis fâché, dit M. Bowers sérieusement,
j'en suis très-fâché, car dans cet état de choses, mon
devoir ne me laisse qu'un parti à prendre : je serai
obligé de faire incarcérer Millicent Duke dans la
prison de Carlisle, sous l'accusation de meurtre prémédité sur la personne de son mari. »

17

Au moment où le juge dit ces mots on entendit dans la salle un cri perçant, mais il sortait des lèvres de Sarah Pecker et non de celles de l'accusée. Millicent était aussi calme que si elle eût été seulement un des témoins du procès; elle consola sa vieille amie et la supplia de ne pas tant se livrer à la tristesse, car la Providence arrangerait tout, quand cela lui plairait.

Mais Sarah n'était pas si facile à consoler.

« Non, miss Millicent, non, dit-elle, avant aujourd'hui, la Providence a souffert qu'on pende des innocentes, et que Dieu nous pardonne d'avoir pensé si peu à elles. Que Dieu nous pardonne d'avoir pensé si peu à ces pauvres et innocentes créatures, qui sont mortes d'une mort honteuse! Oh! monsieur Darrell!... s'écria Sarah avec une énergie soudaine. Parlez, parlez, M. Darrell; mon cher Samuel Pecker, parle et dis à Son Honneur que de toutes les créatures innocentes dans ce monde la fille de mon ancien maître est la plus innocente; que de tous les cœurs tendres et compatissants que le bon Dieu a jamais faits, le sien est le plus tendre. Dis-lui que, depuis sa naissance jusqu'à ce jour, sa main ne s'est jamais levée pour faire du mal à l'animal le plus insignifiant; beaucoup moins encore serait-elle portée à attenter à la vie d'un de ses semblables! Dites-lui cela aussi, monsieur Darrell, et il ne sera pas si cruel que d'envoyer ma chère et innocente enfant dans la prison des coupables! »

Darrell Markham tourna sa figure vers le mur; on pouvait entendre ses sanglots, et personne parmi les spectateurs n'y vit rien d'indigne d'un homme. Le greffier même était ému, et quelque chose qui ressemblait beaucoup à une larme tomba sur les pages où beaucoup de crimes étaient inscrits. Mais, quelque compassion que M. Montague Bowers ressentît pour la pauvre femme qui était assise devant lui, calme et résignée, il n'en persista pas moins à faire ce qu'il croyait être son devoir, et il écrivit le document qui constatait que Millicent Duke devait être conduite à la prison de Carlisle pour y attendre les assises du printemps.

Millicent tressaillit quand on lui dit qu'elle partirait pour Carlisle aussitôt qu'on aurait pu préparer la chaise de poste qui, bien entendu, appartenait à l'auberge et à la maison de poste tenue par Samuel Pecker, mais elle ne montra pas d'autre surprise. Les dépositions écrites furent pliées et mises sous clef dans le pupitre du juge. Le greffier se retira, et la prisonnière fut laissée sous la garde de Hugh Martin, le constable, et de son camarade l'agent de police, pour attendre l'arrivée de la chaise de poste qui la conduirait jusqu'à la première station de son triste voyage. Darrell et Sarah restèrent avec elle jusqu'au dernier moment, et ne se séparèrent d'elle qu'à la portière de la chaise de poste. Le jeune homme la prit dans ses bras avant de la mettre dans la voiture, et pressa ses lèvres sur son front glacé.

« Écoute-moi, Millicent.... ma bien-aimée.... ma chère Millicent.... dit-il, et rappelle-toi toujours dans ton chagrin ce que je vais te dire et fie-toi à moi... Je consacrerai ma vie à la découverte de ce mystère.... Souviens-toi de cela, Millicent, et ne crains rien... »

Il l'embrassa encore une fois avant de la mettre dans la chaise de poste. La dernière fois que Darrell et Sarah la virent, elle était assise tranquillement avec Hugh Martin à côté d'elle, et elle les regardait par la glace de la voiture...

L'après-midi était sombre quand les chevaux partirent au galop, les roues de la voiture écrasèrent la neige sous leurs pieds... Elle était partie.

Il faut remarquer que ni Millicent Duke, ni la vieille mistress Meggis, n'avaient fait aucune allusion à l'étranger qui était venu au Manoir quelques heures avant la découverte du meurtre. La vérité est que cette circonstance n'ayant obtensiblement rien à faire avec l'événement terrible de cette nuit avait été tout à fait effacée de la mémoire de la bonne gouvernante aussi bien que de celle de mistress Duke.

CHAPITRE XXI.

LE COLPORTEUR REVIENT UNE SECONDE FOIS A L'OURS NOIR.

Trois jours après qu'on eut emmené Millicent à Carlisle, un visiteur qu'on n'attendait pas arriva à l'*Ours noir*. Ce visiteur n'était nul autre personnage que le baronnet que Sarah Pecker avait vu pour la dernière fois devant la porte de l'église de Saint-Bride à Londres.

Ce voyageur distingué arriva vers le soir par la diligence de Marley, seul et sans domestique; mais il portait toujours sa perruque blonde et son habit de velours; la poignée de son épée était plus étincelante que jamais, les éperons de ses bottes militaires résonnaient de plus belle, bref, il n'avait abandonné aucun des grands airs qui, il y a quelque temps, avaient fait tant de sensation à l'*Ours noir*.

Il alla directement au comptoir où Samuel Pecker était assis dans une attitude mélancolique et regardait le feu d'un œil fixe. Le baronnet lui demanda si son ami le capitaine Duke avait laissé un message pour lui.

Samuel, accablé par ce nom ainsi jeté à l'improviste, par ce nom qui depuis le meurtre paraissait avoir une signification affreuse qui lui était propre, n'eut que la force de murmurer une faible négation.

« Ah!... dit le capitaine Fanny, je trouve cela très-mal de sa part ! »

Il regarda Samuel Pecker d'un air si dur que le bon aubergiste qui, comme nous le savons, avait un tempérament timide, commença à croire qu'il était peut-être responsable de la négligence du capitaine Duke, et il se considéra comme obligé d'en faire ses excuses.

« Mais la vérité est, monsieur, ajouta-t-il en balbutiant sous l'expression féroce des yeux noirs et pénétrants du baronnet, que quand les gens ont eu la gorge coupée pendant leur sommeil, sans avoir reçu un avertissement de ce qu'on allait leur faire, ils sont portés à négliger ces petites affaires.

— Des gens qui ont eu la gorge coupée pendant leur sommeil !... répéta le brigand; quelles gens ?... La gorge de qui a été coupée ?... Parlez, vieux fou, voyons !...

— Ne soyez pas si pressé, dit Samuel, s'il vous plaît, ne soyez pas si pressé; nous avons été fort émotionnés par ce qui est arrivé dernièrement à Compton. Ma femme, Sarah, a gardé le lit depuis; mes nerfs ne sont jamais très-forts, mais à présent que je n'en fais que très-peu de cas, donnez-moi le temps, et je vous expliquerai tout.

— Comment ! vous donner le temps !... s'écria le capitaine Fanny; ne pouvez-vous pas répondre à une simple question sans chercher dans votre esprit pendant une heure ? A qui a-t-on coupé la gorge ?

— Au capitaine Duke.

— Le capitaine Duke a eu la gorge coupée !

— Depuis une oreille jusqu'à l'autre !

— Quand çà ?... où ?...

— Au manoir de Compton... le soir qu'il est revenu.

— Et cela était ?...

— Il y a cinq jours.

— Grand Dieu !... quelle chose extraordinaire !... s'écria le capitaine Fanny, George Duke est revenu

il y a cinq jours, et il a été assassiné le soir même
de son retour ! Mais par qui ?... par qui ?...

— Ah ! voilà... s'écria Samuel Pecker d'un air
lamentable, voilà ce qui a étonné tout le monde à
Compton, Sarah surtout, puisqu'elle a gardé le lit
depuis avant-hier, elle qui n'a jamais quitté pendant un jour le comptoir depuis qu'elle est entrée à
l'*Ours noir ;* aussi tout est en désordre, et Joseph,
le garçon, qui était le plus sobre des hommes pendant que Sarah gardait les clefs, s'est enivré deux
soirs de suite, et a versé des larmes parce que la
pauvre mistress Duke est à présent enfermée dans
la prison de Carlisle.

— Comment !... mistress Duke est dans la prison
de Carlisle ?

— Oui... Elle est accusée du meurtre de son
mari, elle qui n'a jamais fait du mal à une mouche,
dit Samuel avec plus de sympathie que de grammaire.

— Mistress Duke est accusée du meurtre de son
mari ?

— Oui... la pauvre chère femme !... Comment
aurait-elle pu le faire ? j'aimerais bien le savoir, et
si elle l'a fait, où donc est le cadavre ? Peut-il y
avoir un meurtre sans un cadavre ? s'écria M. Pecker revenant à ce point de la question qu'il n'avait
jamais compris ; mais la chose principale d'un
assassinat est le cadavre. Quel est le plus grand inconvénient pour un assassin ?... c'est certainement
le cadavre ! A quoi bon les jurés qui assistent le
coroner, chargé au nom de la Couronne de s'enqué-

rir des individus trouvés morts?... Comment peut-il
y avoir un meurtre sans un cadavre?... Moi, je crois
que le capitaine Duke est vivant et bien portant et
qu'il se cache quelque part, peut-être près d'ici....
et qu'il rit sous cape parce qu'on soupçonne sa
femme de l'avoir assassiné. Il est assez méchant
pour cela et cela lui ressemblerait fort d'agir ainsi.»

Le capitaine Fanny demeura silencieux pendant
quelques minutes et réfléchit profondément.

« Chose étrange... chose étrange... chose étrange!... se dit-il plutôt à lui-même qu'à l'aubergiste,
il y a des gens qui ont du bonheur dès le commencement, et cet homme était un de ces gens-là. Ici le
soir même de son retour, le soir même où il pensait avoir trouvé une belle fortune. Chose étrange!...

— Ne dites pas qu'il est tué, reprit Samuel, mais
dites qu'on ne l'a pas vu depuis son arrivée.

— Qu'il soit assassiné ou qu'on ne l'ait pas vu,
c'est toujours la même chose, s'il ne revient pas,
mon brave homme. Puis, supposons que mistress
Duke soit jugée et trouvée coupable, la propriété de
Compton reviendra à la Couronne.

— Je suppose que oui, reprit Samuel, ces espèces
de choses vont ordinairement à la Couronne. La
Couronne doit prendre un grand intérêt aux assas-
sinats.

— Maintenant, voyons, Samuel Pecker, dit l'élégant voyageur, la meilleure chose que vous pouvez
faire est d'apporter deux bouteilles de vin et de me
conduire dans un confortable salon où vous me ra-
conterez toute cette affaire ! »

L'aubergiste ne souhaitait rien tant que cela. Il avait acquis une grande popularité d'une manière subite et merveilleuse depuis le meurtre commis au manoir de Compton, et depuis l'instruction faite par le magistrat Bowers, dans laquelle il avait joué un rôle si important, et maintenant il se trouvait qu'il devait en raconter l'histoire à la prière de l'élégant baronnet, dont l'apparition même était assez pour mettre tout l'établissement de l'*Ours noir* en mouvement.

Samuel Pecker avait dit la vérité sur cette hôtellerie ; elle était vraiment en désordre. Betty la cuisinière était agitée et incertaine dans tous ses mouvements ; elle pensait beaucoup plus au meurtre qu'à ses opérations de cuisine, et, par conséquent, elle faisait toutes sortes d'erreurs ; elle encourageait les caquets des femmes paresseuses et malpropres, et les laissait flaner près de la cuisine de l'*Ours noir* ; elle perdait de temps en temps une demi-heure à la porte de derrière en causant avec le messager, et enfin elle tombait tout à fait dans des habitudes désordonnées et négligentes, entièrement contraires à ses habitudes ordinaires. Le garçon Joseph ajoutait sa quote-part au désordre général, en se levant dès le matin dans un état complet d'ivresse ; il se cachait dans des coins étranges, il essuyait les verres sales avec des tabliers encore plus sales, il cassait quatre ou cinq objets de porcelaine par jour, et le soir il se couchait de bonne heure, car il ne manquait jamais d'être ivre-mort. Sarah Pecker avait jusqu'alors été la clef de voûte de cette arche do-

mestique, et sans elle tout l'édifice tombait en rui-
nes. La bonne créature, étant incapable de supporter sa séparation cruelle de la fille de son ancien
maître, avait depuis gardé son lit, refusant tout
soulagement.

La pauvre Sarah n'avait aucun esprit plus fort
que celui de son mari sur lequel elle pût s'appuyer
et qui pût la consoler, car Darrell Markham avait
quitté l'*Ours noir* le soir même du jour où l'on avait
emmené Millicent de Compton, laissant seulement
un petit billet adressé à mistress Pecker, dont le
contenu était ainsi conçu :

« Ma chère Sarah,

« Je vous quitte pour remplir une mission qui, je
l'espère, avec l'aide de la Providence, peut sauver
ma pauvre Millicent. Ayez patience et priez pour
ma chère affligée.

« DARRELL MARKHAM. »

Quoique mistress Pecker fût malade, elle n'était
pas destinée à rester longtemps sans être dérangée,
car le soir même où sir Lovel Mortimer arriva à
l'*Ours noir* pour ce rendez-vous avec son ami le capitaine Duke, que la mort avait empêché d'avoir
lieu, il vint un autre visiteur également inattendu
à l'auberge principale de ce tranquille village du
Cumberland.

Joseph, le garçon, après avoir pleuré copieuse-
ment, raconta une nouvelle version des événements de la nuit du meurtre à une société choisie

qui l'écoutait. Ces gens étaient contents de la lui entendre raconter en l'absence de son maître, qui était enfermé avec son visiteur distingué dans le parloir blanc. Puis Joseph, après avoir souhaité une bonne nuit à la clientèle ordinaire de l'*Ours noir*, et fermé les portes à clef, se retira, et alla se coucher. La pendule du palier de l'escalier avait sonné onze heures; Samuel et le capitaine Fanny buvaient et parlaient toujours dans le salon au-dessus; Sarah veillait et écoutait le bruit que l'enseigne de la porte de l'auberge faisait en battant çà et là agitée par le vent de la nuit, et Betty la cuisinière ne se couchait pas de peur que le visiteur distingué ne demandât à souper. Elle s'était assise auprès du feu dans la cuisine, où elle s'endormait légèrement de temps en temps en tâchant de raccommoder des bas de laine grise. Tout à coup, la main qui tenait l'aiguille tomba à son côté, sa tête reposa sur sa large poitrine, et Betty la cuisinière, renonçant entièrement à la lutte, s'endormit profondément.

Elle semblait avoir joui d'un sommeil de quelques heures pendant lequel elle avait fait des rêves étranges et compliqués — entre autres, il y en avait un où elle avait rêvé qu'elle était à la tête d'une troupe d'agents de police qui trouvait le cadavre du capitaine Duke debout et tout à fait droit dans la petite armoire de dessous les escaliers de la chaumière de sa grand'mère, dans un village des alentours — quand elle fut réveillée par un coup frappé avec précaution à la porte de la cuisine et par l'horloge de l'escalier qui sonnait onze heures et un quart.

Son premier mouvement fut de crier, car crier était, à son avis, la meilleure chose à faire dans les circonstances extraordinaires ; mais, se souvenant qu'on n'était pas dans un temps ordinaire à l'*Ours noir*, et que, depuis les derniers cinq jours, toute espèce de visiteurs étrangers étaient venus à toutes sortes d'heures irrégulières, elle changea d'avis, et, allant doucement à la porte, elle l'ouvrit, et regarda dehors. Une forme noire était debout sur le seuil de la porte, tellement enveloppée par les vêtements qu'elle portait, et tellement cachée par le chapeau qui couvrait ses yeux, que, quoiqu'il y eût une nouvelle lumière qui brillât d'une lueur bleuâtre sur les toits des écuries et des appentis, on ne pouvait pas facilement reconnaître le visiteur, quel qu'il fût. Betty la cuisinière perdit tout courage, et un froid semblable à celui de la mort lui serra le cœur et monta jusqu'à la racine de ses cheveux.

Cela eût été alors un soulagement pour elle de crier, mais la possibilité de cet utile exercice était évanouie, et la femme épouvantée ne pouvait que se tenir là, et regarder d'un œil troublé la forme qui lui apparaissait sur le seuil de la porte.

Que faire, si c'était l'ombre horrible ou le fantôme du capitaine George Duke, qui s'était montré trois fois avant l'assassinat ?

Elle était venue sans doute pour montrer l'endroit où était caché le cadavre, ce qui est l'habitude des fantômes des hommes assassinés, et elle avait choisi Betty comme la personne la plus propre à aider dans l'enquête.

Même dans l'angoisse de la terreur, une vision de triomphe se présenta à l'esprit de cette simple paysanne, et elle pensa combien, sans aucun doute, elle s'élèverait dans l'estime de Compton après une telle aventure. Mais, de même qu'un humble bourgeois refuse quelquefois un honneur civique, comme un poids trop lourd à supporter pour lui, de même Betty, ne se sentant pas à la hauteur de la situation, sacrifia l'occasion de se distinguer dans l'avenir, et commença le prélude d'un long cri.

Avant qu'elle pût achever ce prélude, une main pesante s'appliqua sur sa bouche, et une voix rauque lui demanda ce qu'elle voulait dire, et pourquoi elle était aussi folle.

Comme cela n'est nullement la manière d'agir habituelle des fantômes et des revenants, car ils se contentent ordinairement de se livrer à des pantomimes et de désigner par des signes quelques endroits solitaires où ils ont ordinairement à faire, Betty prit courage, et, poussant un long soupir de soulagement, elle demanda à son visiteur qu'est-ce qu'il désirait, et s'il n'était pas honteux d'avoir ainsi tourné le sang d'une pauvre fille. L'étranger ne daigna pas entamer une discussion sur cette opération remarquable; il poussa la cuisinière de côté, et il marcha à grands pas dans la cuisine, faiblement éclairée par le feu qui s'éteignait, et par une chandelle qui coulait.

Ayant surmonté sa première terreur, Betty s'aperçut alors que l'inconnu était un homme plus grand et plus gros que George Duke, et que sa figure ne ressemblait pas du tout à celle du marin assassiné.

Il était debout, le dos tourné vers le foyer, et il se débarrassait lentement d'un long châle de laine roulé autour de son cou, quand elle le suivit dans la cuisine. Cela fait, il ôta son chapeau, enfonça sa large main dans ses cheveux courts et grisonnants, et il regarda d'un œil fixe et d'un air de défi la fille de cuisine.

L'étranger était le colporteur qui avait volé la montre, la bourse et les cuillers, d'argent de mistress Pecker, dans cette même cuisine, six ans auparavant. Oui, c'était le colporteur, mais ce n'était plus du tout le même individu à l'air heureux qu'il paraissait être à cette époque. Sa chevelure, qui tombait alors en boucles noires, épaisses et lisses, avait perdu son lustre et était rude, grisâtre, et coupée tout à fait court autour de sa tête d'une façon qui ne lui allait pas du tout. Son corps amaigri était vêtu d'une manière étrange : les manches de son habit étaient déchirées depuis le poignet jusqu'à l'épaule, et ne tenaient ensemble que par des bouts de ficelle noués çà et là ; sa chemise tombait en loques sur sa large poitrine, qui n'était couverte ni par un habit, ni par un gilet, car l'un était beaucoup trop déchiré pour s'attacher sur sa poitrine, et l'autre manquait entièrement ; un de ses pieds était chaussé d'une grande botte qui montait au-dessus du genou, l'autre d'un vieux soulier qui était attaché autour de son cou-de-pied par des vieux cordons et de la ficelle. Six ans auparavant il était gras et d'un bel extérieur, mais à présent son corps robuste était étrangement amaigri, et sa chemise en loques et son habit déchiré pendaient autour de sa taille osseuse et anguleuse. Aucune boucle ne brillait actuellement à ses oreilles, aucune bague massive n'ornait ses grosses mains. Un vagabond à l'air terrible et désespéré, maigre et presque mort de faim, était debout sur ce seuil où le colporteur beau, vif et à l'air étranger, s'était présenté jadis.

Betty se préparait à commencer un second cri quand il mit subitement sa main dans sa poche, et qu'en tirant un grand couteau pliant, il s'écria d'un air féroce :

« Aussi vrai que je suis ici, la femme, si vous élevez la voix pour crier, je ferai une marque sur votre gorge qui vous empêchera de crier pour toujours. »

Il ouvrit le couteau, qui fit le même bruit que le chien d'un petit pistolet, il gratta sa tête hérissée avec une de ses grosses mains noires, et regarda l'arme offensive d'un air d'admiration, non pas comme s'il y pensait par rapport à la menace qu'il venait de faire, mais plutôt comme s'il songeait qu'en général c'était un instrument excessivement utile.

Puis il ferma le couteau, qui produisit un second bruit perçant, et, le mettant dans sa poche, il regarda de nouveau la cuisinière.

« Asseyez-vous là, dit-il en montrant de la main la chaise où Betty avait posé son ouvrage quand elle s'était levée pour aller ouvrir la porte. Asseyez-vous là, la fille, et répondez aux questions que je vais vous faire, ou.... »

Il plongea encore sa main dans sa poche pour finir sa phrase. Betty tomba sur la chaise qu'il lui avait montrée avec autant de soumission que si elle eût été en présence de M. Montague Bowers, le juge du pays.

« Où est votre maîtresse, la fille ? demanda le colporteur.

— Elle est malade et garde le lit.

— Et votre maître ? »

Betty lui dit où Samuel était.

« Ainsi, grommela l'homme, votre maîtresse est malade et elle garde le lit, et votre maître boit du vin avec un monsieur dans le parloir blanc.... Et qui est ce monsieur ?... »

Betty ne se souvenait jamais très-bien des noms, mais, après bien des méditations, elle finit par dire que le monsieur se nommait.... sir Lovel.... quelque chose.

Le colporteur éclata d'un gros rire, une espèce de rire immodéré, rauque et affamé, qui semblait sortir d'un corps à moitié mort de faim.

« Sir Lovel, quelque chose, dit-il ; ce n'est pas Mortimer, n'est-ce pas ?

— Oui, c'est ça, » reprit Betty.

Le colporteur rit encore.

« C'est sir Lovel Mortimer ? Eh bien, c'est drôle ! chose étrange que, des trois cent soixante-cinq jours qui font une année, sir Lovel Mortimer choisisse celui-ci pour venir à Compton-des-Bruyères. Est-il venu souvent ici ?

— Il n'est jamais venu ici qu'une fois avant ce soir, et c'était à Noël dernier.

— Et il est ici ce soir ! C'est un drôle d'individu. Je connais sir Lovel Mortimer, et sir Lovel Mortimer me connaît intimement. »

Betty sembla un peu incrédule à cette assertion.

« Oh ! vous pouvez en être étonnée, la fille, murmura le colporteur ; mais, malgré cela, je vous dis que c'est bien vrai. Je présume que votre baronnet porte à présent un bel habit orné de dentelles, n'est-ce pas ?

— De la dentelle en argent, reprit la fille, et la poignée de son épée brille comme du diamant, et ses yeux sont plus noirs que ses bottes, et plus brillants que les boucles de sa cravate de dentelle ; et il est hardi, ma foi ! ajouta Betty, se souvenant d'une escarmouche qu'elle avait eue avec le capitaine Fanny dans un corridor sombre, une fois qu'il désirait l'embrasser.

— Oh ! il est hardi, n'est-ce pas ? grogna l'étranger. Je crains que sa hardiesse ne l'emporte trop loin un jour, s'il ne fait pas grande attention à ce qu'il fait, et s'il ne se fait pas des ennemis de ceux qui peuvent le trahir, oui, et qui certainement le feront, s'il se montre désagréable. Je présume qu'il est très-bien habillé, n'est-ce pas, la fille ? »

Betty le regarda d'un œil fixe et d'un air vague.

« Il est dans le parloir blanc, dit-elle, avec mon maître.

— Voyons, madame la cuisinière, dit le colporteur, il est très-pénible de parler lorsqu'on a l'es-

tomac vide, et je n'ai pas mis dans le mien une
bouchée depuis l'aube de ce satané jour d'hiver.
Ainsi, je vous serai obligé de me donner quelque
chose à manger et à boire avant que nous allions
plus loin. »

En voyant quelque chose qui ressemblait à de
l'hésitation sur la figure de la fille, il frappa lour-
dement de sa main sur la table en proférant un
juron terrible.

« Apportez-moi ce que je désire, rugit-il, entendez-vous? Croyez-vous qu'il y ait quelque chose
dans cette maison que je ne puisse pas avoir, si je
la demande? »

Dans son agitation et dans sa terreur, Betty apporta
un choix étrange de nourriture, et elle revint à l'é-
tranger affamé, chargée d'un aloyau froid, de la car-
casse d'un poulet qui avait été cuit pour le dîner du
capitaine Fanny, de deux oignons crus, d'une botte
d'herbes sèches, de la moitié d'une tourte de confi-
tures, et d'un morceau de lard. Mais le colporteur
n'était nullement disposé à être difficile. Il s'élança
comme un animal vorace sur les viandes qu'elle
lui avait servies, il tailla avec son couteau de grandes
tranches dans le morceau de viande, et n'attendit
pas même qu'on lui donnât un grain de sel pour relever le goût de sa nourriture. Il mangea avec une
telle avidité que cela ne dura que très-peu de temps;
puis, poussant son assiette loin de lui avec un gro-
gnement de satisfaction, il dit d'un ton féroce ce
seul mot :

« Cognac. »

Betty secoua la tête; elle lui expliqua qu'il était impossible de lui donner aucune boisson, car le comptoir était fermé, et son maître en avait la clef.

« Vous êtes des gens aimables et hospitaliers ! dit le colporteur en essuyant sa bouche toute grasse avec sa main. Enfin, écoutez-moi : c'est une double affaire qui m'amène de si loin, du comté de Hamp-shire à Compton-des-Bruyères, et cette affaire est premièrement et principalement de voir votre maî-tresse, et secondement de rencontrer un ami que j'ai quitté il y a plus d'une quinzaine d'années, et qui m'a donné rendez-vous ici; mais je crois que je suis arrivé avant lui. Cet ami est un homme comme il faut et bien né, et son nom est George Duke, le capitaine du *Vautour*. »

Betty la cuisinière tendit ses mains jointes d'une manière suppliante.

« Assez ! s'écria-t-elle, assez ! En voilà deux cette nuit, car celui qui est en haut a dit qu'il avait un rendez-vous ici avec le monsieur assassiné.

— Quel monsieur assassiné ? »

Betty lui raconta l'histoire qui avait été si souvent racontée pendant les cinq derniers jours. Elle la raconta d'une manière un peu inintelligible et in-cohérente, mais avec assez de clarté pour faire comprendre au colporteur le grand fait du meurtre du capitaine.

« On lui a coupé la gorge depuis une oreille jus-qu'à l'autre, la nuit même de son retour, dit l'homme, voilà une affaire maladroite. Il aurait

beaucoup mieux valu qu'il restât où il était, je
crois. On n'a point volé d'argent ni d'argenterie, et
sa jeune et jolie femme est dans la prison de Carlisle, accusée de son assassinat.... Voilà une drôle
d'histoire. J'ai toujours pensé que le diable en voulait à George Duke, mais sa mauvaise chance paraît
l'avoir quitté à la fin. »

Or, le lecteur se souvient peut-être que, quand
le capitaine Fanny avait appris le meurtre, il
avait fait l'observation que l'homme assassiné avait
été dès le commencement un garçon malheureux,
ce qui prouve combien les opinions de deux personnes sur le même sujet peuvent être différentes.

« Ainsi, le capitaine Duke a été assassiné....
c'est une très-mauvaise chose pour moi, grommela
le colporteur, car je connaissais un des secrets de ce
brave marin qui aurait fait que sa maison eût été
comme si elle m'eût appartenu, et que sa bourse
aurait été à moi jusqu'à la fin de mes jours. Je ferai
bien de voir votre maîtresse, sans perdre plus de
temps, ma fille. Est-ce que sa chambre est près du
parloir où est votre maître avec le baronnet?

— Non, la chambre de ma maîtresse est à l'autre
bout du corridor.

— Bien ! allez lui dire que celui qui est venu ici
il y a six ans, et qui a accepté le petit cadeau qu'elle
fut assez bonne pour lui faire, est revenu et désire
la voir tout de suite. »

Sarah Pecker ne dormait pas ; une grande Bible
était ouverte sur la table, près de son lit, et elle

leva la tête de dessus l'oreiller lorsque Betty entra
en courant dans la chambre.

Betty était essoufflée, et Sarah Pecker vit à la figure de la bonne que quelque chose était arrivé.

« Encore ! s'écria-t-elle, quand la cuisinière lui
eut dit qu'il y avait un homme en bas qui demandait à la voir ; encore ! Que c'est cruel.... que c'est
cruel qu'il soit venu dans ce moment-ci.... quand
mon esprit est plein de la pauvre Millicent, et quand
je prie nuit et jour que quelque chose arrive pour
justifier son cher nom. Cela semble très-cruel en
vérité, très-cruel!...

— Il y a bien des choses dans cette vie qui semblent cruelles, » dit une voix près de la porte entr'ouverte.

Et le colporteur maigre s'avança à grands pas et
sans cérémonie dans la chambre.

« Presque mourir de faim et faire une longue
promenade dans la neige étant à peine chaussé est
très-cruel, et maintes autres choses que je pourrais
dire. Vous pouvez vous en aller, jeune femme,
ajouta-t-il en s'adressant à Betty, et en lui montrant
la porte, vous pouvez vous en aller, et souvenez-
vous que ce que j'ai à dire est plus intéressant pour
votre maîtresse que pour vous, de sorte qu'il n'est
pas nécessaire que vous écoutiez à la porte ; mais
ayez l'œil au guet, et prévenez-nous si votre maître
ou son convive quitte le parloir blanc, vous comprenez ? Maintenant, allez. »

De peur qu'après tout elle ne le comprît pas, il
mit sa rude main sur son épaule et la poussa hors

de la chambre. Cela fait, il ferma la porte à clef, traversa la chambre, et s'assit délibérément dans un fauteuil à côté du lit de la malade.

« Hé bien! mistress Sally, dit-il en regardant autour de la chambre, tandis qu'il parlait à mistress Pecker, comme s'il cherchait quelques articles de valeur qui pouvaient être cachés çà et là, je présume que vous ne vous attendiez guère à me voir dans un pareil accoutrement. »

Il leva son bras maigre, et secoua la manche déchirée de son habit et les pitoyables haillons de sa chemise pour attirer son attention sur l'état de ses vêtements.

« Je ne m'attendais guère à vous revoir après ces six années, dit Sarah doucement.

— Oh! vous ne m'attendiez pas, n'est-ce pas, mistress Pecker, comme on vous appelle par ici? Je ne vous dois point de remercîments pour le compliment que vous faites à mon bon sens. Vous croyez qu'après être venu par hasard dans cet endroit, où je vous ai trouvée vivant à votre aise avec de l'argent placé à la Banque peut-être et de l'argenterie, et Dieu seul sait quoi, vous croyez que j'étais assez fou, après avoir vu tout cela, pour prendre seulement une valeur de quinze livres, de m'en aller content, et de rester absent six années, vous avez cru tout cela, n'est-ce pas, mistress Pecker? »

Quelques personnes mal intentionnées prétendaient que Sarah Pecker était une femme acariâtre; si elles avaient pu voir sa figure blanche et sup-

pliante tournée vers l'étranger, elles auraient peut-
être changé d'opinion sur son compte.

« Je pensais.... dit-elle en hésitant, je pensais
que vous auriez assez de compassion, sachant ce que
vous m'avez fait souffrir il y a des années depuis
longtemps passées, et voyant qu'il avait plu à la
Providence de me rendre heureuse à la fin, je pensais que même votre cœur cruel aurait eu de la
compassion pour moi, et que vous vous seriez con-
tenté de prendre tout ce que j'avais à vous donner,
et de vous en aller tranquillement pour toujours. »

Le colporteur la regarda et sourit dédaigneusement et d'un air féroce ; il leva son bras pour la
deuxième fois, et cette fois il ôta ses haillons, et lui
montra sa chair amaigrie.

« Est-ce que cela a l'air de dire que j'aurais beaucoup de compassion pour vous ? s'écria-t-il d'une
voix sauvage, pour vous qui nagez dans l'aisance et
dans le luxe, pour vous qui avez de la bonne nourriture à manger, du bon vin à boire, du bon feu
pour vous chauffer, des vêtements chauds à vous
mettre sur le corps, et de l'argent dans votre poche ?
Mais, quand bien même je vous parlerais depuis ce
moment jusqu'à la clarté du jour, je ne pourrais
jamais vous faire comprendre tout ce que j'ai souffert dans les six années infernales qui se sont passées depuis que je suis venu à ce village pour la
dernière fois.

— Vous avez été sur mer ?

— Cela ne vous regarde pas. Je n'ai pas été où
les hommes apprennent la pitié et la compassion,

et des sentiments pareils à ceux dont vous venez de parler. J'ai été là où les êtres humains sont plus dangereux les uns envers les autres que ne le sont les animaux sauvages, là où les hommes se servent plus souvent de leurs couteaux que de leurs langues, là où, s'il y avait jamais un peu d'amour ou de compassion dans le cœur d'un pauvre malheureux, il en serait ôté et changé en haine, voilà où j'ai été.

— Et vous êtes venu ici me demander de l'argent ! dit Sarah, regardant en frissonnant la sombre figure de l'homme.

— Oui !

— Combien vous faut-il ?

— Cent livres ! »

Elle secoua la tête d'un air désespéré.

« Je n'en ai pas trente ! dit-elle ; chaque liard que j'ai est mis dans cette boîte qui est, hélas ! sur la commode aux poignées de cuivre. La clef est dans la poche de la robe qui est accrochée à la colonne du lit. Vous pouvez prendre tout ce qu'il y a là, si vous voulez l'accepter, mais je n'en ai pas davantage.

— Mais vous pouvez en avoir davantage ; vous pouvez en demander à Samuel Pecker.]

— Non.... non....

— Vous ne lui en demanderez pas ?

— Non, pas un sou....

— Alors, moi, je vais le lui demander tout de suite ; je vais le lui demander....

— Ah ! Thomas !.... Thomas !.... »

Elle leva ses mains d'un air suppliant, et elle colla sa main sur sa bouche comme si elle eût voulu l'empêcher de parler, mais il la rejeta sur l'oreiller.

« Je lui dirai que je suis votre vrai mari aux yeux de la loi, Thomas Masterton, et que je n'ai qu'un mot à dire pour que vous soyez obligée de sortir de cette maison, et de me suivre partout où je voudrai vous emmener. »

Un moment elle reposa sur l'oreiller; tout son corps était agité par une tempête de sanglots; puis, se levant subitement, elle regarda l'homme en face, et dit délibérément :

« Eh bien ! dites-le lui donc, Thomas Masterton, dites-lui que vous êtes mon mari qui m'a trompée quand j'étais une simple et pauvre fille.... qui m'a frappée et m'a presque fait mourir de faim.... qui m'a enlevée de chez moi et éloignée de mes amis.... qui m'a pris mon unique enfant pendant que je dormais.... et qui est resté absent dix-sept longues années pour revenir me réclamer, maintenant que je suis la femme heureuse d'un honnête homme. Dites-lui que vous êtes Thomas Masterton, le contrebandier et le voleur. Mais laissez-moi vous dire d'abord que, si vous osez jamais vous mettre entre lui et moi, je saurai trouver promptement des gens qui vous feront payer très-cher votre cruauté. »

Le colporteur essaya de rire, mais il ne put y parvenir, même faiblement.

« Vous avez toujours le cœur bien indépendant, mistress Sarah, dit-il, et votre maladie ne vous l'a

18

pas ôté. Vous ne demanderez pas d'argent à Samuel Pecker?

— Je ne lui demanderai pas un liard!...

— Supposons que j'aie un secret à vendre, et que j'en demande cent livres, voudriez-vous m'obtenir cet argent?

— Un secret?

— Oui. Vous venez de parler de votre fils que vous aimiez si tendrement. Supposez que je puisse vous dire où il est.... près de vous.... me donneriez-vous une centaine de livres pour cette nouvelle? »

Sarah secoua la tête d'un air triste.

« Je vous connais, dit-elle, c'est ignoble de tâcher de me tromper.

— Voyons, répondit le colporteur, vous êtes très-méfiante ce soir, mais je sais bien que, si vous faites un serment sur la Bible, vous ne le romprez pas; jurez-moi sur cette Bible que, si je vous dis où est votre fils et que si je vous l'amène, vous me donnerez les cent livres dans le courant de la semaine. »

Il ferma la Bible et la mit dans ses mains; elle pressa ses lèvres sur la couverture du volume.

« Je le jure, dit-elle, sur cette Bible, par ce livre saint.

— Très-bien! votre fils est à présent assis avec Samuel Pecker dans le parloir blanc, à l'autre bout du corridor. Il se nomme sir Lovel Mortimer; mais ses amis, ses compagnons, et les constables de Bow-Street, l'appellent le capitaine Fanny. C'est un des brigands les plus fameux qui aient jamais essayé d'échapper à Jack Ketch. »

CHAPITRE XXII.

MÈRE ET FILS.

Samuel Pecker et son hôte étaient attablés et buvaient dans le parloir blanc. Entre onze heures et minuit, ils furent troublés par un violent carillon de la sonnette de la chambre à coucher de Sarah. Samuel était un mari trop bon pour ne pas reconnaître la vibration de cette sonnette particulière. Sans attendre et sans s'excuser auprès de son noble visiteur, il quitta donc le parloir à la hâte, et courut le long du corridor qui conduisait à la chambre de Sarah. Le colporteur avait quitté cette pièce sous la conduite de Betty, à qui mistress Pecker avait ordonné de trouver pour lui une chambre à coucher dans un des greniers au-dessus de l'écurie.

Sarah était donc seule quand l'aubergiste entra dans la chambre pour répondre à l'appel de la sonnette.

« Samuel, dit-elle, mettant ses mains sur son front, comme si elle eût voulu calmer l'agitation de son esprit, suis-je folle ou ai-je rêvé?... Qui est là-bas dans le parloir blanc?

— Le gentilhomme qui est venu à Noël, Sarah; le gentilhomme....

— Les yeux.... les yeux noirs et inquiets comme
ceux de mon petit enfant, s'écria Sarah d'une voix
qui était presque un cri perçant, j'aurais dû le reconnaître.... à ses yeux.... j'aurais dû le reconnaître....»

Épouvanté, son mari crut qu'elle était dans un
paroxysme de délire.

« Sarah, dit-il, Sarah, qu'est-ce que c'est?...

— Les yeux, répéta-t-elle, les yeux de l'enfant
dont tu m'as entendu parler ; l'enfant que j'ai perdu
longtemps avant de te connaître, Samuel, l'enfant
dont le cruel père était mon premier mari, Thomas
Masterton....

— Mais pourquoi parles-tu de lui ce soir, Sarah?

— Oui, pourquoi est-ce que je parle de lui ce soir?
répéta-t-elle d'une manière sauvage, en repoussant
ses cheveux de son front avec ses mains brûlantes
de fièvre, pourquoi est-ce que je parle de lui ce soir?
Qui est dans le parloir blanc?

— Sir Lovel Mortimer, répliqua Samuel, de plus
en plus convaincu que sa femme avait le délire de la
fièvre.

— Sir Lovel Mortimer, connu de ses amis, de ses
compagnons et des officiers de police de Bow Street
sous le nom du capitaine Fanny, dit Sarah lentement,
et répétant les mots de Thomas Masterton : laisse-
moi le voir. »

Samuel épouvanté la regarda d'un œil fixe.

« Laisse-moi le voir!... répéta-t-elle.

— Voir qui?... sir Lovel Mortimer?... le baronnet?...

— Le jeune homme aux yeux noirs, le pauvre

malheureux garçon.... le.... laisse-moi le voir....
laisse-moi le voir. »

Samuel haussa les épaules de désespoir. Nous savons que c'était une créature simple et fidèle; si sa
femme malade lui avait demandé d'apporter la lune
à côté de son lit, il aurait sans doute fait quelque
faible effort pour la satisfaire. Ce n'était donc que
très-peu de chose de marcher le long du corridor et
de demander au baronnet s'il voulait bien faire une
visite à la chambre d'une malade. Sir Lovel était
peut-être très-savant dans la pharmacie, et il était
possible qu'il saignât avec adresse, comme quelques
messieurs de la campagne dans ce temps, et il pourrait peut-être faire disparaître cette fièvre et ce délire terribles.

En effet, on eût dit que sa présence avait une influence consolante sur la bonne malade, car Sarah
lui fit doucement signe de prendre un siége à côté
de son lit, puis, tournant sa figure blanche, mais
tranquille, vers Samuel Pecker, elle lui ordonna de
quitter la chambre.

Étant seule avec le jeune brigand, elle resta tout
à fait immobile pendant quelques minutes, regardant — ah! Dieu seul sait avec quel amour maternel
et avec quel mouvement de désir elle regarda le
profil accentué de cette jeune figure blême et amaigrie par maintes débauches, de sorte qu'à la fin le
jeune homme perdit tout à fait patience.

« Je ne peux pas concevoir, madame, que vous
m'ayez envoyé chercher pour le seul plaisir de me
regarder, dit-il; je sais que je ne suis pas mal tourné,

mais je ne suis pas comme les figures de cire de
l'abbaye de Westminster, qui ne sont bonnes qu'à
être regardées. Il est tard, et j'ai passé une journée
fatigante, ajouta-t-il en bâillant ; avez-vous quelque
chose à me dire ?

— J'ai appris de mauvaises nouvelles ce soir, dit
Sarah lentement, de tristes nouvelles d'un enfant unique que je croyais mort et enterré depuis longtemps. »

Le capitaine Fanny ne fit aucune réponse. Il pensait que l'esprit de celle qui parlait était égaré, et
qu'il valait mieux la laisser parler sans faire aucun
effort pour la questionner ou pour la contredire :
mais les mots qu'elle dit ensuite firent monter le
sang à son visage et battre son cœur, qui au fond
n'était pas celui d'un lâche.

« Une personne est venue ce soir et m'a dit qui
vous êtes, » dit-elle.

Qui il était !.... Cette malade qu'il trouvait dans
cette auberge solitaire d'un paisible village du Cumberland, où il se croyait tout à fait libre de jouer
son rôle de baronnet et de grand seigneur, hors du
danger que la justice, qui était presque toujours sur
ses traces, pût le trouver ; — cette faible femme le
connaissait et pourrait le dénoncer. Dès son enfance
même il avait joué avec le gibet, et après ces quelques battements de cœur causés par la surprise, il
se remit et se sentit capable de tenir résolûment
tête au danger.

« Vous me connaissez ?

— Oui, vous êtes un brigand, et on vous appelle le
capitaine Fanny. »

Il saisit le poignet de Sarah dans sa main effilée
et nerveuse.

« Vous ne me trahirez pas! »

Elle secoua la tête, le regarda, et sourit tristement.

« De toutes les créatures du monde, dit-elle, je
serais la dernière à le faire.

— Peu m'importe, murmura-t-il en se parlant
à lui-même et pas à Sarah. Quelques mois, peut-
être quelques semaines de plus ou de moins. J'en
ferais peu de cas, si ce n'était pas pour Jack
Ketch.

— Henri Masterton, dit la malade, dites-moi où et
comment vous avez passé votre vie? »

Elle l'appela par un nom qu'il n'avait pas entendu
depuis dix-sept ans, et la légère rougeur qui y était
apparue quitta ses joues creuses, les laissant aussi
blanches que la couverture du lit de Sarah.

« Vous êtes étonné que je connaisse votre nom,
dit mistress Pecker, mais.... ô mon fils! mon fils! il
est étonnant que lorsque je vous ai vu, à Noël dernier, je n'aie pas deviné la cause de mon agitation....
Comme s'il pouvait y avoir une autre cause à cette
agitation.... Comme s'il pouvait y avoir une autre
figure au monde qui pût faire battre mon cœur
comme il a battu ce soir-là.... Comme si je pouvais
ressentir à la vue d'aucune autre figure ce que j'ai
ressenti à la vue du visage d'un petit enfant qui, il
y a vingt-quatre ans, m'a regardée au berceau, de
mon propre petit enfant! »

Le jeune homme ouvrit la bouche pour respirer,

et, se tournant subitement vers Sarah, il lui parla d'une voix sourde et rauque.

« Que voulez-vous dire?... dit-il, que voulez-vous dire?... J'ai entendu dire à mon père que j'étais né dans le Cumberland, et qu'il avait quitté ma mère, et qu'il m'avait enlevé à elle alors que je n'étais qu'un petit enfant.... Que voulez-vous dire?... »

La Bible que Sarah avait baisée quelque temps auparavant était ouverte sur la table à côté de son lit. Elle étendit sa main et, la posant sur la page ouverte, elle dit d'un air solennel :

« Je veux dire, Henri Masterton, que je suis la malheureuse femme et la pauvre mère que cet homme a abandonnée, et que vous êtes mon enfant. »

Le jeune homme laissa tomber sa tête sur la couverture et sanglota tout haut; sa mère pleurait et le caressait.

« Mon fils!... mon fils!... s'écria-t-elle. M'a-t-on dit la vérité?... Est-ce vrai?...

— Que je suis un voleur et un brigand.... Oui, ma mère!... et que je n'ai jamais été honnête depuis mon enfance.... Oui, ma mère!... et que je n'ai jamais vécu avec des honnêtes gens depuis que je puis m'en souvenir.... Oui, ma mère!... Mon père m'a battu, il m'a maltraité, il m'a laissé des jours entiers dans quelque caverne affreuse, semblant oublier qu'une créature, qui était son fils, était de ce monde : mais il n'oublia pas de m'apprendre à voler, et je fus très-intelligent à suivre ses leçons. Je l'ai quitté quand j'avais dix ans, et j'ai vécu avec des Bohé-

miens, des voleurs, des vagabonds et des mendiants, jusqu'à ce que je fusse devenu plus adroit
dans tous leurs méchants tours que ceux qui avaient
trois fois mon âge; ils me dorlotaient et me gâ-
taient à cause de ma beauté et de mon adresse;
après cela je les quittai, et je me liai avec un homme
qui fut d'abord mon maître, puis mon domestique,
mais qui, dès le commencement, étouffa la voix de
ma conscience, et m'ôta toute espérance de devenir
un meilleur homme. L'histoire de ma vie rempli-
rait vingt volumes, mais vous pouvez en lire la mo-
rale en trois lignes. Dès le commencement, ma vie
a été celle qui conduit directement au gibet. »

Pour dire tout cela il avait relevé la tête. Les
larmes qu'il avait versées étaient déjà à moitié séchées par la fièvre de ses joues brûlantes, et ses
yeux brillaient d'une lueur sinistre.

« Dis-moi, mon fils, reprit Sarah en se serrant
contre ce fils nouvellement retrouvé, dis-moi, n'y
a-t-il aucun danger?... est-ce que ta vie est en
danger? »

Il secoua tristement la tête.

« Je ne me suis jamais soucié où, quand, et comment je la risquais, répondit-il. Je l'ai souvent
presque perdue pour un pari, mais ce soir je sens
combien j'aimerais à la garder par amour pour toi,
ma mère.

— Et y a-t-il du danger?

— Il y en a beaucoup, si l'on me trouve, mais,
si je peux seulement échapper au gibet deux mois
encore, M. Jack Ketch perdra ses honoraires.

— Comment, mon cher enfant?

— Parce qu'un savant médecin de Londres m'a
dit, il y a quinze jours, après m'avoir examiné la
poitrine, et après m'avoir frappé jusqu'à ce que je
perdisse patience, que je n'ai presque plus de poumons, et que je n'ai plus que trois mois à vivre. »

Sarah regarda sa figure et ses joues creuses et
maigres, ses lèvres sèches et pâlies par la fièvre,
l'éclat de ses grands yeux noirs qui les faisait ressembler à du verre, l'aspect aigu et maigre de ses
traits; elle vit les signes et les indices d'après lesquels il n'était pas nécessaire d'être médecin pour
lire le triste verdict : — CONDAMNÉ A MORT!

CHAPITRE XXIII.

DÉCOUVERTE DU CADAVRE.

On trouva le cadavre de George Duke.

Près de deux mois s'étaient écoulés depuis cette
nuit de janvier, dans laquelle Millicent Duke était
entrée en courant, à moitié folle, dans le vestibule
de l'*Ours noir*, pour raconter son effrayante histoire,
car cette malheureuse femme avait langui près de
deux mois dans la prison de Carlisle, en attendant
qu'on ouvrît les assises du printemps, et que ces

doctes et savants magistrats, ces jurés sages et ho-
norables qui devaient décider si cette faible main
avait ôté la vie à un de ses semblables fussent
réunis.

On trouva le corps du capitaine dans un étang
obscur derrière les écuries du manoir de Compton.
Personne ne pourrait dire comment on n'avait pas
découvert cette cachette dans l'enquête générale
qui avait été faite immédiatement après le meurtre.
Tous les hommes qui avaient participé à cette enquête
déclarèrent avec emphase qu'ils avaient regardé
partout, et cependant il était évident que personne
n'avait regardé là, car, la fin de mars approchait
et les habitants de Compton n'avaient d'autre
occupation que de parler du procès de mistress
Duke qui allait avoir lieu, lorsqu'un beau jour les
chevaux de trait de la ferme du manoir de Compton
ne voulurent pas boire l'eau stagnante de cet étang,
et les miasmes terribles qui s'en exhalaient firent que
les laboureurs de la ferme tâchèrent de découvrir
la cause du mal. Une triste horreur fut mise en
plein jour par cette enquête. On trouva au fond de
cet étang le corps d'un homme tellement décomposé
qu'on put à peine constater aucune ressemblance
avec un être humain. Il était là sans doute depuis
cette nuit de janvier, où la neige, en continuant à
tomber, avait effacé les traces des pas de l'assassin,
et avait formé un rideau qui avait caché le crime.

La cour des écuries se trouvait derrière les par-
terres et les allées du petit jardin qui était au-dessous de la chambre du jardin où George Duke avait

été assassiné. Entre la cour des écuries et ce petit jardin négligé, il n'y avait aucune barrière, excepté une haie et une petite porte à claire-voie. La distance entre cette porte et l'étang était d'à peu près trente mètres. Il était donc assez probable que le meurtrier avait dû choisir cet endroit pour cacher sa victime; mais celui qui avait traîné le corps de George Duke de la chambre du jardin à l'étang avait eu une autre tâche à remplir avant de terminer son affreuse besogne. Toutes les pièces d'eau de Compton étaient gelées pendant cette nuit de Janvier, et il avait fallu que l'assassin fît un trou dans la glace avant de jeter le corps dans l'étang; et l'eau avait gelé de nouveau sur ce trou avant la matinée du lendemain, et d'ailleurs ce trou étant bien couvert de neige, il n'était pas si extraordinaire que ceux qui avaient cherché le cadavre n'eussent pas découvert cette cachette.

Les dépouilles mortelles furent déposées dans une des chambres du Manoir de Compton, et le coroner fit l'enquête relative au corps qu'on venait de trouver.

Les détails du meurtre étaient déjà si connus par tous ceux qui étaient là, qu'il n'y avait point d'occasion de les répéter; de sorte qu'on ne dit que très-peu de chose, excepté ce qui avait rapport à la découverte du corps.

Personne ne semblait douter que ce fût le cadavre de George Duke, quoiqu'il y eût très-peu de signes qui pussent en faire reconnaître l'identité dans ces dépouilles décomposées. Le peu de vêtements en haillons pourris qui étaient sur le cadavre n'étaient que les fragments d'une chemise, d'un pantalon, et d'une paire de bas. Il n'y avait point de vestige de l'habit usé, avec les boutons de marine, ni du chapeau à trois cornes, ni du gilet, ni des bottes que le capitaine portait quand il était revenu à Compton. Cependant ces objets avaient disparu dans la nuit du meurtre.

Le jury n'essaya pas d'éclaircir cette partie du triste mystère ; il ne se tourmenta pas non plus à tâcher de comprendre comment les faibles mains de mistress Duke auraient pu traîner le corps d'un homme robuste de la chambre du jardin jusqu'à l'étang derrière les écuries. La justice à cette époque faisait lestement ce qu'elle avait à faire.

Le jury rendit un verdict qui dit simplement qu'on avait trouvé un corps dans un étang situé dans la propriété du manoir de Compton, et qu'on supposait que ce corps devait être le cadavre de George Duke que jusqu'ici on n'avait pu retrouver.

Deux mois s'étaient écoulés depuis que M. Bowers avait fait subir à Millicent un interrogatoire, et l'on n'avait pas revu Darrell Markham. Des lettres assez brèves arrivaient de temps en temps à l'adresse de Sarah Pecker, lui apprenant combien le jeune homme travaillait pour tâcher de sauver sa cousine, mais chaque lettre avait moins d'espérance que la dernière, et Sarah commença à désespérer qu'il fût capable de secourir l'infortunée prisonnière qui languissait dans la prison de Carlisle.

Sarah avait visité plusieurs fois cette ville pour

19

aller voir la fille de son ancien maître, et chaque fois elle avait trouvé mistress Duke aussi calme et aussi résignée ; il est vrai qu'elle était pâle, maigre et affaiblie, mais elle était moins changée que Sarah n'avait pensé la trouver après ce long emprisonnement.

Une fois, seulement une fois, Millicent laissa échapper quelques mots qui firent frissonner d'horreur le cœur de celle qui l'écoutait.

Ce fut vers la fin de son triste emprisonnement que mistress Duke glaça d'effroi le cœur sincère de son amie. Sarah lui avait lu la dernière lettre de Darrell dans laquelle il disait qu'il luttait courageusement contre le désespoir, et promettait qu'il travaillerait jusqu'à sa mort pour justifier sa cousine. Quand Sarah arriva à cette phrase, Millicent se tordit les mains, et commença à pleurer en disant tristement :

« Pourquoi Darrell prend-il tant de peine pour moi ?... Que le pire qui puisse arriver m'arrive !... Je n'ai que très-peu de désir de vivre plus longtemps, et après tout, Sarah.... qui peut dire que je suis innocente du meurtre de George Duke ?

— Miss Millicent !... miss Millicent !...

— Qui peut le dire ?... Je sais que j'étais presque folle pendant la nuit cruelle où mon mari revint chez lui. Qui sait si ce n'est pas, comme M. Bowers le pense, moi qui l'ai tué dans un paroxysme de folie? Dieu sait que j'étais presque folle cette nuit-là. »

Sarah Pecker tomba à genoux aux pieds de mistress Duke.

« Oh! miss Milly, s'écria-t-elle, pour l'amour que vous me portez, pour l'amour de ce Dieu miséricordieux qui nous regarde et qui voit votre faiblesse, ne dites pas ces terribles mots.... Savez-vous que si vous dites, la semaine prochaine, dans le palais de justice, ce que vous m'avez dit aujourd'hui, vous vous condamnerez à une mort certaine? *Moi*, je sais que vous êtes innocente, miss Millicent, et *vous* le savez aussi. Il ne faut pas que cette pensée vous quitte jamais, jamais... car, quand la foi de votre innocence vous quittera, vous serez folle! Souvenez-vous que, n'importe ce que les autres pensent de vous.... de quelque manière que les juges les plus sages puissent vous juger.... souvenez-vous toujours, et même jusqu'à la mort, — s'il faut que cela arrive, — que vous êtes innocente! »

Sarah Pecker ne se contenta pas de cette adjuration, elle fit une visite au directeur de la prison, et étant admise en sa présence, elle l'implora de mettre quelque femme bonne et discrète dans le cachot de mistress Duke pour la soigner et la veiller, car la pauvre dame était en danger de devenir folle par l'effet de ce long emprisonnement solitaire.

« Je vous demanderais bien la permission de rester avec elle moi-même, la pauvre chérie, dit Sarah, mais j'ai quelqu'un à la maison dont les jours sont presque comptés. »

Mistress Pecker parlait avec une énergie sincère qui portait la conviction avec elle, et, quoique ce temps-là ne fût pas un temps où l'on montrât beaucoup de miséricorde, et qu'on ne fît alors que très-peu d'attention à cette fiction de la loi qui prétend croire à l'innocence d'un homme jusqu'à l'heure de sa condamnation, le directeur accéda à la prière de Sarah, et une femme, qui elle-même était en prison pour quelque petit péché, fut mise auprès de Millicent pour alléger les horreurs de son cachot.

Sarah avait beaucoup de peine à supporter ce triste printemps. Elle avait raconté autant de l'histoire de son fils à Samuel qu'elle l'avait osé ; elle lui avait dit cependant que le colporteur était le frère de son mari mort, Thomas Masterton, et très-peu de chose des crimes de son fils. Elle lui avait dit ce qui est propre à adoucir les cœurs les plus austères envers les coupables ; elle lui avait dit que quelques défauts que Henri Masterton eût pu avoir, il serait bientôt trop tard pour qu'il pût en faire une expiation terrestre, et qu'il serait bientôt face à face avec un juge qui était plus sage et cependant plus miséricordieux qu'aucun magistrat du comté de Cumberland ou du monde entier.

De sorte que le simple et doux Samuel Pecker ouvrit ses bras au fils mourant du vagabond Thomas Masterton, et que le digne Thomas, après avoir joui du repos d'une bonne nuit et d'un bon déjeuner, s'en alla à grands pas par un sombre jour de février, après avoir laissé un message pour dire à mistress Pecker qu'il reviendrait avant la fin de la semaine pour chercher la petite affaire dont ils avaient parlé.

Betty remplit ce message avec une louable exactitude, et mistress Pecker comprit parfaitement que la petite affaire dont il était question était les cent livres qu'elle avait promis de donner au colporteur pour prix de son secret. Sarah obtint facilement cette somme de son confiant mari, qui alla au bourg une après-midi pour toucher l'argent à la banque. Mais il arriva dans l'intervalle que Thomas Masterton, dans un nouvel habit complet, se prit à faire le fanfaron dans la grande rue du bourg, et que son faible naturel fut tenté de mettre sa grosse main dans la poche d'autrui. Était-ce parce qu'il avait vécu longtemps dans un pays étranger ou parce qu'il n'avait pas pratiqué cet art depuis longtemps, je n'en sais rien, mais Thomas Masterton fut cette après-midi si loin d'arriver à son succès ordinaire, qu'il fut pris sur le fait par celui dont il avait l'intention de dévaliser la poche, et qu'on le remit au constable.

Cette malheureuse circonstance l'empêcha, bien entendu, de venir réclamer la récompense que Sarah lui avait promise, et la bonne femme, après avoir vécu plusieurs jours et plusieurs nuits dans la crainte perpétuelle de son arrivée, commença à croire que quelque heureux hasard était survenu pour l'éloigner d'elle.

Elle avait assez à faire de soigner son fils malade, qui gardait toujours la chambre, couché dans un confortable grenier de la maison, et personne ne savait où il était, excepté sa mère, Samuel Pecker, et le médecin qui le soignait.

Le brillant sir Lovel Mortimer — le célèbre capitaine Fanny — n'aurait pu trouver ailleurs une cachette plus sûre que la chambre du grenier de cette vieille auberge. Bow Street était fatigué d'attendre la récompense qu'on avait promise pour sa prise. Ses vieux compagnons, qui auraient pu le dénoncer sans scrupule, l'avaient perdu de vue, et il semblait presque que le brigand eût disparu de cette mer courroucée de la vie humaine sans laisser même une bouteille d'eau pour marquer l'endroit où il s'était enfoncé.

CHAPITRE XXIV.

LE PROCÈS DE MILLICENT DUKE.

Darrell Markham n'avait pas perdu son temps. Le noble gentilhomme écossais qu'il servait était prêt à lui donner toute assistance dans son affliction, et trois jours après l'interrogatoire devant M. Montague Bowers, le procès de Millicent fut remis aux mains d'un des avocats les plus distingués. Des officiers de police de Bow Street avaient été prendre des informations, mais, de quelque côté qu'on regardât l'affaire, elle avait toujours un aspect sinistre.

En tâchant de connaître les antécédents de George Duke, on avait découvert qu'il avait bien mérité le

pire de tous les sorts qui auraient pu lui arriver. On
fit des recherches qui prirent beaucoup de temps,
et qui révélèrent que le bon vaisseau *le Vautour*
avait été saisi et brûlé par un vaisseau français, près
des côtes de Barbarie, et que le capitaine George
Duke et son second, un nommé Thomas Masterton,
avaient été envoyés aux galères par le gouverne-
ment français comme corsaires et négriers, et soup-
çonnés d'être des assassins, et qu'ils s'étaient
échappés tous les deux ensemble, le 1er janvier de
cette même année.

L'avocat chargé par Darrell Markham de préparer
la défense de sa cousine croyait que ce serait avan-
tageux de découvrir où ce Thomas Masterton était,
dans l'espérance qu'on pourrait obtenir de lui quelque indice qui pourrait guider dans ce mystère, car
il avait été le compagnon de l'homme assassiné.

On mit plusieurs fois une annonce dans la *Ga-
zette de Londres*, et le résultat fut qu'on reçut une
lettre du gouverneur de la prison de Carlisle, qui
contenait des renseignements sur cet homme. Thomas Masterton était maintenant en prison pour
quelque petit vol, et il attendait sa sentence aux
assises qui devaient décider du sort de mistress
George Duke.

Un des agents de police les plus capables d'Old
Bailey fut retenu par les avocats à qui était confiée
la défense de Millicent Duke. Darrell Markham pria
ces bons messieurs de n'épargner ni peine ni argent pour obtenir l'acquittement de sa malheureuse
cousine, mais le défenseur secoua la tête en regar-

dant ses notes, et il dit franchement à M. Markham qu'il n'apercevait aucune lueur d'espoir dans cette triste affaire.

La veille du jour où on allait prononcer la sentence de Millicent, la diligence du Nord emmena Darrell Markham, M. Pauncet, le procureur, et M. Horace Weldon, l'avocat de Carlisle, où le lendemain une femme délicate de vingt-sept ans devait répondre à l'accusation d'un meurtre prémédité.

La veille du jugement, Sarah Perker quitta son fils mourant. La pauvre femme vint à Carlisle accompagnée de Samuel, qui était un des témoins cités par l'accusation, et dont l'esprit était presque perdu par la responsabilité de sa position.

Les rayons d'un froid soleil de mars éclairaient tous les coins du palais de justice, rempli d'une multitude confuse quand on conduisit Millicent Duke à sa place, sur le banc où l'on met les criminels pour répondre à une accusation de meurtre. Sa santé était tellement affaiblie par son long emprisonnement, que ses gardes furent pris de compassion pour elle, et lui permirent de s'asseoir pendant l'interrogatoire.

Cinquante années après, des gens qui demeuraient à Carlisle pouvaient raconter l'histoire de cette tête blonde, éclairée par les faibles rayons du soleil du printemps, et de cette figure délicate, amaigrie et flétrie par l'anxiété et la souffrance, mais toujours très-belle dans sa calme blancheur.

« Pas coupable ! »

La voix distincte et argentine avec laquelle ces

deux mots furent prononcés pénétra jusqu'au coin
le plus éloigné du tribunal. Il y avait une conviction générale parmi les assistants que cette faible
femme avait certainement commis le crime horrible dont elle était accusée. La foi dans la sorcellerie n'était pas encore éteinte dans ce pays du nord.
Cette jolie femme, qui s'asseyait là avec une tranquillité presque surhumaine, était-elle soutenue
dans son procès par le diable lui-même? Sa jeunesse
et sa beauté étaient contre elle dans l'opinion de
ces simples gens du nord. Ses pareilles n'avaient-
elles pas été brûlées sur un bûcher pour des crimes
semblables au meurtre de George Duke? et qui,
si ce n'était le diable et ses acolytes, aurait pu
lui-donner le pouvoir de commettre le crime et de
porter le corps de son mari par un escalier en
pierres et à une distance de près de quarante mètres? Car c'était un point remarquable que, plus
incroyable et plus impossible était le crime qu'on
supposait avoir été commis, d'autant plus détermi-
nés étaient ces gens dans leur conviction de la culpabilité de l'accusée.

Les preuves fournies par les témoins étaient semblables à celles racontées et qui avaient été fournies
devant M. Montague Bowers. Samuel Pecker devint
encore vague et obscur quand il s'agit de l'identité
de George Duke, capitaine du *Vautour*, avec ce fantôme, ce revenant qui était apparu à trois reprises
différentes dans le courant de ces sept dernières
années.

Les provinciaux écoutèrent avec un intérêt ardent

l'histoire du revenant, mais on n'en pouvait rien conclure qui pût jeter quelque lumière sur le meur- tre affreux qui avait été commis au Manoir de Compton.

Samuel Pecker, dans un interrogatoire où on lui fit des questions captieuses pour voir s'il se coupe- rait, raconta fidèlement la première apparition du revenant qui avait eu lieu dans le crépuscule d'un soir d'octobre, et il continua de dire que la prison- nière actuellement devant la cour avait vu le même fantôme trois mois après sur la jetée de Marley ; il dit aussi que le revenant s'était présenté de nouveau le soir même où le meurtre avait été commis, et qu'il avait amené avec lui un cheval en mauvais état, maigre, mais qui était positivement de chair et de sang, et qu'un maussade valet d'écurie était venu chercher ce cheval, qu'il n'avait pas voulu dire d'où il venait, ni par qui il était envoyé, mais qu'il avait payé l'argent pour la nourriture du che- val, l'avait monté, et s'en était allé.

Tout ceci avait une telle allure de sorcellerie, que cela produisit plutôt une prévention contre Milli- cent qu'en sa faveur. Il y avait évidemment du sor- tilége au fond de cette affaire, et il était très-pro- bable que cette sorcière aux cheveux blonds avait le pouvoir de faire venir sa victime dans deux ou trois endroits à la fois pour l'accomplissement de ses desseins impies.

Or, pendant que les faits racontés par Samuel Pecker produisaient cet effet sur la portion igno- rante de l'assemblée, les auditeurs plus instruits

croyaient que l'histoire entière était quelque créa-
tion confuse qui sortait de l'esprit troublé de Samuel Pecker, comme les ombres vaporeuses et les
feux-follets sortent d'un sol marécageux et fangeux.
M. Weldon, l'avocat chargé de la défense de Millicent, était tout à fait de cette opinion, et il n'avait
que très-peu d'espérance en suivant ce guide qu'il
pût en résulter quelque bien, car, au lieu d'éclaircir
l'affaire, il ne faisait que la rendre plus obscure.
Si une douzaine d'ombres du capitaine Duke étaient
apparues simultanément dans une douzaine d'endroits différents, le fait de leur apparition n'au-
pas pu faire disparaître l'autre fait, celui de la disparition du marin, la mare de sang qui était sur le
parquet de la chambre du jardin, et la terrible série
de preuves contre l'accusée, fondées sur un con-
cours de circonstances qui lui étaient défavorables,
et qui liaient Millicent Duke au crime affreux qui
avait été commis.

Ce fut une tâche cruelle pour Darrell Markham
de se placer sur le banc des témoins et de répondre
aux questions que l'avocat de la Couronne lui posa,
car il savait bien que chaque mot qu'il disait ne
pouvait qu'aider à la condamnation de sa malheureuse cousine. Quand on lui demanda s'il n'avait
jamais vu le fantôme du capitaine, il raconta la rencontre qu'il avait faite sur les bruyères de Compton,
quand on l'avait volé et blessé, et aussi l'histoire que
Ringwood Markham, le jeune squire, lui avait racontée de sa rencontre avec un homme, qu'il avait
cru être George Duke, dans une maison de Chelsea.

Mistress Meggis, la femme de charge sourde, Hugh Martin, le constable, et Sarah Pecker, furent alors interrogés, avec le même résultat que dans l'occasion précédente, et le procès fut fini. Il y avait des preuves accablantes contre la malheureuse femme qui était devant le tribunal.

Une pendule en dehors du Palais de Justice sonna trois heures à l'instant où l'avocat de la Couronne s'assit. Plus de la moitié du jour avait été employée à l'interrogatoire de ces témoins.

Après avoir lu la déposition faite par M. Millicent devant M. Montague Bowers, le défenseur fit un commentaire sur les faits qui y étaient mentionnés.

« Il y a deux ou trois choses, messieurs les jurés, —dit-il, — sur lesquelles je désire attirer votre attention particulière. La première est l'invraisemblance de la supposition que ma cliente, une femme faible et délicate, dont la santé était tellement affaiblie par la surexcitation et l'agitation qu'elle avait subies, aurait eu assez de force pour porter le corps d'un homme robuste pendant une distance de quarante mètres, et, en outre, de briser la glace épaisse, et de jeter le susdit corps dans l'étang où le cadavre qu'on dit être celui de George Duke a été trouvé. Cependant, convenons que cela soit possible, ce qui serait très-difficile à aucun être raisonnable, est-ce que ma cliente, après avoir fait un effort presque surhumain pour cacher la principale preuve de son crime, se serait hâtée de faire connaître le fait par une révélation qui n'était pas nécessaire? Une pareille conduite n'aurait pu être suggérée que par l'aliénation mentale, et sa déposition, que je tiens dans ma main, et que je viens d'avoir l'honneur de vous lire, n'admet pas une telle explication. Tout y est clair et lucide, il n'y a point de contradiction, point d'inconséquence. Ma cliente raconte les événements de cette terrible nuit sans aucune hésitation et sans aucune réticence. Tout y est dit, dès le moment qu'elle a été laissée seule avec le capitaine Duke, jusqu'à celui où elle est entrée dans sa chambre et l'a trouvé blessé dans son lit; et cependant, messieurs, c'est sur cette déposition faite volontairement par ma cliente que vous voudriez fonder la supposition de sa culpabilité. Mettez de côté cette déposition, et quelle preuve avez-vous qu'un meurtre ait été commis? Aucune!... Une mare de sang dans la chambre où dormait l'homme qu'on ne pouvait pas d'abord retrouver; et la découverte d'un corps trop décomposé pour être reconnu. Ces faits, avec la disparition de George Duke, sont les seules choses que nous ayons entendues aujourd'hui, et ces faits ne forment pas une preuve suffisante qu'un meurtre ait été commis. Le capitaine Duke aurait pu se rompre une artère, et il aurait pu quitter Compton par sa propre volonté, pour quelque projet que nous ne pouvons pas approfondir, ne connaissant pas le mobile de sa conduite. J'appellerai tout à l'heure un témoin qui prouvera que cet homme était un scélérat et un coquin, qu'il a passé sept ans de sa vie aux galères, et qu'il s'en était seulement échappé trois semaines avant son retour à Compton. C'était un misérable capable de tous les crimes. Sa dispa-

rition peut être un complot affreux par lequel il
espère se venger sur cette malheureuse femme. Ne
rejettez pas ces suppositions parce qu'au premier
coup d'œil elles vous semblent improbables : —
elles ne peuvent pas être plus incroyables que la
supposition de la culpabilité de ma cliente. Un sang
innocent a été trop souvent répandu par suite d'erreur judiciaire. L'affaire d'Ambroise Gwinett, qui
sans doute vous est connue, peut fournir un parallèle singulier avec celle que nous devons décider
aujourd'hui. Ma première proposition est que peut-
être aucun meurtre n'a été commis; ma seconde
proposition est que, si George Duke a été vraiment
assassiné, c'est qu'il est tombé victime de quelque
personne ou de quelques personnes inconnues qui
avaient un intérêt à le faire mourir. Aucune chambre n'était plus facile à ouvrir que celle où il était
couché, et une personne désirant entrer dans cette
maison entrerait naturellement par la porte de cette
chambre, qui, selon la déposition de ma cliente et
celle de Marthe Meggis, la gouvernante, était seulement fermée par un verrou. Il a fallu que la chambre fût envahie par quelque personne dont l'intention était de piller la maison, qui pensait que la
femme Meggis était la seule habitante, et qui ne
savait pas que George Duke fût là. Le meurtrier,
quel qu'il fût, a été sans doute dérangé dans son
horrible occupation par l'entrée de ma cliente, qui
dit dans sa déposition qu'elle a eu beaucoup de peine
à ouvrir la porte. Il a donc bien eu le temps de se
cacher avant qu'elle entrât dans la chambre. Immé-

diatement après avoir fait la découverte de l'assassinat, elle s'enfuit de la maison, laissant tout en sûreté pour l'assassin. Il a fallu que deux heures s'écoulassent dès ce moment jusqu'à l'arrivée de Hugh Martin et de Darrell Markham ; pendant cet intervalle, le meurtrier a bien eu le temps de cacher le corps et d'emporter les habits de sa victime ; car il faut vous rappeler que toutes traces des vêtements que George Duke portait avaient disparu quand le constable et M. Markham firent leur première enquête au Manoir. Je vous demande, messieurs les jurés, si pour un instant vous croyiez que ma cliente soit coupable, que pensez-vous qu'elle ait fait de ces habits? Quel temps, quel moyen, quelle occasion avait-elle pour cacher les lourds vêtements que portait son mari? Moi, je réponds sans hésitation qu'elle n'en a eu aucun. »

M. Horace Weldon finit sa plaidoirie par un appel éloquent aux jurés.

Thomas Masterton fut le premier témoin qu'on appela pour la défense.

Il fut très-difficile d'obtenir la vérité de cet homme ; il riposta à toutes les questions qu'on lui posa d'une manière qui aurait excité beaucoup d'admiration à Old Bailey ; mais il avait un praticien d'Old Bailey à combattre, qui l'obligea à dire comment lui et George Duke avaient pu s'échapper des galères.

Toutes les oreilles écoutaient tout ce que cet homme disait, tous les yeux le regardaient fixement, pendant qu'il raconta son histoire, et toutes les per-

sonnes présentes tressaillirent d'horreur en voyant
le changement qui se fit soudain dans la conte-
nance de celui qui parlait.

Au milieu d'une phrase, Thomas Masterton s'arrêta, et les joues pâles et blêmes, les yeux tout grands
ouverts, il regarda à travers les têtes des avocats et
celles de la foule qui entouraient la porte du Palais
de Justice, qui était dans une position un peu élevée, et qui communiquait par un perron à la partie
principale du bâtiment.

Un homme qui venait d'entrer dans la salle se
tenait au sommet de ce perron, isolé de tous les
autres spectateurs. Il parlait à voix basse à un agent
qui était près de lui; il avait l'air de lui confier un
message, et il semblait, aux manières de l'homme,
que l'affaire de l'inconnu n'était pas une affaire ordinaire.

« Pourquoi vous arrêtez-vous, monsieur Masterton? » demanda le défenseur de Millicent.

Le témoin leva lentement la main, et désigna du
doigt l'étranger qui était au sommet du perron.

« Parce que le capitaine George Duke vient d'entrer dans la salle. »

Il y eut un mouvement parmi la foule des spectateurs. Millicent Duke était restée tranquillement
assise sur le banc des criminels, la tête penchée en
avant, et les mains posées sur ses genoux; pendant
tout le procès, elle avait eu l'air d'un spectateur qui
n'avait aucun intérêt à ce qui se passait, et à qui
l'issue de l'affaire était bien indifférente; mais quand
Thomas Masterton dit ces mots, elle leva la tête et

regarda dans la direction que la main du témoin avait indiquée, et elle articula un faible cri de terreur.

Elle ne s'évanouit pas, mais elle s'assit comme une personne transfigurée; ses yeux bleus étaient ouverts autant qu'ils pouvaient l'être, et elle regarda l'inconnu avec une profonde horreur.

« Encore !... murmura-t-elle, encore !... encore !... »

L'agent à qui le nouveau venu avait parlé se fraya un chemin à travers la foule, et il dit quelques mots tout bas à l'oreille de l'avocat de Millicent.

L'avocat se tourna vers le juge avec un geste de surprise.

« Milord, s'écria-t-il, j'ai toujours été moi-même convaincu de l'innocence de ma cliente, et je confesse franchement que ma liste de témoins n'était pas très-forte, mais à présent je suis en droit d'appeler un nouveau témoin.... je suis à présent en droit de déclarer qu'aucun meurtre n'a été commis, et que George Duke est dans ce moment-ci devant le tribunal.

« Non.... non.... non !... »

C'était des lèvres de la prisonnière que ce faible murmure s'échappa; mais à ce moment tous les yeux étaient fixés sur l'étranger aux yeux bruns, qui était maintenant placé sur le banc des témoins, Thomas Masterton ayant cédé sa place au nouveau venu.

« Restez où vous êtes, monsieur Masterton, dit l'avocat de Millicent; peut-être aurons-nous besoin de vous tout à l'heure. »

Le marin se recula de quelques pas sur le banc
des témoins, regardant d'un œil fixe le nouveau
venu. Sa figure portait une expression particulièrement embarrassée, et il grattait sa tête rasée avec
un geste lent et réfléchi.

« Puis-je vous demander, monsieur le capitaine
George Duke, dit le défenseur, pour quelle raison il
vous a plu de vous absenter jusqu'à ce que votre
femme ait été mise sur le banc des criminels sous
l'accusation d'un meurtre prémédité sur votre personne? »

Il commençait à faire sombre dans les coins les
plus reculés du palais, et l'obscurité avançait aussi
lentement sur les bancs des criminels et ceux des
témoins. Deux ou trois huissiers commencèrent à
allumer les bougies dans les flambeaux à bras de
cuivre ; mais la lumière rouge du soleil couchant
n'avait pas entièrement disparu du bâtiment, et les
grandes fenêtres étaient rouges de la dernière lueur
du jour.

Dans cette demi-lumière, l'homme qui était sur
le banc des témoins regarda lentement autour de
la salle, examinant avec soin les figures anxieuses
tournées vers lui. En regardant ainsi, il ne pouvait
pas voir le visage blême de l'accusée, ni ses yeux
fixés comme des yeux qui regardent un revenant.

« Je suis resté absent, dit l'homme, parce que je
n'avais pas reçu un accueil très-agréable de ma
femme. Nous nous étions querellés avant que je
me couchasse, et ayant trop bu, et étant découragé
par l'accueil que j'avais reçu, je pensai que la vie

était si peu de chose, que je me suis coupé la gorge,
dans l'espoir d'en mourir; mais, quoique j'aie perdu
assez de sang pour guérir vingt malades de la fièvre,
je ne me suis pas fait d'autre mal que de me rendre
raisonnable. De sorte que j'ai étanché la blessure
en m'enveloppant la gorge d'un fichu de laine, et
que je suis sorti aussitôt de la maison, ayant l'intention de ne jamais revoir la femme qui est ici
présente. J'ai marché dans la campagne pendant
une distance de seize milles, et j'ai pris une place
dans la diligence d'York, d'où j'allai à Londres, où
je suis resté depuis. Il y a trois jours que par hasard un paragraphe d'un journal m'a appris le mal
causé par mon absence. J'ai pris immédiatement
ma place dans la diligence du Nord, et me voici
pour justifier ma femme de l'accusation qu'on a
portée contre elle. »

L'homme regarda autour de lui quand il eut fini
de parler. L'avocat de Millicent froissa ses papiers
dans sa main. Il y eut un peu de désappointement
parmi les spectateurs. L'affaire se terminait d'une
manière très-ordinaire, et le capitaine George Duke
devait avoir honte de se jouer ainsi d'une assemblée
anglaise.

L'avocat de la Couronne se leva dans cette con-
joncture.

« Mon savant collègue a oublié, dit-il, que la personne qui dit être le capitaine Duke n'a été re-
connue que par un homme, et que cet homme est
un témoin pour la défense. Messieurs les jurés
auront besoin d'une preuve plus forte de son iden-

tité avant d'admettre qu'aucun meurtre n'a été commis.

— Je ne crains rien, répliqua l'avocat de Millicent; appelez Samuel et Sarah Pecker, Darrell Markham, Marthe Meggis, et Hugh Martin. »

On appela les témoins.

« Soyez assez bon, capitaine Duke, pour vous placer dans la lumière la plus grande qui soit dans la salle, » dit l'avocat.

L'homme s'approcha et se plaça dans la pleine lumière des bougies. Il portait les mêmes habits qu'il avait portés la nuit de son arrivée à Compton : l'habit bleu usé, aux boutons de marine, et orné de fragments de galons ternis; les bottes fortes, et le gilet qui montrait la corde, et le chapeau à trois cornes usé par le mauvais temps. Ses cheveux blonds ardents étaient attachés par un ruban, et ses yeux bruns avaient la même expression cruelle qu'on pouvait se souvenir d'avoir vu briller dans ceux de George Duke.

L'un après l'autre, les témoins attestèrent son identité. Hugh Martin, le constable, fut le dernier à jurer.

« Je connaissais très-bien le capitaine Duke, dit-il, et je peux jurer que celui que je regarde n'est nul autre que lui. Si on désire une meilleure preuve de son identité, je crois que je peux la donner.

— Donnez-la, alors, il nous la faut absolument, » reprit l'avocat de Millicent.

Le constable prit quelque chose dans la poche de son gilet et le présenta au défenseur. C'était un de

ces boutons que portent les marins avec un frag-
ment de drap bleu usé attaché à la monture.

« Je l'ai ramassé dans le parloir de chêne du Manoir de Compton, la nuit où l'on a supposé que le
meurtre avait été commis, dit Hugh. Je crois que
vous le trouverez pareil aux autres qui sont sur
l'habit de cet individu. »

Quand on l'examina, on trouva qu'il était pareil
aux autres ; ils étaient d'une fabrique étrangère et
portaient les armes du roi d'Espagne : on n'avait
jamais acheté ces boutons-là à Londres.

« Messieurs les jurés, s'écria Horace Weldon, il
n'est pas nécessaire de vous retenir plus longtemps,
il n'est pas nécessaire de presser M. le capitaine
Duke de nous dire les motifs qu'il a eus pour tenir
une conduite si extraordinaire. Il a été reconnu devant le tribunal par six témoins. L'innocence de ma
cliente est si apparente que je vous demande de l'ab-
soudre sans quitter vos siéges. »

Le juge parla très-brièvement.

« Messieurs les jurés, dit-il, je suis d'accord avec
l'honorable défenseur. La chose me semble très-
simple, et ce que vous avez à faire est assez clair. »

Les jurés se parlèrent entre eux à voix basse ; il y
eut dans la foule un murmure de satisfaction réprimé et un cri convulsif de Sarah Pecker. Le principal juré se leva et adressa la parole au juge :

« Nous trouvons la prisonnière innocente. »

Cette fois les applaudissements éclatèrent bruyam-
ment.

Pour la première fois, pendant cette journée,

Millicent se leva de son siége, et, se tournant ver
les jurés qui venaient de l'acquitter, elle dit ave
une calme résolution :

« Je vous remercie, messieurs, de votre bont
pour moi, mais cet homme-là n'est pas mon mari !

L'avocat de Millicent s'était assis, et était occup
à rassembler ses papiers. Il se leva lorsqu'ell
parla.

« Messieurs, messieurs ! dit-il, les événement
d'aujourd'hui ont dérangé l'esprit de ma cliente. Je
vous prie de n'y faire aucune attention. Monsieur le
capitaine Duke, emmenez votre femme.

— Je répète, dit Millicent, que cet homme n'es
pas mon mari.

— Oh ! je l'ai bien dit ! je savais bien comment
cela finirait, le jour qu'elle m'a parlé dans son cachot, la pauvre et innocente chérie, s'écria Sarah
Pecker en se tordant les mains, tandis qu'elle et
Darrell s'avançaient pour emmener Millicent du
tribunal. Je savais bien que ces cruelles souffrances
la rendraient folle.

— Que les amis de mistress Duke l'emmènent du
tribunal, dit le juge.

— Je ne bougerai pas avant que j'aie parlé, milord, s'écria mistress Duke. Est-ce que je parle
comme une folle et en ai-je l'air ? Cet homme n'est
pas mon mari. George Duke a été tué dans la nuit
du 30 janvier dernier. C'est son cadavre que j'ai vu
étendu dans la chambre du jardin, le sang en coulait par une grande balafre dans la gorge. Quant à
cet homme qui est là, ce n'est pas une chose nou-

elle pour moi de voir l'ombre de mon mari. Je l'ai
vue, il y a sept ans, sur la jetée de Marley, lorsque
es horloges de l'église sonnèrent minuit. »

L'histoire du fantôme du capitaine Duke, que
Samuel Pecker avait racontée, frappa l'esprit des
spectateurs, et mainte joue devint pâle à la pensée
que l'homme, qui était debout et sur qui la lumière
brillante des bougies frappait, pouvait être une
ombre.

L'homme lui-même regarda mistress Duke d'un
air renfrogné.

« Ma femme est folle, dit-il. Faut-il que nous res-
sions ici toute la nuit pour écouter son délire ?

— Quelqu'un veut-il faire à cet homme deux ou
trois autres questions? » dit mistress Duke.

Le défenseur de mistress Millicent Duke lui répliqua :

« Oui, madame, si vous le désirez réellement,
dit-il.

— Oui, je déclare que je le désire très-ardemment.

— Alors, je suis à vos ordres.

— Demandez-lui s'il a en sa possession une seule
boucle d'oreille, un diamant monté en or indien
d'un travail curieux, fin et délicat. »

L'homme prit dans sa poche de gilet un petit sac
en toile, en tira le bijou, et le donna à l'avocat.

« Peut-être cela contentera-t-il ma femme? dit-il.

— Le bijou est d'accord avec votre description,
mistress Duke, dit l'avocat, êtes-vous contente?

— Pas encore; soyez assez bon pour lui demander
ce que mon mari m'a dit quand il a pris ce bijou? »

L'homme sourit.

« Qu'est-ce qu'un mari aurait pu dire à sa femme en recevant un souvenir d'elle, reprit-il ; que dirait-il, si ce n'est de lui promettre de le garder fidèlement, et de ne pas le donner à quelque femme qu'il pourrait rencontrer dans les pays étrangers ?

— Vous l'entendez, vous l'entendez ! s'écria Millicent, il ne peut pas me dire ce que George Duke m'a dit, quand il a reçu ce bijou de mes mains, il y a sept ans. Il m'a dit que, n'importe qui viendrait à moi, se disant mon mari, serait un imposteur s'il ne pouvait montrer ce bijou.

— Alors, dit l'avocat en haussant les épaules avec impatience de la sottise de sa cliente, maintenant que cette personne peut montrer le bijou, c'est une nouvelle preuve de son identité. »

Millicent porta la main à son front et demeura silencieuse pendant quelques minutes.

« Qui que ce soit qui a assassiné mon mari a emporté ses vêtements. Cette boucle d'oreille était dans la poche de son gilet. »

Il y avait dans la sincérité de celle qui parlait une ardeur qui portait la conviction dans l'esprit de ceux qui l'écoutaient. M. Horace Weldon croyait réellement que l'homme qui était là était George Duke, le capitaine du *Vautour*. Cependant, et malgré lui, il était ébranlé dans sa conviction par les paroles et par l'aspect de cette femme si calme, qui semblait vouloir attacher de nouveau la corde qu'on venait de détacher de son cou.

L'avocat de Millicent était habile à étudier les

physionomies, et il fixa ses yeux sérieux sur la figure de l'homme qui se tenait sur le banc des témoins. Ensuite il regarda un peu à droite, où le digne Thomas Masterton était debout sous la garde d'un des agents, étant, comme nous savons, seulement élargi pour le moment de la prison pour assister à ce procès. Les deux hommes se regardèrent sérieusement, et la bouche de Thomas Masterton remua avec une contorsion particulière, qui pouvait être ou un mouvement convulsif ou un signal.

C'était un signal, car il fut accompagné d'un geste de la main; une espèce de geste très-commun parmi les voleurs et les vagabonds français.

« Comment osez-vous faire des signes à cet homme? s'écria l'avocat en regardant Thomas Masterton d'un œil fixe et sévère.

— Que cet homme me fasse le contre-signe, dit Thomas, s'il le peut! S'il ne le peut pas, il n'a jamais été aux galères, et il n'est pas George Duke.

— Il n'est pas George Duke?

— Non, j'en ai douté depuis que j'ai affirmé son identité. S'il est George Duke, qu'il se déshabille et montre ses épaules nues devant le tribunal. S'il est George Duke, qu'il montre sur son dos la marque des criminels; qu'il montre une marque pareille à celle que je peux montrer, car George Duke et moi nous avons été pris le même jour, et nous avons été marqués le même jour.

— Je présume que vous n'aurez aucune répugnance à faire cela, monsieur le capitaine Duke? » dit l'avocat après une pause.

La figure de l'étranger devint rouge de colère.

« Parbleu ! s'écria-t-il, j'ai une certaine répugnance à le faire. Du diable ! messieurs, est-ce qu'il faut qu'un homme se déshabille devant un tribunal pour montrer une marque honteuse que les ennemis de son pays ont brûlé dans sa chair, afin de prouver son identité, après qu'une demi-douzaine de témoins en ont juré ? Est-ce qu'il faut qu'un homme fasse cela parce qu'il plaît à une femme folle de renier son mari ? Pardieu ! c'en est assez pour remuer la bile du plus grand lâche qui ait jamais marché sur le sol britannique. »

Comme il parlait, il regarda d'un air de défi autour de lui ; et il y eut un murmure d'applaudissement dans la salle.

« Voyons, monsieur, voyons, dit le juge, je ne désire pas vous faire faire quelque chose qui vous soit désagréable, mais il me semble que nous nous enfonçons dans un mystère que peut-être nous ne pourrons jamais éclaircir. Voici cinq personnes qui jurent que vous êtes George Duke, et en voici deux autres qui jurent que vous ne l'êtes pas. Il faut que la question soit décidée avant que vous quittiez ce tribunal, ou Millicent Duke ne le quittera pas avec une réputation sans tache. Il n'est pas nécessaire que vous vous déshabilliez devant tout le tribunal ; vous pouvez vous retirer avec deux personnes nommées par moi, et leur montrer la marque du fer. »

L'homme resta silencieux, puis, après une longue pause, il regarda autour de lui d'un air résolu, et dit :

« Et si je nie que j'aie jamais été aux galères?

— Alors vous mettrez de nouvelles difficultés dans l'affaire, reprit le juge. Thomas Masterton a juré que lui et George Duke avaient été pris ensemble sur *le Vautour*, le jour où il a été brûlé par les Français, qu'ils ont été jugés ensemble, et qu'ils se sont échappés ensemble dans les premiers jours du mois de janvier dernier.

— Tout cela est bien vrai, milord, » dit Thomas avec fermeté.

A ce moment, une faible voix s'interposa, une figure pâle se montra parmi la foule qui entourait Millicent, et M. Samuel Pecker, de l'*Ours noir*, réclama l'attention de la cour.

« Je sais qui c'est, dit-il; c'est le revenant!... le fantôme qui m'a demandé quel chemin il fallait prendre pour aller à Marley; le revenant que M. Darrell a rencontré sur les landes de Compton ; le fantôme que mistress Millicent a vu sur la jetée de Marley. »

C'était quelque chose d'étonnant de voir l'animation du petit aubergiste. Thomas Masterton frappa de sa main sur la barre de bois devant lui.

« Fantôme! cria-t-il. Que Dieu nous bénisse! Cet homme n'est point un revenant. Je sais qui il est. L'idée m'en est venue juste en ce moment, et j'étais un fou de ne pas y penser. Cet homme est le plus grand ennemi de George Duke. »

Un changement affreux fut visible sur la figure de l'homme lorsque Thomas Masterton dit ces mots, et il regarda à la dérobée autour de lui, comme s'il cherchait comment il pourrait sortir de la salle ; mais il était tellement entouré qu'il ne pouvait pas plus s'échapper que s'il eût été lié par des chaînes de fer.

« Comment !... comment !... monsieur Masterton, dit le juge, pendant que les spectateurs étonnés regardaient le marin.

— Je dis que cet homme est celui que George Duke haïssait plus que le capitaine français qui a brûlé son vaisseau, ou le juge qui l'a condamné aux galères. Cet homme est le frère jumeau de George Duke.

— Son frère !

— Oui, son frère jumeau, et il lui ressemblait tant que sa mère n'a jamais pu les distinguer quand ils n'étaient pas ensemble. Le capitaine m'a raconté toute l'histoire pendant un calme plat, près des côtes d'Afrique. George se fit marin et s'enfuit quand il avait quinze ans. L'autre, James, a été un voleur et un scélérat depuis qu'il a pu marcher seul ; George avait maintes fois payé pour les péchés de son frère, car aucun magistrat et aucun constable ne pouvaient distinguer l'un des jeunes gens de l'autre. James était un menteur et un poltron, toujours prêt à s'en aller tête baissée quand il y avait du danger, et à laisser son frère George dans l'embarras, et quelques tours pareils à celui-là ne dissipaient pas la haine qui existait entre eux, de sorte que quand George Duke se fit marin, le dernier mot qu'il a dit en quittant l'Angleterre a été de maudire son seul parent vivant et son frère ju-

meau. Observez, ajouta Thomas Masterton, que je
vous raconte l'histoire comme le capitaine me l'a
racontée. James Duke et moi nous ne nous sommes
jamais rencontrés avant ce soir, mais je connais
une personne qui le connaît très-bien.

— Voilà une singulière histoire, dit le juge, et
s'il ne peut pas la contredire, elle prouve que cet
homme est coupable d'un parjure.

— J'ose dire qu'il ne peut pas la contredire, milord, interposa l'avocat de Millicent, si cet homme
qui porte les habits que George Duke a portés la
nuit de sa disparition n'est pas George Duke, comment rend-il compte de la possession de ses habits,
milord? J'ose dire que cet homme est l'assassin de
son frère. Il est reconnu par Sarah Pecker comme
étant l'homme qui est venu à l'*Ours noir* quelques
heures avant que le meurtre fût commis. Il a
laissé un cheval à l'auberge pendant trois jours,
et, au lieu de revenir lui-même, il y a envoyé un
commissionnaire le chercher. Il se présente aujour-
d'hui devant ce tribunal avec une histoire invrai-
semblable, afin de se faire passer pour le mari de
mistress Duke, et pour obtenir la possession de sa
fortune. Où a-t-il été et qu'a-t-il fait depuis la disparition de George Duke? Qu'il produise des témoins pour répondre à ces questions, et sur ces
entrefaites, qu'il soit arrêté sous la prévention
d'avoir commis un parjure et un meurtre. Je vous
demande, milord, d'ordonner qu'on arrête cet
homme. »

Le juge donna son approbation à l'idée exprimée

par son savant collègue, et le fantôme de George
Duke, ou son ombre, ou son frère jumeau, fut emmené du tribunal, et on l'écroua dans la prison de
Carlisle, jusqu'à ce qu'on eût trouvé des renseignements qui pussent lui rendre la liberté ou qui jus-
tifiassent son emprisonnement jusqu'aux assises
prochaines.

Les vigoureux bras de Darrell Markham portèrent
Millicent Duke hors du tribunal. Son faible corps
céda à la fin, et elle s'évanouit, pendant que Thomas
Masterton racontait son histoire.

De bonne heure, le lendemain, on la ramena à
Compton-des-Bruyères, pas à la vaste et vieille
maison où le meurtre avait été commis, mais à une
agréable chambre de l'*Ours noir*, où elle fut fidèlement servie par Phœbe, la jolie femme de chambre, Sarah étant tout occupée à soigner son fils.

La carrière de Henri Masterton, autrement le capitaine Fanny, autrement sir Lovel Mortimer, était
presque finie; il languit pendant une quinzaine de
jours après le procès de Millicent, et il conserva
toutes ses facultés jusqu'à son dernier soupir; il fut
frappé d'étonnement quand il entendit le récit du
procès de Carlisle.

« Je croyais sincèrement que c'était James Duke
qui avait été assassiné, dit-il, et que la malheureuse
femme avait commis le crime dans un accès de
folie ou de désespoir; mais je peux révéler quelque
chose sur cette affaire et justifier la réputation de
cette dame, et je ferai ainsi un acte de justice avant
de mourir; mais je ferais mieux de faire un ser-

ment et de raconter mon histoire devant témoins, car peut-être cela aidera à pendre cet homme, ce James, qui, quant à cela, sera mieux hors de ce monde que dedans, car il n'a jamais fait de bien ni rendu le moindre service à aucune créature humaine. »

Le soir, en présence de sa mère, de Samuel Pecker et de l'Attorney Selgood, le capitaine Fanny fit une déposition qui fut écrite avec soin par l'homme de loi, et qui fut ensuite signée par le malade.

Dans cette déposition, le bandit dit comment James Duke avait d'abord été son camarade, puis ensuite son complice; comment, dès le principe, ce James Duke avait été un fort mauvais drôle, si maussade et si sournois que ceux qui le connaissaient lui avaient donné le sobriquet de *maussade Jérémiah*, et quelquefois, à cause de sa mauvaise chance, celui de *malheureux Jérémiah;* comment la haine entre les deux frères jumeaux était bien connue de ceux qui fréquentaient l'un des deux, et comment, lui, Henri Masterton, lorsqu'il avait appris la disparition de George Duke, avait pensé que James Duke pourrait profiter de cette circonstance, et se faire passer pour son frère, et obtenir ainsi la fortune de sa femme. Cette trame avait été résolue et discutée à Londres, lorsque le hasard avait fait que le bandit rencontrât sur les marches de l'église de Saint-Bride les nouveaux époux. Cette rencontre fortuite avait décidé James Duke à agir immédiatement. Il était parti le soir même pour Compton-des-Bruyères, après avoir reçu une somme d'argent suffisante du capitaine Fanny, et il avait pris rendez-vous une semaine après, à l'*Ours noir*, avec le brigand, pour partager la fortune qu'il aurait ainsi acquise avec son ancien camarade et maître.

Voilà tout ce qu'Henri Masterton put dire, mais cela formait un enchaînement de preuves pleines d'évidence contre l'homme qui était renfermé dans la prison de Carlisle.

Le capitaine Fanny reposait sous un monticule de gazon, dans le cimetière de Compton-des-Bruyères, quand James Duke fut amené au banc des accusés, où Millicent s'était assise peu de temps auparavant, pour être jugé aux assises de l'été pour le meurtre de son frère George.

Anneau par anneau on déroula la chaîne des preuves qu'on avait recueillies contre l'accusé, et, on en conviendra, toutes avaient un caractère d'évidence qui était loin de lui être favorable. Chacun des pas de l'accusé, depuis Londres jusqu'à Compton-des-Bruyères, fut retracé par un témoin; mais de toutes les preuves amoncelées contre lui, la plus accablante fut celle fournie par le garçon d'écurie d'une petite auberge située sur un chemin de traverse, à quelques milles de Compton, où James Duke avait loué un cheval, et où il était revenu à pied dans la soirée du lendemain du meurtre; il portait un paquet et était entré dans la cour tête baissée, comme un voleur; ses habits étaient tout tachés de sang et de terre; ces taches, avait-il dit, étaient causées par une chute de son cheval, que pour cette raison il avait été obligé de laisser à Compton-des-Bruyères.

Le garçon qu'il avait envoyé chercher le cheval donna aussi son mot, et il dit comment le prisonnier lui avait promis une guinée, à condition qu'il refuserait de répondre aux questions qu'on pourrait lui faire à Compton.

James Duke fut donc pendu à Carlisle, et Millicent ordonna de placer une pierre tumulaire sur les dépouilles défigurées qu'on avait trouvées dans l'étang.

Cette pierre ne portait que cette inscription :

A LA MÉMOIRE

DE GEORGE DUKE

CRUELLEMENT ASSASSINÉ PAR SON FRÈRE JUMEAU

DANS LA NUIT DU 30 JANVIER 17....

Une année s'écoula presque entièrement avant que Millicent put prendre sur elle de rentrer au Manoir de Compton. Durant cet espace de temps elle demeura dans le petit cottage qu'elle avait habité pendant les sept années qu'avait duré l'absence de son mari. La chambre du jardin fut démolie, et à sa place on bâtit une nouvelle aile en briques nommée d'abord l'aile du roi George, puis l'aile de la Chambre des Enfants. L'étang situé derrière les écuries fut comblé, et on y planta des lauriers et des houx. Je ne dirai pas au lecteur pendant combien de temps les simples villageois affirmèrent qu'aucun arbre ne pousserait jamais dans cet endroit maudit,

mais je me contenterai de constater que ce coin
était en plein exposé au vent d'est. Avant que Millicent rentrât à la maison où avaient vécu ses ancê-
tres et où ils étaient morts, pour la troisième fois
elle prit part à la cérémonie du mariage, et le curé
de Compton l'unit à son cousin Darrell Markham.

Thomas Masterton, convaincu d'un petit vol, mourut dans la prison de Carlisle quelques mois après
la mort de son fils, de sorte qu'il arriva que, jusqu'à son dernier soupir, Samuel Pecker n'apprit
jamais la vraie histoire du colporteur à l'air étranger qui avait volé les cuillers, la bourse et la
montre de Sarah.

Est-il nécessaire de raconter en détail la vie
paisible et heureuse que les deux époux menèrent
au manoir de Compton? On peut encore voir dans
la salle à manger de la vieille maison un tableau
représentant un groupe de famille, comme on en
voit assez fréquemment dans de bonnes maisons
bourgeoises, et qui font toujours plaisir à voir. C'est
le portrait d'une jeune mère aux cheveux blonds
dorés qui se penche sur le berceau d'un enfant qui
dort, pendant que Darrell Markham, en costume
de chasse, est debout dans le fond avec un petit
démon d'environ trois ans perché sur son épaule.

FIN

TABLE.

FIN DE LA TABLE.

Paris. — Imprimerie de Ch. Lahure, rue de Fleurus, 9.

BIBLIOTHÈQUE DES MEILLEURS ROMANS ÉTRANGERS

FORMAT IN-8° JÉSUS.

Ainsworth. Abigaïl. 1 vol.
— La Tour de Londres. 1 vol.
— Crichton. 1 vol.
Anonymes. Whitehall. 1 vol.
— Whitefriars. 1 vol.
— Les Pilleurs d'épaves. 1 vol.
— Paul Ferroll. 1 vol.
— Violette; Eleanor Raymond. 1 vol.
— César Borgia. 1 vol.
Beecher-Stowe (Mrs). La Case de l'oncle Tom. 1 vol.
Bersezio. Nouvelles piémontaises. 1 vol.
Bulwer. Pisistrate Caxton. 1 vol.
— Mon roman. 2 vol.
— Paul Clifford. 1 vol.
— Zanoni. 1 vol.
— Les Derniers jours de Pompéi. 1 vol.
— Le Desavoué. 1 vol.
— Ernest Maltravers. 1 vol.
— Le Dernier des barons. 2 vol.
— Devereux. 1 vol.
— Rienzi. 1 vol.
— Qu'en fera-t-il? 2 vol.
Caballero (F.). Nouvelles andalouses. 1 vol.
Cervantès. Don Quichotte. 2 vol.
— Nouvelles. 1 vol.
Cummins (Miss). L'Allumeur de réverbères. 1 vol.
— Mabel Vaughan. 1 vol.
— La Rose du Liban. 1 vol.
Currer Bell (Miss Brontë). Jane Eyre. 1 vol.
— Le Professeur. 1 vol.
— Shirley. 1 vol.
Dickens (Ch.). Bleak-House. 2 vol.
— Contes de Noël. 1 vol.
— Dombey et fils. 2 vol.
— Le Magasin d'antiquités. 2 vol.
— Nicolas Nickleby. 2 vol.
— Les Temps difficiles. 1 vol.
— David Copperfield. 2 vol.
— Olivier Twist. 1 vol.
— Martin Chuzzlewit. 2 vol.
— La Petite Dorrit. 2 vol.
— Barnabé Rudge. 2 vol.
— Aventures de M. Pickwick. 2 vol.
— Paris et Londres en 1793. 1 vol.

Disraeli. Sybil. 1 vol.
Freytag (G.). Doit et avoir. 1 vol.
Fullerton (lady). L'oiseau du bon Dieu. 1
Fullon. La Comtesse de Mirandole. 1 vo
Gaskell (Mrs). Autour du sofa. 1 vol.
— Marie Barton. 1 vol.
— Ruth. 1 vol
— Nord et sud. 1 vol.
Gerstäcker. Les Pirates du Mississipi. 1
— Les Deux convicts. 1 vol.
Gogol. Les Ames mortes. 1 vol.
Grant. Les Mousquetaires écossais. 1 vol.
Hacklander. Boutique et comptoir. 1 vol.
— Le Moment du bonheur. 1 vol.
Hauff (Wilhelm). Nouvelles. 1 vol.
— Lichtenstein. 1 vol.
Heiberg (L.). Nouvelles danoises. 1 vol
Hildreth. L'Esclave blanc. 1 vol.
Immermann. Les Paysans de Vestphalie.
1 vol.
James. Leonora d'Orco. 1 vol.
Kavanagh (Julia). Tuteur et pupille. 1 vol
Kingsley. Il y a deux ans. 1 vol.
Lennep (J. Van). Les Aventures de Ferdinand Huyck. 1 vol.
— La Rose de Dekama. 1 vol.
Lever (Ch.). Harry Lorrequer. 1 vol.
— L'homme du jour. 1 vol.
Ludwig (Otto). Entre ciel et terre. 1 vol.
Marvel. Le rêve de la vie. 1 vol.
Mayne-Reid. La Quarteronne. 1 vol.
— La Piste de guerre. 1 vol.
Mugge. Afraja. 1 vol.
Smith (J. F.). Dick Tarleton. 2 vol.
— La femme et son maître. 2 vol.
Stephens (Mrs). Opulence et misère. 1 vol.
Thackeray (W. M.) Henry Esmond. 1 vol.
— La Foire aux vanités. 2 vol.
— Histoire de Pendennis. 2 vol.
— Le livre des Snobs. 1 vol.
— Mémoires de Barry Lyndon. 1 vol.
Tourguéneff. Mémoires d'un seigneur russe. 1 vol.
Trollope (Mrs). La Pupille. 1 vol.
Wilkie Collins. Le secret. 1 vol.
Zschokke. Addrich des mousses. 1 vol.
— Le Château d'Aarau. 1 vol.

Paris. — Impr. de L'ILLUSTRATION; A. Marc, 22, r. de Verneuil.